バチカン奇跡調査官

聖剣の預言

藤木 稟

角川ホラー文庫
23780

目次

プロローグ　ビセンテの聖剣は語る

1

スペイン。バレンシア市を西南に百キロ程行ったところにあるプエプロデ・モンタナ村。

その村には、六百年余りの歴史があった。

そして、村にあるサン・ビセンテ・エスパダ教会には、スペインの名高い聖人、聖《サン》ビセンテに纏《まつ》わる聖剣が祀《まつ》られていた。

小さな教会ではあるが、かつては多くの巡礼者がやって来たといわれている。

しかし、二百年ほど前から、村で奇妙な風土病が流行《はや》り始めた。

手足や首、顔などに、原因不明の赤い発疹《ほっしん》が出来、突然死することもあるという恐ろしい病であり、それが悪い噂を呼んで、めっきり人が村を訪れることが無くなった。

今では殆《ほとん》ど外界と交流の無い、閉鎖的な村となっている。

若者は、そんな村の風土を嫌って、村を離れていく。

そんな訳で、村は年寄りの多い過疎村と化していた。

北風の強い一月中旬。

サン・ビセンテ・エスパダ教会の主任司祭であるアリリオ・ロジョラは、奇跡としかいいようのない不思議なものを見た。

教会の上空に、美しく輝くオーロラが掛かったのだ。

しかも昼時である。

村人達も、このオーロラの出現を確認し、皆が教会の上を見上げて、何かが起こる兆候かと噂し合った。

そしてそれは、本当に神からもたらされた吉兆だったのである。

このオーロラの出現以降、村の風土病は徐々に収まっていき、発疹で苦しんでいた者達もすっかり完治したのだ。

奇跡はそれだけに留《とど》まらなかった。

ある夜、教会の戸締りをしていたアリリオの耳に、何処からともなく天使のコーラスのような歌声が聞こえてきたのだ。

それは美しい讃美歌《さんびか》であり、今までそんなものをこの村で聞いたことは無かった。

そしてそれは教会の戸締りをする度に、何度も聞こえてきた。

これは奇跡か？　神が彼に何か伝えたいことがあるのか？

アリリオ司祭は、胸にざわめきを感じながら、神が何を仰《おつしや》りたいのかを日々、自問していた。

そんな日々を過ごしていた二月の中旬。眠っていたアリリオは、誰かが自分に語り掛けてくる声を聞いた。


『目覚めよ。目覚めよ。

我は、α《アルファ》にしてΩ《オメガ》。

天の父にして、その子であるキリストである。

天に選ばれた子羊たちよ、私の声を聞きなさい。

私の言葉は、必ず達成される言葉である』

アリリオ司祭は、驚きおののいて目を開けた。

すると目の前の空中に光り輝く十字架が出現し、そこに磔刑《たっけい》になったキリストの姿が浮かび上がったのである。

「おお、我が主よ……」

アリリオ司祭は、思わず手を合わせて、その姿を仰ぎ見た。


『我が言葉を聞きたい者は、大人であれ、子供であれ、女性であれ、男性であれ、サン・ビセンテ教会に、日曜の午前七時に集まらなければならない。

その時、かの聖剣が我が言葉を、証言者を通じて、地上の人々に注ぐであろう。

私を信じる者、私を慕う者は来るが良い。

私は、安息日の七時に、貴方《あなた》がたに対して言葉を送る』

そう言うと、キリストは微《かす》かに微笑んだ。

アリリオ司祭の瞳《ひとみ》からは感動の涙が溢《あふ》れ出した。

その途端、キリストの姿は消え、アリリオ司祭は泣きじゃくりながら、ベッドから身を起こしたのであった。

一体、どのような有り難い神託が下されるのか。それから数日、日曜日をアリリオ司祭は心待ちにした。

そして二月十九日のことであった。

アリリオ司祭は、教会でのミサの準備をする為に、普段は八時に出勤する。しかしこの日は、七時にお告げがあるはずなので、朝五時には教会に到着した。

するといつもなら閑散としている教会の前に、十一人の男女が集まっているではないか。

その中には村のお年寄りのカサンドラ婆さんと、カルメロ爺《じい》さん、そして昔に村を出て行った筈《はず》のカルメンの姿もあった。他の八人は初めて見る顔だ。

カルメンは、アリリオ司祭を見ると、駆け寄って抱き着いた。

「アリリオ神父、お久しぶりです」

「おお、カルメン、君はバルセロナに行って、フラメンコの踊り子になったんじゃないのかね？」

「ええ、でもイエス様の神託を聞いたのよ。此処《ここ》に来ない訳がないわ」

他の人々も興奮した様子で、アリリオ司祭を取り巻いた。

「神父様、僕はバレンシア市からやって来ました。主のお告げがここで下されると、主のコールがあったからです」

「私は、マドリードの方から来たんです。同じ様に主からお告げを受けたんです」

「自分はカタルーニャから来ました。お告げを受けたからです。早くから車を飛ばしてここに来てみると、大勢の人が集まっていたので、もしやと思って、お告げの話をしたんです。そうしたら、皆、主からお告げがあったという話になって、驚きました」

カサンドラ婆さんと、カルメロ爺さんも、喜びに満ちた表情で頷《うなず》いている。

「おお、では皆さんが、天に選ばれた子羊なのですね。私も主からのお告げを頂いたのです」

アリリオ司祭は、思わず一人一人を抱き寄せ、祝福をした。

そして予定よりずっと早くに、集まっていた人々を教会に招き入れたのである。

集まった人々は、それぞれ教会の席に座り、祭壇前に祀られている聖剣に向かって祈っていた。

その聖剣は、一部地面が剝《む》き出しになっている教会の床に、深く鍔《つば》近くまで突き刺さったものであり、神の力を宿すその剣を抜くことは絶対に出来ないと、昔から伝わっている。

教会内は静まり、喋《しゃべ》る者もなく、誰もが目を閉じ、手を合わせている。

そうして一時間、二時間と経った時、不思議な音が響き渡った。

ブーンというような金属が揺れる音である。

驚いて目を開く人々。

そのブーンという音は何回か続いた。そして人々はようやくその音の出所を確信した。

聖剣が微かに震えて、鳴っているのである。

固唾《かたず》を呑《の》んで見守る人々の耳に、なんとも不思議な声が聞こえてきた。

頭の中に直接響いてくるような声だ。


『私の許《もと》に集った子羊たちよ。

これからアンドラ公国との境の山で大火事が起こるだろう。

忌むべきサタンたちが今、地上に出ようとしているからである。

私の言葉を信じる者、信仰深き者達は、その場から逃げよ。

　これが第一の預言である』

言葉は終わり、人々は信じられないという表情で互いの顔を見合わせた。

当然、アリリオ司祭もである。

「皆さん。今の御《み》言葉を聞きましたか？」

　アリリオ司祭の問いに、集った人々は全員、頷いた。

「はい。アンドラ公国との境の山で大火事が起こるのですね」

「私もそう聞きました」

「僕にも聞こえた！」

「このことを、ちゃんと伝えないといけないんじゃないですか？」

「ええ……ええ……そうですね。主の御言葉として発信しなければ……」

　アリリオ司祭の足は、まだ歓喜と畏《おそ》れの為に、がくがくと震えていた。

「このことをネット配信すればいいんじゃないでしょうか？」

　バレンシア市から来たという、若い学生風の男性が言い出した。

「そうよ。それなら、直ぐにこの奇跡と主の忠告を伝えられるわ」

「そうだ」

「そうだな」

　人々は口々に同意した。

　口火を切った男性は、早速、鞄《かばん》の中からスマホを取り出し、この奇跡と預言をＳＮＳに投稿し始めた。

　アリリオ司祭は、それが終わった後、集った人々にこう告げた。

「皆さん。皆さんは主に選ばれた子羊です。主の御言葉を人々に訴える役目を持つ者なのです。どうか皆さん。来週のこの時刻に、また集って下さい」

当然、それに異論を唱える者などなかった。

それどころか人々の瞳は輝き、自らが伝道者であることを確信している様子である。

アリリオ司祭は、この後に行われたミサで、聖剣の力を介して主が預言をされたことと、その預言の内容を語った。

礼拝に来ていた人々はその内容に驚き、村は大騒ぎになった。

そして数日後のことである。

ピレーネ山脈の一部で大きな山火事が発生した。

奇跡を信じて事前に逃げた人々もいたが、そうとも知らず焼死した人々もいたようであった。

だが、この事を通じて、最初は半信半疑だった人々も、神の預言を信じるとネット上で声を上げ始めた。

そして小さな村の、サン・ビセンテ・エスパダ教会は一躍、有名になり、教会を訪れる人々も増えたのである。

アリリオ司祭は、次の預言に心を引き締めて向き合わなければと、決心したのであった。

2

そして翌週、教会は、聖剣の預言を人々に聞かせる為に朝六時に門を開いた。

先週来た証言者達は当然集まり、村中の人々や、噂を聞いてやって来た人達で、八十席程度の小さな教会は、人が入りきれない状態である。

中には前列に陣取り、撮影用の機材で、教会の中を撮っている者もいる。

アリリオ司祭は祭壇に立ち、他の証言者達は、聖剣の近くをぐるりと取り巻いた。

聴衆達は、座り、あるいは立ったままで、教会の門からも列を成して時を待っている。

いよいよ七時がやって来た。最初と同じようにブーンという金属が震える音が、聖剣から鳴り始めた。

その音は何度も続いた。

まだ預言は下っていないが、集まっている聴衆達にとっては、それだけでも神秘的な出来事である。

すると、アリリオ司祭と証言者達の耳に、主の声が下ってきた。

『私の許に集った子羊たちよ。

貴方《あなた》がたの足元を見てみなさい。

貴方がたの足元には、金銀で築かれた道が敷かれている。

だが、その徴収人は好ましくない者である。

何故なら不正を働き、貴方がたの金銀をかすめ取っているからだ。

その者はカタルーニャにあり。

私はこの不正者の悪事を暴き、罰を下すだろう』

(嗚呼《ああ》……。やはり、今日も主は答えて下さった)

アリリオ司祭は感激に震えながら、聴衆に問い掛けた。

「皆さん、今の主の声を聞きましたか？」

聴衆は当惑した顔で、首を横に振っている。

「司祭様は、どのような御声を聞かれたのですか？」

「私達に教えてください」

「どのような預言だったのです？」

聴衆が口々に訊《たず》ねるのを見て、アリリオ司祭は改めて気付いた。聖剣の声は、司祭と証言者にしか聞こえていないのだと。

それはそれで、随分と不思議なことであった。

「ここに、主に選ばれた子羊たちが集っています。彼らは主の御言葉を聞いているはずです」

そう言って証言者達の方を見ると、彼らは力強く頷《うなず》いた。

「では、皆で主の御言葉を、人々に伝えましょう」

アリリオ司祭と証言者達は、声を揃えて主の御言葉をなぞった。

「私の許に集った子羊たちよ。

貴方がたの足元を見てみなさい。

貴方がたの足元には、金銀で築かれた道が敷かれている。

だが、その徴収人は好ましくない者である。

何故なら不正を働き、貴方がたの金銀をかすめ取っているからだ。

その者はカタルーニャにあり。

私はこの不正者の悪事を暴き、罰を下すだろう」


聴衆は、その言葉に驚き、天を仰いで祈った後、「どういう意味だろう？」と、口々に不思議がった。

「司祭様、主の御言葉は、どのような意味なんですか？」

「教えて下さい。一寸《ちよつと》、私共には難しくて分かりません」

「また何か良くないことが起こるのでしょうか」

人々の疑問に、アリリオ司祭は暫《しばら》く答えることが出来なかった。

「皆さん、ご静粛に願います。私には主の御言葉は聞けても、その内容を理解することは出来ません。

しかし、主の御言葉には必ず深い意味があり、やがて私達はその言葉の意味を知ることが出来るでしょう。

今はただ、御言葉をかけて下さった主に感謝し、サン・ビセンテの剣に感謝の祈りを捧《ささ》げましょう。この剣こそが、神の力の収められたものであり、主と我らを結ぶものなのです」

アリリオ司祭の言葉に、聴衆は半ば納得して、感謝の祈禱《きとう》を行った。

それから三日もしないうちに、聖剣の預言が現実のこととなる。

カタルーニャ出身の振興省（国土交通省）の大臣が、個人的な付き合いのある建設会社から賄賂《わいろ》を受け取り、国の道路補修を委託していたことが、関係筋からリークされたのである。

このことは、スペインの国会を揺るがす大事件になっていった。

この大汚職事件を知った村人達も、聖剣の預言をまざまざと思い起こし、プエプロデ・モンタナ村の至る所で、次のような会話が交わされた。

「足元に敷かれた金銀で出来た道って、道路のことだったんだよ」

「ああ、そうだね。そして徴収人ってのが、振興省の大臣さ」

「賄賂を受け取って、普通より高い値段で受注を許したっていうから、まさに俺達の金銀をかすめ取ったっていうことだろう？」

「そうだよ。主がそれにお怒りになって罰を下されたのさ」

「政治家生命も終わりだろうな……。それにしても、やっぱり聖剣の預言は当たっていたんだ」

「当然じゃないか、罰当たりなことを言うんじゃないよ」

そして当然のことながら、ＳＮＳに投稿されていた聖剣の預言に、世間は注目した。

政治が絡んだ大きな事件であったから、その注目度は山火事の時の比ではなかった。

若き証言者が管理している教会のＳＮＳのフォロワーは、それまで二万人程度だったものが、一気に百万人を突破したのである。

そのＳＮＳのコメント欄には、教会の預言を聞いてから、病が良くなった、悩んでいた事が解決したという奇跡報告なども沢山寄せられた。

ここに及んで、アリリオ司祭は、この奇跡はバチカンに報告し、世界中に広めるべきものだという確信を深く持った。

そして、バチカンへと書簡を送ったのである。

第一章　アーサー王と聖ビセンテと聖剣

1

バチカン市国。

世界最小の国家でありながら、全世界に十三億人余りのカソリック信者を抱える、ローマ・カソリックの総本山である。

そのバチカン市国の元首であり、カソリック教会の最高位聖職者であるローマ法王は、全ての信者の精神的指導者だ。

その法王の言葉には、国を超えて人々を動かす力があると言われている。

キリストの教えが、これほど世界に広まったそもそもの始まりは、四世紀のローマ皇帝コンスタンティヌス一世が、キリスト教を庇護《ひご》し、後に自身もキリスト教へと改宗して洗礼を受け、キリスト教をローマで公認したことである。

コンスタンティヌスが若い頃、ローマは様々に分裂し、小国の皇帝同士が争いを繰り返していた。

武力でそれらを纏《まと》めようとしていたコンスタンティヌスだが、なかなか上手《うま》くいかない。

そんな時、ローマ市北方で軍を率いていた彼は、不思議な現象に遭遇したと言われている。

それは中空にキリストの頭文字の幻と、『汝《なんじ》これにて勝て』の文字を見たというものだ。或《ある》いは、光る十字架が出現したという説もある。

ともかくコンスタンティヌス一世は、それをキリストの暗示であると強く感じたらしい。

そしてコンスタンティヌス一世が兵士達に、盾にキリストのシンボルであるXPを描かせて戦わせるようになると、以降、彼の軍は連勝し、ローマを一つの帝国に戻すことが出来たのだ。

そんな彼が作らせたのが、旧バチカンである。

古くからネクロポリス（死者の街）として知られる埋葬地であり、当時はローマ人の共同墓地として使用されていた沼地に、コンスタンティヌス一世は、聖ペトロの墓を見つけ出し、その上に最初の教会堂が築かれた。

それからというもの、バチカンは次々と信者を獲得し、五世紀から十五世紀の間に、その教えはヨーロッパ中を席捲《せっけん》した。

だが、そこに思わぬ敵が立ちふさがる。

イスラム教を奉ずるオスマン帝国である。

アナトリア半島（現在のトルコ）の片隅に興った小国オスマン朝は、周辺のムスリム侯国を併合し、領土を広げながら、やがて東ヨーロッパのキリスト教諸国を侵食。

十五世紀には、難攻不落を誇った東ローマ帝国の首都コンスタンティノープルを陥落させ、東ローマ帝国を滅ぼした。

更に西アジアや北アフリカのイスラム教諸国をも征服し、十五世紀から十六世紀にかけて、地中海世界の過半を席捲するオスマン帝国へと発展したのだ。

その存在は、キリスト教世界に大きな脅威を与え、「オスマンの衝撃」と呼ばれた。

一方、かつてローマ・カソリックを国教とする西ゴート王国によって統一されていたイベリア半島は、西ゴート王国がイスラム軍に滅ぼされた八世紀から約八百年間、イスラム系王朝の支配下にあった。

そしてイスラム教徒とキリスト教徒、ユダヤ教徒が対抗しながらも共存していた。

だが、徐々に反イスラムを掲げ、キリスト世界をもう一度取り戻そうという、キリスト教徒達の抵抗運動が起こっていく。

レコンキスタ（国土回復運動）である。

この運動は、十一世紀初頭から活発となり、十五世紀末まで続いた。

活動において主導的役割を果たしたカスティリャ王国の王女とアラゴン王国の王子の結婚により、両国が統合した結果、誕生したのがスペイン王国である。

以後、歴代スペイン国王は、ローマ・カソリック教会の勢力を背景に、厳しい宗教政策を展開しながら、イスラムと戦い続け、一四九二年、イスラム朝の最後の拠点グラナダを陥落させる。イスラム勢力を北アフリカへ撤退させて、レコンキスタは完成した。

こうした歴史的経緯から、スペインには今も敬虔《けいけん》なカソリック信者が多い。

又、レコンキスタ完成の同年、スペイン王の命令で、コロンブスが大西洋横断に成功。

大航海時代が開幕すると、植民地を次々増やしたスペインは、アメリカの銀を有力な財源とした『太陽の没することのない世界帝国』を形成するに至る。

バチカンでも大きな発言権を持ったスペイン王国は、アレクサンデル六世、カリストゥス三世といったスペイン人法王の輩出にも成功した。

ただし、このアレクサンデル六世（本名ロドリゴ・ボルジア）が問題人物であった。

前法王の時代から、聖職売買、親族登用、世俗の権力との密着など、腐敗が進んでいたバチカンを更に堕落させた、最も悪名高い法王として、歴史に名を残している。

前法王の崩御によって行われた法王選挙《コンクラーベ》で、枢機卿《すうきけいきょう》達を買収して法王の地位に就いた彼は、愛人に産ませていた十七歳の息子、チェーザレ・ボルジアをバレンシア大司教に、従兄弟《いとこ》や親族や愛人の兄を枢機卿に、その他多くの知人友人を、法王庁の要職や高位の聖職者に取り立てた。

そればかりか、お気に入りの情婦をサン・ピエトロ大聖堂に通じる宮殿に住まわせて、隠すこともしなかったという。

法王という絶対的権力を手に、金と女性に貪欲《どんよく》な情熱を傾け、スキャンダルにまみれ、狩猟やダンス、演劇や宴会などの世俗的遊興に明け暮れるアレクサンデル六世の許《もと》、バチカンのモラルは地に堕《お》ちた。

そんな贅《ぜい》を尽くした法王庁の華やかさとは裏腹に、ローマの町は荒廃していた。素行の悪いスペイン人やローマ貴族が徒党を組んで治安を乱し、怪しげな情報屋や売春婦が町に溢《あふ》れ、殺人や強盗は日常茶飯事だったという。

まさにバチカンの暗黒期である。

腐敗したバチカンの改革に着手したのは、アレクサンデル六世の二代後の法王であった。そして、権勢を誇ったボルジア家の追い出しに成功する。

結局のところ、教会組織はいつの世も、腐敗と浄化を繰り返しているのだ。腐敗と戦い続けていると言えるだろう。

ただし皮肉にも、アレクサンデル六世の在位中に、息子のチェーザレが法王領を軍事的に平定し、拡大したことで、破産状態であったバチカンの財政が持ち直したり、娘に政略結婚を重ねさせたことで、外交関係が好転したりなど、彼は精神世界の指導者としては最悪でも、政治家としての手腕は一定の再評価を受けてもいる。

※　※　※

バチカンに勤めるロベルト・ニコラスは、長身にダークブラウンの髪、垂れた青い目が印象的な若き神父である。

彼は民俗学と暗号解読のエキスパートであり、その才能をかわれて、相棒の科学者、平《ひら》賀《が》神父と共に、奇跡調査官の任に就いている。

奇跡調査官とは、世界中からバチカンに寄せられる様々な奇跡報告に対し、現地調査に赴いて、その真贋《しんがん》を見極める者達のことだ。


まだ朝晩の冷え込みが強い三月の朝、ロベルトはベッドで目覚めた。

大きく伸びをして身体を起こすと、シャワーを浴び、髭《ひげ》を剃《そ》る。

髪を乾かして整え、神父服に着替えたら、朝食だ。

最近のお気に入りは、温めたミルクに浸して食べる、手焼きのチョコレートクッキーである。

食事を終えると、エスプレッソを飲みながら、新聞を読む。

さて、これから出勤だ。

徒歩で彼の勤める『聖徒の座』へと向かい、身分証明書代わりのICカードを通行口に通して職場へと入って行った。

今日の業務は、古文書の復元と解読だ。

彼が現在所属している『禁忌文書研究部』は、建物の地下に作られている。

常時守衛に守られた厚い扉と鉄格子の奥に、歴代のバチカン上層部の面々が、世に公表すべきでないと判断した古書が眠っているのだ。

本人確認と身体検査、生体認識スキャナで虹彩《こうさい》認証を受け、パスワードを打ち込む。

金庫室のような書庫の脇の廊下を進み、エレベーターで地下に降りる。

そこには細い廊下が延び、鉄の扉がついた個室が並んでいる。

情報漏洩《ろうえい》を防ぐ為に、カメラや携帯電話の持ち込みは禁止であり、一度、部屋に入れば電子ロックがかかり、担当官の許可無しに出ることは出来ない。

まるで監獄のようだが、ロベルトには慣れた光景だ。

室内は意外に快適で、コンパクトな洗面台とトイレも備わっている。

広い机と椅子、ベンチがあり、ローカルネットワークに繋《つな》がれたパソコン、スキャナ、文具などの用意もあった。

ロベルトはパソコンを起動させ、三日前から解読に取り組んでいる、十三世紀辺りに書かれた手紙の画像データを表示させた。

実はこの手紙、あちこちが虫食いで、しかも劣化の為、ぼろぼろの破片の塊として保管されていたもので、そのジグソーパズルのような状態に、最初は手を焼いていた。

保存修復士の手法で手紙そのものを復元しようとすれば、破損のリスクを伴う。

そう判断したロベルトは、デジタルでの復元を決め、丁寧に伸ばした紙を一枚ずつスキャンし、パソコンに取り込んだ。

データ画像となった手紙の断片を照合し、文章の繋がりを考えながらパズルのように組み立てていく。

根気のいる作業であったが、手紙はあと少しで完全な形に復元されようとしていた。

ロベルトはパソコンの前に座って、残っていたパズルのピースを合わせ始めた。

それから数時間後、文章の所々は切れているが、内容は読める状態になり、手紙の復元に成功した。

そこで分かったことは、手紙の差出人の名が、恐らくライムンドゥス・ルルスであることだ。少し苗字《みょうじ》の文字が欠けているが、手紙をざっと読んだ内容から間違いはないだろう。

ライムンドゥス・ルルスとは、十三世紀の高名な哲学者・神学者であり、フランシスコ会第三会（在俗会）会員である。

彼は、初期のスペイン・カタルーニャ語文学においても高名な人物で、今では「カタルーニャ語の父」とも呼ばれている。

一二七五年頃、『騎士道の書』という本を書き、それは騎士道の法典として、中世を通し、騎士の必読書であったのみならず、聖職者にも教本として親しまれた。

宛先は、恐らく当時のバチカン大司教以上の権力者だろうが、宛名の所だけは、綺麗《きれい》に文字が塗りつぶされている。

その手紙は、こう読むことが出来た。


『昨今、教会や領主に仕える騎士たちの道徳の低下が、酷《ひど》い状態です。

武力を以《もっ》て商人の荷を奪う、婦人を強姦《ごうかん》するなどの行為が後を絶ちません。

先日なども、知り合いの酒場の経営者が、酒場で酔って大暴れする騎士達に、難儀をしていると聞きました。

それに彼らの中には、未《いま》だ古い邪教の神を崇《あが》める者も大勢います。

キリスト教会の威信にかけて、今の騎士たちの振る舞いは正すべきでしょう。

私は、騎士らに向けた道徳書を配布したいと考えております。

それにつきまして、膨大な金額がかかりそうなのです。

そこで是非、閣下に援助をお願いします。

勿論《もちろん》、本は巷《ちまた》でも販売致しますので、その儲《もう》けは閣下にお譲り致します。

どうかキリストの御心《みこころ》に沿う願い出として、御心《おこころ》に留められ、一考して頂きたく存じます。

本の配布と、売れ高の配分に関しましては、公証人に作成させた契約書を同封いたします。

ライムンドゥス・ルルス』

確かに、もう一枚は、売り上げ配分の契約書だと読み取れた。

(成る程、『騎士道の書』の発行には、バチカンからの裏金が動いていたという訳か。それにしても、ルルスにとっては分の悪い契約内容だな。バチカン側の人間は相当儲けただろうが、しかし禁忌にすることまでは、無いだろうに……)

ロベルトが少し白けた気分でいるところに、天井に付けられたスピーカーから、担当官の声が聞こえてきた。

『ロベルト・ニコラス神父。サウロ大司教がお呼びだ。直ちに大司教の部屋へ向かい給え』

そして扉の電子ロックがガチャリと外れる音がした。

ロベルトは椅子から立ち上がり、『禁忌文書研究部』を出て、建物の二階にあるサウロ大司教の部屋へと向かった。

ドアをノックして、「ロベルト・ニコラスです」と呼び掛けると、「入り給え」と、サウロ大司教のバリトンの美声が聞こえた。

ドアを開けると、柔和な表情で椅子に腰をかけている、恰幅《かっぷく》の良いサウロ大司教の姿があった。

その前に佇《たたず》む、ほっそりとした人影は、平賀である。

平賀は入ってきたロベルトを振り返ると、黒曜石のような瞳《ひとみ》を細めて、にこりと嬉《うれ》しそうに笑った。

「ロベルト、今度の奇跡も興味深いですよ」

サウロ大司教に、話を聞いていたのだろう。

「どんな内容なのです？」

ロベルトは、平賀の隣に立って、サウロに訊《たず》ねた。

サウロは机の引き出しから、バチカンの奇跡認定の為に送られてくる、申請書を差し出した。申請書とはいっても、手紙のようなものである。

『親愛なる法王猊下《げいか》、今この時、奇跡が起こっております。

私の担当する教会は、スペイン、バレンシア地方の小さな村にあり、その名をサン・ビセンテ・エスパダといいます。

その由来は、サン・ビセンテが若き日に、剣術の練習に明け暮れていた頃、大天使ミカエルから神のお告げを聞いて、伝道師となることを誓い、その証《あかし》として手にしていた剣を足元の岩に刺したところ、そこに神の力が宿って岩から抜けぬ聖剣となったことによります。

教会では、長年その聖剣を守護してきましたが、今年の一月から、素晴らしい奇跡が始まったのです。

まず、昼間なのにも拘《かか》わらず、教会の上にオーロラが出現いたしました。

それからというもの、村を悩ませていた風土病が、すっかり落ち着いていったのです。

奇跡はそれだけではありません。

ある朝、主の呼びかけによって私が目覚めると、光の十字架にかけられた主のお姿が、空中に現れました。

主は、私にこう仰《おっしゃ》いました。


目覚めよ。目覚めよ。

我は、α《アルファ》にしてΩ《オメガ》。

天の父にして、その子であるキリストである。

天に選ばれた子羊たちよ、私の声を聞きなさい。

私の言葉は、必ず達成される言葉である。

我が言葉を聞きたい者は、大人であれ、子供であれ、女性であれ、男性であれ、サン・ビセンテ教会に、日曜の午前七時に集まらなければならない。

その時、かの聖剣が我が言葉を、証言者を通じて、地上の人々に注ぐであろう。

私を信じる者、私を慕う者は来るが良い。

私は、安息日の七時に、貴方《あなた》がたに対して言葉を送る。


これが私の聞いた、一語一句たがわぬ主の御言葉です。

そしてその言葉の通り、選ばれた日に、選ばれた証言者が私の教会を訪れました。その数は私を含め、十二名でした。

私達は、皆で主の言葉を待ちました。

するとどうでしょう。聖剣が誰にも触れられることのないまま、不思議な音を発し始めたのです。

それが終わると、私達全員に、主の御言葉が下りました。

私の許《もと》に集った子羊たちよ。

これからアンドラ公国との境の山で大火事が起こるだろう。

忌むべきサタンたちが今、地上に出ようとしているからである。

私の言葉を信じる者、信仰深き者達は、その場から逃げよ。

これが第一の預言である。


そしてその通り、アンドラ公国との境の山で大火があったのです。

預言は、それだけではありません。

主は政治家の腐敗と、その者への罰についても語られ、そしてそれは御言葉通りになりました。

また、今年の夏は作物が不作なので備えるようにとも告げられております。

これもまた、その通りになるでしょう。

バチカンの方々にこの奇跡を見て頂き、神の栄光を認定して頂きたく、こうして手紙を書かせて頂きました。

どうか、我がサン・ビセンテ・エスパダ教会にお出《い》で下さい。

紛《まが》うことなき奇跡が、ここには存在しております。

アリリオ・ロジョラ』

「聖剣の預言ですか」

ロベルトは小さく唸《うな》った。

「興味深いでしょう、ロベルト？　しかも教会の上空にオーロラが出現してから、土地の風土病が治っただなんて」

「確かに、今までに聞いたことが無い話だね」

「えぇ、それに預言は現実のものになっていると、アリリオ司祭は訴えています。それが本当なら、本物の奇跡かも知れません」

二人の会話を聞いていたサウロは、DVDを取り出した。

「ここに最近の預言の様子が録画されている。見てみるといい」

ロベルトはDVDを受け取り、プレーヤーに入れた。

テレビの電源を入れ、プレーヤーの再生ボタンを押す。

画面には、鮮明な映像が現れた。

冒頭は、教会内部をぐるりと見回すようなアングルで撮られていた。

石造りの天井は、シンプルな半円筒形のトンネル・ヴォールトで、左右の壁に小さな窓が設けられている。

古典的なロマネスク風建築だ。

分厚い壁が、窓からの採光を妨げている為か、非常に薄暗い印象である。

だがカメラが前進して行くと、小さな田舎の教会らしからぬ豪華絢爛《けんらん》な祭壇が現れた。

中央にある聖母マリアの彫刻を中心に、その周囲を美しく彩色された天使や聖人が取り囲み、背景には金箔《きんぱく》がびっしりと施されている。

天井から吊《つ》り下がったシンプルなキャンドル型シャンデリアがそれらを照らしていた。

そしてその祭壇前には、鉛色の剣が鍔《つば》の近くまで突き刺さっている。

カメラはその剣にズームしていき、剣を上から下へと嘗《な》めるように映し出した。

そこで分かったことは、教会の床には正方形の穴が開いていて、地面の岩肌の一部と思われる箇所が露出しており、剣がその岩に深々と刺さった構造になっていることだ。

やがて聴衆の中から、一人、二人と、祭壇付近に集まる者達が現れた。

アリリオ司祭と思われる人物の姿もそこにある。

十二人の男女が緩やかに、聖剣の周りを取り巻いたところで、金属が震える様な音が鳴り始めた。

カメラが剣へと寄っていく。剣は細かく振動しているようだった。

これだけでも、神秘的な現象だ。

「平賀、何故、剣は振動して音を発していると思う？　科学的な見解があれば聞かせてくれないか」

ロベルトの問いに、平賀は熱心に画面を見ながら答えた。

「そうですね。これだけでは何とも言えませんが、近くに電車などが走っていて、その振動に剣が共振しているとか」

平賀がそう言いながら眉間《みけん》に皺《しわ》を寄せた時、サウロが遮った。

「それは無いだろう。プエプロデ・モンタナ村は山間部に築かれた村で、公共の交通網は走っていないからね」

「そうですか……。それなら、不思議な現象としか言いようがありませんね」

平賀がそう言った時、その不思議な音は鳴りやみ、十二人の証言者が語り始めた。


『私は、貴方がたの主である。

私を慕い、集まってきた子羊たちに言う。

貴方がたの中に、重い病を患っている者がいる。

それは頭の病である。

貴方がたが、脳腫瘍《のうしゅよう》と呼んでいる病である。

その者は、祭壇の前に来て、剣の傍に立ち、司祭に祝福を願うといい。

そうすれば、病が癒《いや》されるであろう』

「主の御《み》言葉は、あの十二人だけに聞こえて、他の人間には聞こえていないのですね」

平賀の言葉にサウロは頷《うなず》いた。

「そのようだ。彼らは神の証言者と呼ばれているらしい」

「それはそれで不思議な事です」

平賀は、きりりとした顔で、再び画面を凝視し始めた。聴衆の中から、人々を押し分けるようにして、二十歳前後の若者が、祭壇の傍に寄ってきた。

その若者はアリリオ司祭に向かって何か言っている。

アリリオ司祭は頷き、彼の頭に手を当てて、短い祈禱《きとう》を行っている様子だ。

画面は突然、そこで消えた。

「これはアリリオ司祭から、奇跡を訴える手紙の後に送られてきた映像で、画面に映っていた脳腫瘍の若者の名は、セリノ・オロスコというそうだ。祈禱の後、病が完治したと連絡があったので、アリリオ司祭が是非、何か証拠になるものを送ってほしいと相談したところ、CT画像が送られてきたと言う。それがこれだ」

サウロは、再び引き出しを開けて、大きな封書を取り出した。

平賀が、それを開けると、確かに二枚のCT画像があった。

一つの画像を見ると、撮られた日付は、一月十日。もう一つの画像は、三月六日であった。

ロベルトにはCT画像の見方など、よく分からない。

そこで、二つの画像を見比べている平賀が、口を開くのを待った。

「これは……。信じられませんね。一月十日の画像では、右脳のほうに直径二センチ以上の腫瘍の影があるのに、三月六日に撮られたものでは完全に消滅しています。普通、高度な化学療法を行っても、僅《わず》か二ヵ月で脳腫瘍が治ったりしたら、奇跡です」

「難病まで治してしまうなんて、俄《にわか》には信じられない……」

ロベルトの呟《つぶや》きに、平賀は瞳《ひとみ》を大きく見開いた。

「素晴らしいじゃありませんか！　しっかり調査して、これらが事実だと判断できたなら、私達は本物の奇跡に出会うことになるんですよ」

「ああ、それはそうだね。それは勿論《もちろん》、喜ばしいことだ」

これまで余りに多くの奇跡を科学的に否定してきた癖で、今回も奇跡の解明をしなければならないのだと思い込んでいた自分に、ロベルトは苦笑した。

確かに本来の奇跡調査官の仕事とは、神の奇跡を見つけ出して、それを認定することなのである。

ロベルトは、思わず頭を掻《か》いた。

「預言が現実のものになっているかどうかという点は、調査すべきですが、この十二人の証言者と呼ばれる人達だけに剣の声が聞こえるのが、まず不思議です」

「そうだね。もし、彼らが口裏を合わせているだけだとしたら？」

「その件については、彼に調査してもらおうと思っている。アルバーノ・サッシ神父、そこにいるのだろう？　入って来なさい」

サウロの呼び掛けに、ドアが開き、細身で高身長の神父が入ってきた。

カールした肩までの銀髪、精悍《せいかん》な顔立ちに鋭い眼光。

それは、まごうことなきマギー・ブラウン元神父であった。ナチスの行方不明の戦犯を探し出し、刑を執行させる『シオンの掟《おきて》』という組織のエージェントである。

「マギーさん、貴方《あなた》がどうして？」

ロベルトが驚いて訊《たず》ねると、マギーは苦笑いを浮かべて二人を見た。

「今はアルバーノ神父と呼んでくれないか。

いや、実は『シオンの掟』の活動が縮小して、暇をしていた所に、サウロ大司教からお呼びがかかったんだ。バチカン内部の腐敗を摘発する調査団に入らないかとね。

二つ返事で了承したのだが、まだ組織は正式に発足していないし、手持無沙汰《ぶさた》の間、言われた雑用をこなしているという訳なんだよ」

「ふむ。内部調査官を正式に作るのには、なかなかお偉方の賛成が得られなくてな。それに加えて、只《ただ》の神父では、内部調査をするにも小回りが利く動きは得意ではないだろう。そこで私の頭に浮かんだのが、彼だった。神父の資格と経験があり、人柄も信頼できるエージェントなど、そうそういないからな。

幸運にもアルバーノ神父は役目を引き受けてくれた。そこでまず、彼にはバチカンに慣れてもらおうというところだ」

「それは、法王猊下《げいか》もご存知のことなのですか？」

ロベルトが訊ねると、サウロは静かに頷いた。

「無論、私が猊下の意志を拝聴した。猊下自身は教会の改革の必要性を考えておられる。いずれはアルバーノ神父の率いる調査団が出来るという予定でやっていることだ」

　サウロが、アルバーノに目配せした。

「ともかく、君達とアルバーノ神父は初対面ではない。教会の上部でも君達の仕事は高く評価されている。正式に内部調査官としての仕事や役職が決まるまで、アルバーノ神父には様々な部署で経験を積んでもらおうと思っているのだ。

　その初仕事として君達と同行することは彼の信用向上に繫《つな》がるし、彼は語学も堪能《たんのう》で、スペイン語も出来る。彼のような人材がいれば、君達にとってもプラスに働くだろう。

　そこで、今回の奇跡調査はアルバーノ神父と共に行って欲しい」

「手土産と言っては何だが、ここに私の伝手《つて》を頼って調べた、十二人の証言者の身元調査資料がある」

　アルバーノ神父がロベルトにファイルを差し出した。

「有り難うございます。それでアルバーノ神父は奇跡調査において、どのような担当に？」

　ロベルトはアルバーノ神父を見た。

「私のやれることはたかが知れている。平賀神父やロベルト神父のような才能は私にはない。ただ、長年スパイをやってきた経験から、多少、様々な裏事情を探ることや人の観察には自信がある。それを生かすだけだ」

「分かりました。ご協力お願いします」

平賀は、ぺこりとアルバーノ神父に会釈した。

「ロベルト神父、平賀神父、アルバーノ神父。次の聖剣の預言は明後日《あさって》だ。明日には現地入りして欲しい」

サウロの言葉に、平賀とロベルトは頷いた。

2

調査前の事前検証を兼ねて、平賀とロベルトは夕食を共にすることにした。

ロベルトの家に到着すると、平賀はいそいそとリビングに駆け込み、ソファに陣取って、アルバーノの資料を熱心に読み始めた。

一方、ロベルトは得意の料理の準備にかかる。

まず冷蔵庫から取り出したのは、春アスパラガスとトマト、ニンニク、それからプンタレッレという春野菜だ。

プンタレッレはとんがり帽子のような形をしており、外側の葉を剝《む》くと、中心部に花茎《かけい》がある。

一品目は、花茎とその周囲の柔らかい葉の部分を使った、プンタレッレのローマ風サラダだ。

取り出した花茎を細長くカットして、氷水を張ったボウルに浸《つ》けておく。

柔らかい葉はざく切りにして洗い、水を切っておく。

残った固い外側の葉も、炒《いた》めるとシャキシャキして美味《おい》しいので、これとトマト、パンチェッタを合わせた、アマトリチャーナ風パスタにすることにした。

甘くて柔らかい春アスパラガスは、前菜にする。

ロベルトは、アスパラ専用の細長い鍋《なべ》と、パスタ用の深鍋で湯を沸かし始めた。

アスパラガスの根元を切り落とし、固い部分をピーラーで剝けば、下準備は完了だ。

沸騰した湯でアスパラガスをさっと茹《ゆ》で、鍋の内側にある取っ手付きのザルで引き上げて、粗熱を取っておく。

ニンニクはみじん切りに、トマトとプンタレッレの葉はざく切りに、パンチェッタは短冊切りにし、フライパンに少量のオリーブオイルと少量のパンチェッタを入れて、弱火でじっくり加熱する。

パンチェッタから脂が出たら、トングでパンチェッタを取り出し、一旦《いったん》、火を止める。

そうしている間に、ボウルの中の花茎が、くるりと反り返った形になっている。それを取り出し、水気を切って、柔らかい葉と共に、サラダボウルに盛り付ける。

アンチョビドレッシングを作り、サラダにかける。

粗熱の取れたアスパラガスには、生ハムを巻き付ける。それを長角皿《ちょうかくざら》に見栄え良く盛り付ければ、簡単な前菜の完成だ。

汚れた調理道具を片付け、サラダと前菜をテーブルに運んで、カトラリーとワイングラスをセットし、ワインを選ぶ。

ロベルトはここでリビングにいる平賀に声をかけた。

「平賀、そろそろ食事だよ」

「……はい」

生返事を聞いたところでキッチンに引き返し、パスタの仕上げにかかる。

沸騰した鍋に塩を入れ、パスタを投入する。

パンチェッタの脂が出たフライパンを加熱し、ニンニクと赤唐辛子を炒める。

香りが出たら、プンタレッレの葉を入れ、しんなりするまで中火で炒める。

頃合いを見て、パンチェッタをフライパンに戻し、トマトを加えて更に炒め、味を調える。

茹で上がったパスタを湯切りし、フライパンでソースと和《あ》えれば完成だ。

パスタをテーブルに運び、ロベルトは再び平賀の許《もと》に向かった。

そして彼の肩をトンと叩《たた》いて言った。

「平賀、食事だよ」

「あっ、すみません。急いで手を洗ってきます」

あたふたとダイニングにやって来た平賀を見ながら、ロベルトは悠然とワインのコルクを抜いた。

二人のグラスに赤ワインが注がれる。

「パーチェ（平和）」

「パーチェ（平和）」

乾杯の合図と共に、二人はグラスを合わせた。

「いつもいつも素晴らしい料理を有り難うございます、ロベルト神父」

「いやいや、今日の料理は余り手が込んでないんだ」

「そうなんですか？」

平賀は懐疑的に言うと、まじまじとサラダを見た。

「このくるりとカールした野菜は何です？」

単に形態が気になったから訊ねたのだろうが、何にせよ、平賀が食に興味を持つことは素晴らしい。ロベルトは笑顔になった。

「お、よくぞ聞いてくれた。プンタレッレという春野菜だよ。一口食べてみれば？」

平賀は頷《うなず》き、サラダをつついた。

「不思議な食感ですね。歯ごたえがあって美味しいです」

「そうなんだ。爽《さわ》やかな苦味も癖になるよね。チコリの一種なんだ」

「確かに、癖になりそうです」

「今日のパスタも、プンタレッレの外葉を使ってるんだ。そちらもどうぞ」

言われるまま、平賀はパスタを一口、二口食べた。

「少し苦味があって、サッパリしていて、食べやすいです」

「それは良かった」

ロベルトは前菜のアスパラガスをナイフで一口大に切り、平賀の取り皿に載せた。

平賀が反射的にそれをパクリと食べる。

今日の夕食は大成功だとほくそ笑んだロベルトだったが、快進撃はここまでだった。

「ところでロベルト、聖剣といえば何と言っても一番有名なものは、アーサー王の物語ですよね。私も少年時代に読んだことがあるのですが、腑《ふ》に落ちない箇所が沢山あって、読むのに苦労したんです。

折角の機会ですから、貴方《あなた》に私の疑問を聞いて貰《もら》っていいですか？」

「い、いいけど……」

ロベルトは、これは長話になるのではと身構えながら、アスパラを食べた。

「では、最初の疑問です。

アーサー王の物語では、ユーサー王の子であるブリトン人のアーサーが、魔術師マーリンの手によってエクター卿《きょう》に預けられ、エクター卿の息子ケイと共に育てられます。

そのケイが馬上槍《やり》試合に出場することになりますが、剣を折ってしまいました。

代わりの剣を探していたアーサーは、カンタベリー大聖堂の前で、岩に突き刺さった剣を見つけて引き抜きます。

それは誰も引き抜けなかった、聖剣エクスカリバーでした。

このことによって、アーサーはユーサー王の正統な跡継ぎと認められ、王になりましたが、ユーサー王とは何者なのですか？」

「簡単に言えば、ブリタニアの王の一人で、伝説的人物だ。神によって王に任命され、竜の頭の形をした彗星《すいせい》に導かれて戦い、ブリタニアを勝利に導いた名王だったという。

ところが彼の死後、ブリタニアは『我こそが次の王だ』と名乗りを上げる騎士達の争いでバラバラになってしまう。

そこで魔術師マーリンは名だたる騎士達を教会の中庭に集め、聖剣が刺さった巨大な大理石を出現させて、こう宣言した。

『見なさい。ここに巨大な岩に刺さった聖剣がある。この剣を岩から引き抜いた者こそ、ユーサー・ペンドラゴンの正統な跡継ぎであり、次の王だ』

騎士達は次々と挑戦したが、全て失敗した。

だがアーサーは、剣を引き抜いた。それこそが、彼が神から任命された正統な王である証《あかし》であり、ユーサー・ペンドラゴン王の血を引く跡継ぎだという証明だったんだ」

「そこにも疑問があるのですが。

魔術師マーリンは、アーサーがユーサー王の子だと知っていた筈《はず》ですよね。王からアーサーを託されて、エクター卿に預けたのですから。

なのに何故、わざわざ抜けない聖剣を出現させて、騎士達を競わせたり、アーサーに剣を引き抜かせたりなんて、面倒なことをしたんです？」

「抜けない聖剣を出現させたのは、騎士達の跡継ぎ争いを終わらせる為だろう。これ以上、国が乱れるのを止めたかった。あとは、アーサー王誕生の場面を派手に演出したかったのかもね」

「演出ですか。派手好きな人だったんでしょうか」

「かも知れないね。謎多き登場人物だ」

ロベルトはゆっくりとパスタを頬張った。

平賀はワインを一口飲み、再び口を開いた。

「とにかくアーサーはブリタニアの王として即位し、キャメロットを首都にしましたよね。それから数々の敵と死闘を繰り広げます。

ところが、ある戦いに敗れたアーサー王は、聖剣エクスカリバーを折ってしまいます。とんだアクシデントですが、魔術師マーリンがアーサーを湖に連れて行くと、湖の乙女が現れ、新しい剣、つまり、二本目の聖剣エクスカリバーを授けます。

その後もアーサー王は巨人を倒し、ローマへ遠征して、勢力を拡大していきます。首都キャメロットには各地の騎士達が集い、アーサー王の近臣として選ばれた十二人からなる騎士団が結成されました。

それが有名な『円卓の騎士』です。

円卓とは、アーサー王の居城にある円卓のことで、上座下座のない円卓が選ばれたのは、卓を囲む者全てが対等であるという意味だとか。

十二人という数は、イエス・キリストと十二人の使徒を模したものといわれます。

ところでロベルト、今回の奇跡の証言者も十二人ですが、何故でしょうね？」

「さあ、僕にはまだ分からないな」

「確かにそうですね。では、話を続けます。

円卓の騎士達は皆、勇気と忠誠心、騎士道精神に溢《あふ》れる人物でした。

ところがある時、円卓の騎士の一人にして湖の騎士、この世で最も誉れ高き最高の騎士と称されたランスロットは、アーサー王の王妃グィネヴィアと恋に落ちてしまいます。

そんな中、アーサー王が円卓の騎士達と歓談していると、突如、円卓の上に一条の光が射し、光り輝く聖杯が現れます。でも次の瞬間、聖杯は忽然《こつぜん》と姿を消してしまいました。

騎士達は皆、『聖杯を探しに行きます！』とアーサー王に宣言をして、そこから聖杯探しの旅が始まります。

そして聖杯を探索していたガラハド、パーシヴァル、ボールスの三人は、聖杯が安置されている場所を発見します。

三人は暫《しばら》く、この聖杯を守って暮らしましたが、ある日、ガラハドが聖杯を手にすると、彼の魂は聖杯と共に天に召されました。キャメロットへ戻る途中、パーシヴァルも亡くなり、ボールスは唯一の生き残りとして聖杯探索の結末を報告します。

一方、王妃グィネヴィアとの不倫が露見したランスロットは、騎士達を殺し、グィネヴィアを連れて、祖国フランスへ逃げ去ってしまいました。

ランスロットに兄弟を殺されたガウェインは、ランスロット討伐を主張。同意したアーサー王は、フランスへ攻め込みますが、戦いの末、ランスロットと和解します。ガグィネヴィアも戻って来ますが、ガウェインの怒りは収まりません。一騎打ちの末、ガウェインはランスロットに敗れます。

その頃、居城キャメロットを守っていた筈のモルドレッドが反乱を起こして城を横取りし、アーサーに反旗を翻します。モルドレッドは、アーサーの甥《おい》もしくは息子といわれる人物です。

アーサーは急遽《きゅうきょ》キャメロットへ戻ってモルドレッドを倒しますが、瀕死《ひんし》の重傷を負ってしまいます。

そうして、自分の死期を悟ったアーサー王は、エクスカリバーを湖の乙女に返し、湖の乙女達によって、小舟で幸福の島、アヴァロンへと運ばれていきます。

大体こんな話だったと思いますが合っていますか？」

「ああ、合っているよ」

「では疑問です」

平賀は小さく咳払《せきばら》いをして、話を継いだ。

「アーサー王が自分の血筋の正統性を示す為に抜いた聖剣エクスカリバーですが、話の途中で折れてしまい、そこから湖の乙女が突然登場して、アーサー王に、これが本物のエクスカリバーだといって渡すシーンがあります。

あれは一体、何なんです？」

「ああ、そこね。確かに矛盾というか謎だよね。

十二世紀頃のフランスの詩人だったロベール・ド・ボロンの詩『メルラン』では、岩から引き抜いた剣の名前は明記されていない。ただ、多くの人がこれを有名なエクスカリバーのことだと考え、その後書かれたランスロ＝聖杯サイクル（物語群）の一部『メルラン続伝』で明記されたんだ。

ところが、さらにその後に書かれた後期流布本サイクルの『メルラン続伝』では、エクスカリバーはアーサーが王になった後、湖の乙女によって与えられるものとされた。

或《ある》いは、折れた剣を湖の乙女が鍛え直したという説もある。

一本目の岩に刺さった剣はカリバーンといい、鍛え直された剣がエクスカリバー（元カリバー）だという説もあるようだ。

まあ、誰もが疑問を抱く箇所だから、色んな解釈があるんだ」

平賀は、まだ腑に落ちないという顔をしていたが、次の疑問を口にした。

「他にも私が納得いかない点として、ランスロットの不倫のくだりがあります。騎士道精神に溢れていた筈の円卓の騎士の、しかも最高の騎士とされたランスロットが、自分の主君の妃《きさき》に手を出すなんて、サッパリ意味が分かりません」

平賀は少し怒ったような口調で言った。

ロベルトは思わずクスリと笑った。

「アーサー王物語の前身に『マビノギオン』という叙事詩があるんだけれど、そこにはそのシーンは描かれていなかった。

だからまあ、その部分は華やかな騎士道ロマンスがもてはやされた中世に、付け加えられたんだろうね。

アーサー王物語は一般に、十二世紀から十五世紀にかけて書かれたものとされていて、それぞれの時代の嗜好《しこう》や流行を取り入れることで、読み継がれていったんだ」

「そうなんですか。成る程、そう聞けば納得です。

それにしてもロベルト。そもそも何故、武器である剣が、聖なるシンボルとなったのでしょう？」

「それは根本的な疑問だねえ」

ロベルトはサラダを大口で食べ、話を続けた。

3

「そもそも長年、人間が恐れてきたのは、人智を超えた神の力だ。

そして神の啓示を受けた王や英雄には、聖剣が与えられる。聖剣エクスカリバーは鎧《よろい》をも切断し、アーサー王は五百の手勢を相手に一人でなぎ倒したという。

剣がキリスト教と関連付けられたのは、岩や地面に刺さった剣のシルエットが十字架に似ていたからと言われているね」

「ああ、成る程。

そう言えばロベルト、イタリアにも聖剣と呼ばれている物がありますよね。八百年以上、岩に突き刺さったままのガルガーノの聖剣ですが、詳しくご存知ですか？」

「まあ、一通りはね。

貴族の長男として生まれたガルガーノ・グイドッティは、勇敢だが粗暴な性格だったそうだ。彼は長じて騎士となり、戦地に赴くが、戦場の余りの惨《むご》たらしさに絶望してしまう。

そんな彼の前に大天使ミカエルが現れて、モンテシエーピの丘へと彼を導き、啓示を授ける。『騎士を辞めて、聖職者になるように』と。

そこでガルガーノが騎士の象徴である剣を岩に突き刺そうとすると、剣はまるでバターを切るが如く岩に突き刺さったという。

ガルガーノはその後、この剣を十字架に見立てて、平和を祈る日々を過ごしたそうだ。

後に剣は平和のシンボルとなり、ガルガーノは死後、聖人入りを果たした。

そして剣を取り囲むように、教会が建設されたんだ。

剣を引き抜こうとする者は、神の怒りを買うという伝説もあって、ガルガーノの名声を妬《ねた》んで剣を砕こうとした三人の修道士は、一人が洪水に流され、一人は雷に打たれ、一人は狼に両腕を食いちぎられた。

その腕のミイラも安置されているというね」

「実は最近、そのミイラに放射性炭素年代測定法による調査を行ったところ、西暦一一〇〇年から一二〇〇年頃のものと判明したんです。そうしますと、ガルガーノの聖剣は、アーサー王伝説と同時代のものとなりますよね」

「それは早計だね。アーサー王伝説の始まりは、七世紀近くまで遡《さかのぼ》れそうだから」

「えっ、そうなんですか？」

「尤《もっと》も、アーサー王が剣を抜くシーンが書き加えられたのは、十三世紀頃だとする研究者もいるけどね。

あと、十三世紀頃にアイスランドで書かれた英雄伝説にも、抜けない聖剣グラムというのが登場するよ。

北欧の主神オーディーンの子孫に、ヴォルスングという王がいた。

ヴォルスングが結婚式を挙げたその日、見窄《みすぼ》らしいマントと帽子に身を包んだ隻眼の男が屋敷にやってきた。

そして手にしていた剣を林檎《りんご》の木に突き刺して言った。

『この幹から剣を抜く者は、褒美として剣を自分のものとして良い』

男はそれだけを言い残して去って行ったんだが、彼の正体こそ主神オーディーンであり、刺さった剣を抜くことが出来たのは、ヴォルスングの息子シグムンドだけだった。

そこからシグムンドの物語が始まるんだけど、オーディーンが授けた剣こそ聖剣グラムなんだ。

グラムは岩をバターの様に切り裂くことが出来たと言われている」

「正統な持ち主にしか抜けない剣の伝説は、かなり古くから、複数の地域で存在していたということでしょうか」

「そうだね。様々な民族や文化の交流によって、それぞれの伝承が混じり合ったとは言えるけど、一番古い原形はよく分かっていないというところかな」

「今回の奇跡を起こしたサン・ビセンテの聖剣も、いつか誰かによって抜かれるのでしょうか」

「そんな日が来れば、ロマンチックだね」

「はい。サン・ビセンテは若き日、騎士に憧《あこが》れて剣の修行をしていた時に、大天使ミカエルからお告げを受けて、その剣を岩に刺したんですよね」

「ああ、アリリオ司祭の手紙にはそうあった」

ロベルトの返事が彼にしては素っ気ないものだったので、平賀は小首を傾げた。

「もっと詳しい伝承はご存知ないんですか？」

ロベルトは小さく笑って頷《うなず》いた。

「僕が知らないことなんて、山のようにあるさ。実際、サン・ビセンテ・エスパダ教会の存在自体、知らなかった。

サン・ビセンテが、数々の奇跡を起こした聖人であることは有名だけどね」

「どんな奇跡なんです？　私はサン・ビセンテご本人についても、よく知らないんです」

平賀は子どものような顔つきで、テーブルに身を乗り出した。

「じゃあ簡単に予習しておくかな。

ビセンテが生まれた時、スペインのバレンシアではペストが流行していた。不安に怯《おび》える人々を助けたいという思いもあったのだろう、聖職者を志した彼は十七歳で教会に入り、神の教えを学んでいく。

とても説教が上手な人物だったらしく、教会大分裂が起こった時には、自分が所属するアヴィニョン法王庁の支持を訴えて、民衆の熱狂的賛同を得たりした。

その功績を認められ、アヴィニョン法王庁から司教や枢機卿《すうききょう》になるよう誘われるんだけど、その頃、神のお告げがあったことから、誘いを断り、説教者として活動していくんだ。一人でロバに乗って様々な土地を回り、布教を行い、その先々で奇跡を起こしたといわれている。

例えば、マヨルカ島で説教をすれば雨が降り、日照りに苦しんでいた人々を助けた。豪雨に見舞われていたバルバストロで彼が祈禱《きとう》すれば、雲が晴れた。

ま、この辺りはよく聞く奇跡だけど、最も不思議な奇跡として伝えられているのは、モレーヤの奇跡というものだ」

「モレーヤの奇跡とは？」

「ビセンテがモレーヤに滞在していた時、ある家庭に招かれ、食事を頂くことになった。だけど、その家の母親は、ビセンテに何を食べさせればいいのか分からなかった。

彼女は精神的問題を抱えていたらしい。

悩んだ末、夫に相談すると、『うちにあるもので一番良い物をお出しすればいいじゃないか』という返事だった。

納得した彼女は、自分の家にある一番大事なものとして、生後六カ月の息子をバラバラにして料理してしまうんだよ。

出された料理を見て、事実に気付いたビセンテは、その乳児を蘇《よみがえ》らせるという奇跡を起こす。

ただし、母親が味見の時に食べてしまった指だけは戻らなかったという」

「凄《すご》い話ですね。驚きました」

平賀は目を丸くした。

「とにかくビセンテは大人気で、一四〇九年にバルセロナを訪問した時には、三千人以上もの人々が徒歩で従っていたというよ」

「とても立派で不思議な方だったんですね。そのような方に纏《まつ》わる聖剣の奇跡調査がますます楽しみになりました」

ニッコリ笑った平賀の前に、ロベルトは片手でそっと、平賀の皿を近付けた。

「もう少しお食べよ。いくら君が小食だと言っても、半分ぐらいは食べないと、身体が持たなくなるよ」

「はっ、すいません。折角、ロベルトが料理してくれたのに」

平賀は真顔になって、フォークを小さく動かし始めた。

ロベルトはその懸命な様子に思わず微笑んだ。

「僕としても今回の奇跡調査は興味深いよ。現地へ行って、その土地にしかない郷土史や地方史、何らかの記録を調べるつもりでいる」

「はい。明日には出発ですね」

「お互い支え合いながら頑張ろう。アルバーノ神父の活躍にも期待だね」

第二章　プエプロデ・モンタナ村

1

翌朝、平賀とロベルトは、アルバーノ神父と共にバチカンを発《た》った。ローマ空港から飛行機に乗り、バレンシア市郊外にあるバレンシア空港に着く。

空港で三人を出迎えたのは、動画で見たアリリオ司祭その人であった。

アリリオは、到着口で平賀とロベルトの名を書いた画用紙大の紙を掲げていたが、それに気付いたロベルトが大きく手を振ると、こちらへ走ってきた。

四十代だと思われるアリリオは、目が大きく丸く、眉《まゆ》は太かった。小柄でしっかりした体型と手の甲までびっしり生えた濃い体毛が、小熊のような印象だ。肌はやや浅黒く、巻き毛と瞳《ひとみ》はダークブラウンだ。

「平賀神父とロベルト神父ですね。私がバチカンにお手紙を出したアリリオです」

「宜《よろ》しくお願いします。僕はロベルト・ニコラスといいます。こちらは科学部門の検証をする僕のパートナーで、平賀・ヨゼフ・庚《こう》です」

「私はアルバーノ・サッシと申します」

「皆様、ようこそおいで下さいました」

アリリオ司祭は嬉《うれ》しさが溢《あふ》れ出しそうな様子で、三人と握手を交わした。

「駐車場に車を停めてあります。こちらへどうぞ」

アリリオ司祭が歩き出し、三人はその後に続いた。

すると、ロベルトの後を歩いていた平賀が、ロベルトの腕をそっと引っ張った。

「あの、ロベルト。一寸《ちよつと》不思議なことがあるんですが」

「何だい？」

「私はスペイン語を知りませんが、さっきの皆さんのスペイン語の会話が大体分かったんです」

真剣な眼差《まなざ》しの平賀に、ロベルトは薄く笑って答えた。

「実はね、イタリア語とスペイン語の単語は、八割程度似ているんだ。勿論《もちろん》、似ていても全く意味が異なるものもあるけどね。

イタリア人とスペイン人が互いの母国語で会話をしたら、何となく通じるともいう。もし通訳の僕が側にいなくて困った時は、君もイタリア語で喋《しゃべ》ってみるといい」

「成る程、分かりました」

一行は空港ビルの外に出た。

まだ三月だというのに、日差しの印象は強い。風は余り無く、空気はからりと乾いている。

「こちらの車です。どうぞお乗り下さい」

アリリオが示したのは、小さな黒い車であった。

長身のロベルトには、少し手狭な車である。

ロベルトと平賀が後部トランクに手荷物を入れている間に、アルバーノは何故か当然のような顔をして、助手席に座った。

平賀とロベルトが、後部座席にぎゅうぎゅう詰めになって座る。

「狭くてすみません。しかし、うちの村では小さな車でないと危ないのです。村まで二時間余りかかりますが、ご容赦下さい」

そう言うと、アリリオ司祭は車を発進させた。

車は空港から出ると、すぐに川を渡る橋に入った。

その間、アルバーノ神父は、気さくにアリリオ司祭に話しかけている。

「司祭は、プエプロデ・モンタナ村のご出身なんですか？」

「いえ、私は出向してきた身です」

「ほう、それは何処から？」

「アンダルシアの田舎町からです」

「何年前ぐらいに？」

「二十年になるでしょうか」

「謎の風土病のある村だと聞きましたが、出向は怖くなかったですか？」

「私は聖職者ですから、神の怒り以外に怖いものはありません」

「では村人との仲も良好で？」

「そうですね。彼らはとても信仰熱心な方達です。酪農や農業を営んでいる方々が多く、昔ながらの生活をしているため、現金の収入は僅《わず》かしかないのです。しかし、たまに寄付金の代わりだと肉や野菜を持ってきてくれるのですよ」

「特に教会に献身的な方はいますか？」

「それなら、ゴレイさんですね。村で酪農を営んでいますが、日曜の礼拝には必ず来て、告解をして帰られます」

「その方も神の啓示を受けたのですか？」

「いいえ、その方は受けていません。ただとても感動されています」

柔らかな会話ではあるが、アルバーノは、確実にアリリオ司祭の身元調査を念頭に置いて質問しているようだ。

続いてアルバーノは、アリリオ司祭が経験した奇跡について、詳しく話すよう促した。

奇跡申請の手紙の内容との食い違いがないか、書き漏らしはないかと探っている様子だ。

ロベルトは、アルバーノとアリリオ司祭の会話に余計な口出しをしないよう黙っていた。

車は、バレンシア州の中を進んで行った。

橋を渡って暫《しばら》くすると、クォートの塔（Torres de Quart）が見えてきた。

二つの太い円柱に支えられた、城門のような塔である。近くで見るとかなりの迫力だ。

それを越して、旧市街に入っていくと、壁に可愛らしいアートが描かれていたり、陶器のデコレーションがなされていたりする。

街中には、オレンジや椰子《やし》の木や様々な街路樹が植わっていて、緑が濃い。

道行く人達の殆《ほとん》どはラフな軽装をしていて、女性はジーンズ、男性はハーフパンツ姿をよく見かけた。

男性の殆どは髭《ひげ》を生やしている。女性の七割は化粧気がない。

そしてイタリア人同様、タトゥーを入れている者が多かった。

スペインらしい古い教会もあちこちにある。教会の周囲では必ずと言っていいほど、大道芸人が芸を披露していた。

古い歴史的建造物と、新しいビルや高層マンションが混在する、不思議な街という印象だ。

街の中心部へ行くと、ビルの密集度が高く、少しビジネス街的な雰囲気もある。

旧市街の中心地にはカテドラルが聳《そび》えていた。最後の晩餐《ばんさん》でイエスが使った聖杯が納められているといわれる場所だ。

ゴシック様式の教会だが、バロック、新古典、イスラム風と、色々な建築様式が混ざってできた外観は、複雑で美しい。

その前の広場には、カフェや土産物屋が並び、大きな買い物袋を抱えた観光客と、軽装の地元の人々がのんびりと寛《くつろ》いでいる。

カテドラルの隣には塔があった。

中心部を南に行くと、白い小城を思わせるバレンシアの市庁舎がある。

市庁舎前の広場は、何故だかぐるりと鉄の柵《さく》で囲まれ、その柵の周囲をかなりの人が取り巻いている。

抗議デモか何かだろうか、とロベルトが思った瞬間だ。

パーン　パーン　パーン

突然爆発音がしたので、銃撃でもあったのかと驚き、辺りを警戒したロベルトに、アリオ司祭はバックミラー越しに話しかけた。

「ただの爆竹の音ですよ。春の火祭りが近くなると、ああして爆竹を鳴らすんです。ほら、見てごらんなさい。市庁舎広場が鉄の柵で囲まれているでしょう？　ここは爆竹ショーの会場になるので、この時期、安全の為に柵が立てられるんです」

ロベルトはホッと胸を撫《な》で下ろした。

「そう言えば、火祭りは四日後からですね」

「ええ。スペインの三大祭りの一つという伝統ある祝祭で、祭りが始まると、八百体にも及ぶ大きな張り子人形が町中に飾られます。そして、サン・ホセの祝日にあたる祭りの最終日には、一気にそれが燃やされます。

観光客にはそちらの方が人気ですし有名ですが、地元の者は祭りの期間中、昼夜問わず爆竹を鳴らして騒ぐのが大好きなんです」

「成る程」

車が郊外へと出ると、急にのんびりした田舎の風景が見えてきた。

オレンジの木が色鮮やかに連なり、畑が広がっている。

道の両側の緑は濃く鬱蒼《うっそう》としていて、中にちらちらと人家が見えていた。

「この辺りは別荘地なんです。バレンシアの人間は、週末になると郊外の別荘に行き、家族で過ごします。そこには必ずパエリア専用のかまどがあって、父親が作ったパエリアを皆で楽しむんです」

そんな他愛のない会話と、その合間にアルバーノが差し挟む質問が繰り返されるうち、車はいよいよ山間部に入った。

道は舗装路ではなくなり、車はガタガタと揺れ出した。

「もう少しで村に着きます。何もない辺鄙《へんぴ》な村ですが、神のご威光に守られていることをひしひしと感じます。

何故なら、プエプロデ・モンタナ村自体が奇跡によって作られたからです」

アリリオ司祭は誇らしげに言った。

2

「どういうことでしょう？」

アルバーノが柔らかく訊《たず》ねる。

「この辺りは十三世紀まで殆ど未開の地で、八世紀にはイスラムの支配下に入りました。そして高台には、難攻不落なイスラムの砦《とりで》がありました。それに挑んだのが、アールニオ将軍率いる騎士団と、ハーパーサロ将軍が率いる騎士団です。

しかし、勇猛な二人の将軍と騎士達の活躍をもってしても、なかなかイスラムの砦を落とすことはできませんでした。

ところがある日、将軍達がキリストに祈りを捧《ささ》げていると、砦のある高台から、光る十字架が出現したのです。

将軍達と騎士達は、これぞ主の啓示と感じ、すぐに砦へと向かいました。そして一気に砦を陥落させ、敵を追放することが出来たんです。

そうして徐々に人々が住み着き、出来たのがプエプロデ・モンタナ村なのです」

「それは不思議な話ですね」

アルバーノは小首を傾げた。

「ええ。二人の将軍の名は、村で二本しかない舗装道路に付けられています」

平賀は司祭の話で分からなかった箇所をロベルトに訊ねた。

ロベルトが通訳して伝えると、「凄《すご》いですね」と感心した様子だ。

そうする内に、車窓の向こうに切り立った山と、その岩肌に張り付くようにして建つ白い建物が見えて来た。

太陽の光を弾《はじ》いて輝く建物群が美しい。

ただその中に、一層ギラギラとした、鏡のような光がある。

「あの輝きは、太陽光パネルですか？」

アルバーノが訊ねた。

「ええ、以前は村人達の憩いの広場だったのですが、政府が土地を買い取って、太陽光発電の施設にしてしまったのですよ」

アリリオ司祭は悲しげに答えた。

車は、急な坂道を上りながら、村へと近づいていった。

「白くて美しい村でしょう？　村の建物に使われているレンガやタイルは、ムーア人が作ったものなんです」

アリリオ司祭の言葉に、ロベルトが口を開いた。

「ムーア人といえば、モロッコなどのアフリカ北西部から、イベリア半島へ移住してきた、イスラム系の人々ですね」

「ええ。スペインに定住した彼らの殆どは、その後キリスト教に改宗しましたが、この地には今も、モロッコタイルの文化が残っているんです」

やはり異文化の交わりというものは興味深いと、ロベルトはぼんやり思った。そう言えば、スペイン文化として定着しているフラメンコも、元は北インドからはるばるスペインにやって来たロマと呼ばれる移動生活集団が、アンダルシアの民俗音楽をアレンジして出来たものだ。

同じラテン系でありながら、イタリアとは又違うスペインの文化や特色は、こういった歴史からの影響があるのだろう。

その時、アリリオ司祭が車のハンドルを大きく切った。

「ここからアールニオ通りに入ります。この坂は、ムーア坂と呼ばれている難所なんです」

確かに坂はきつく、エンジンを一杯に吹かしても、車はじりじりと上るだけだ。

それがようやく終わると、アスファルトの道に入った。

アールニオ通りの標識が立っている。

狭い道幅だ。普通の車二台が通れば、擦《こす》りあいそうである。

ロベルトは、車が小さくなければならないことに納得した。

車を走らせていくと、白い家並みは、非常に狭い間隔で建っていて、大概は、二、三階建てだった。窓には必ずと言っていいほど、黒い華奢《きゃしゃ》な窓格子がはめ込まれている。

家々の屋根は、オレンジ色のレンガで出来ていて、非常に秩序正しい町並みだ。

ちらちらと、小売店らしき看板が見えているが、他の人家との見分けが付きにくい。

外観がよく似た家々が多いのは、集合住宅として同じ時期に建てられたせいなのだろうか、とロベルトは思った。

道行く人を見ると、スペイン人らしからぬ薄い色の髪をした人々が多かった。

車がそんな通りを上へ上へと走って行くと、崖道《がけみち》の突き当たりに、素朴な石積みの外観を持つ、小ぶりな教会が建っていた。

勾配《こうばい》のある三角屋根は、内部の石造り天井を雨から守る為に作られたものだ。

装飾といえば、入り口の両側に立つどっしり太い石柱と、アーチ状にくり抜かれた窓ぐらいで、厚い壁と相俟《あいま》って無骨な印象が強い。

アリリオ司祭がその前で車を停めると、平賀達は窮屈な車を降り、大きく背伸びした。

山間部であるせいか、風は強く、冷たかった。

空の青と眼下に広がる白い街並み、生い茂る緑を見ていると、ふとフェズの旧市街辺りの光景を連想する。

「こちらがサン・ビセンテ・エスパダ教会です。どうぞ中へ」

アリリオ司祭が、扉の開かれた教会の中へと入って行く。

平賀とロベルト、アルバーノもそれに続いた。

教会内は薄暗く、禁欲的な雰囲気であった。

トンネル・ヴォールト天井と分厚い壁は奇跡申請の映像で見た通りだが、間近で見ると、その壁に直接、驚くほど多くの聖人達の姿や、聖書の場面が彫刻されている。

素朴だが、丁寧な仕事ぶりだとロベルトは思った。劣化の風合いも味わい深い。

そして薄闇の中に浮かび上がる祭壇は、一際豪華なものに感じられた。

優雅なマリア像、その周囲を取り囲む天使や聖人。金箔《きんぱく》の煌《きら》めきは、まるで暗い世界を照らす主の神秘の光のようだ。

ロベルトがそんなことを思う間、平賀は脇目も振らず、サン・ビセンテの聖剣の許《もと》に歩いて行った。

祭壇前にしゃがみ込み、床の穴から見える地面の岩肌と、そこに刺さった剣を観察し始める。

聖剣はブレード（剣身）の大部分、ガード（鍔《つば》）の近くまでが、岩に埋《うず》もれている。

平賀はポケットからメジャーを取り出し、床に開いた穴を測り始めた。

「縦八十センチ。横八十センチ。丁度正方形ですね。ロベルト、アリリオ司祭に、この剣を触って、本当に抜けないか確かめてもいいかどうか聞いてくれますか？」

余りに単刀直入な質問なので、ロベルトは戸惑いながら、アリリオ司祭に訊ねた。

「アリリオ司祭、大変不躾《ぶしつけ》なことを言うようですが、平賀が事実確認の為に、この剣が本当に抜けないか確かめたいと」

アリリオ司祭は眉《まゆ》を顰《ひそ》めた。

「それはどういう意味です？　まさか……」

「はい、そのまさかです。実際に剣の柄《つか》に触って、剣が抜けないか試したいと」

するとアリリオ司祭は目玉を落としそうな程、目を見開いた。

一歩離れた所に立ち、状況を観察していたアルバーノがフッと笑った。

「そっ……それは流石にご遠慮頂きたい。当教会にとって、この聖剣は聖遺物です。それに触るなど、とても許可できません。

第一、剣は絶対に抜けません。何故なら、かなり以前に、剣の金属の経年劣化を解消する為に、鉛でコーティングして、下の岩の隙間まで流し込んでありますから」

ロベルトがそのことを伝えると、平賀は心底ガッカリした顔をした。

「それでは本当にこの剣が抜けなかったかどうか、確かめようがありませんね」

「いや、僕がその証拠を探し出すよ」

「あてはあるのですか？」

「そうだね。無くはないかな」

平賀は信頼しきった瞳《ひとみ》をロベルトに向けた。

「では、そちらの方はお任せします。さて、では次に……」

平賀は再び聖剣と、その下の岩を凝視した。

「ロベルト、この剣はどのくらいの長さがあるのでしょうか？」

「ロングソードのようだから、一般的なものなら、全長は八十から九十五センチほどだ。大きければ一メートルを超える物も作られたというけれど、グリップや鍔の大きさから推測するに、そうではないだろう」

平賀はメジャーで地上に出ている僅《わず》かなブレード部分と、柄の部分を測った。

「地表から三十七センチ出ていますから、少なく見積もって四十三センチ、最大で五十八センチ程が岩肌に突き刺さっていることになりますね」

平賀は浮かない顔になって、言葉を継いだ。

「本当にこの剣に、岩を貫くような強度があるかないかをどう調べればいいものか、困っています」

「ロングソード自体の強度は、かなりのものだったそうだよ。金属板で作られた鎧《よろい》ごと叩《たた》き斬るほどの威力があったというから」

「だからと言って、剣をここまで岩に突き刺せるものでしょうか？」

平賀は根本的な疑問を口にした。

「まず常識的には有り得ない、と言うべきだろう」

「そうですよね。岩をバターの様に切り裂く聖剣でもなければ……」

平賀は深く考え込み、無言になった。

そのまま長い時間が流れる。

ロベルトはそんな平賀を見守るように、腕組みをして彼の背後に立っていた。

アルバーノは鋭い目で、祭壇を観察している。

奇妙な緊迫感が漂う空気に耐えられず、とうとうアリリオ司祭が口を開いた。

「あの、皆様、今日はお疲れになったでしょう。早めの夕食など摂《と》って、宿でお休みになられては？」

そう言われてロベルトが時計を見ると、午後四時だ。

いずれにせよ本格的な調査は聖剣の預言を聞いてからになるだろうし、ここはアリリオ司祭の提案に乗るべきだろう。

「そうですね。明日の朝も早いことですし」

「ところで、村に食事処などはあるのでしょうか」

何時の間にか側に来ていたアルバーノが訊《たず》ねる。

「ええ、レストランが一軒だけあります。美味《おい》しいですよ」

「いいですね。案内して貰《もら》えますか？」

「お安い御用です」

アリリオ司祭が答えたところで、ロベルトは岩のように固まっている平賀の肩を叩いた。

「平賀、行こう」

「えっ、何処にです？」

「レストランだよ。このままじっと剣を見てても仕方ないだろう？」

ロベルトは平賀の腕を取って立ち上がらせた。

「お腹は空《す》いていません。それに、ずっと見ていたら、いつか私にも聖剣の声が聞こえてこないとも限りません」

「いいから、いいから。皆も待ってる」

ロベルトが視線でアリリオ司祭とアルバーノを示すと、平賀も渋々といった顔で歩き出した。

そして四人は又、狭い車に乗り込んだのだった。

3

教会から暫《しばら》く進むと、比較的緩やかな斜面を下る脇道があった。それを下ると、突き当たりに舗装道路が現れる。

「こちらがハーパーサロ通りです。アールニオ通りとほぼ平行して走っているのです」

アリリオ司祭はそう言いながら、ゆっくりと通りを下っていった。

車は一軒の家の前で停まった。どこもかしこも白い角砂糖のような四角い家なので、そこがレストランとは判別しづらい。

ただ、車を降りた家の軒先に、パエリアとビールの絵が描かれた小さな看板が吊《つ》るされていた。

アリリオ司祭が店の木戸を開いて、三人に入ってくるよう合図をする。

店内は清潔で素朴な感じがした。内壁は白漆喰《しっくい》で塗られていて、木造りの四人掛けテーブルと椅子が、規則正しく並んでいる。

そこで村人達が喋《しゃべ》りながら食事を摂ったり、コーヒーを飲んだりしていた。客の入りは七割といったところで、結構繁盛している。

辺りにはジューシーな肉の香り、ハーブの香りが立ちこめていた。

そして奥の壁際に、舞台のような設備があった。

オリーブオイルの瓶が並んだカウンターの向こうに厨房《ちゅうぼう》があり、中年男性がせわしなく働いている。

その妻らしきエプロン姿の女性が、厨房とホールを行き来していた。

「ベニータ、注文を」

アリリオ司祭が女性に向かって声をかけると、「はい」と返事があり、ややあってベニータがやって来た。

中年女性らしいふくよかな身体つきで、愛嬌《あいきょう》のある顔立ちをしている。

「お待たせしました、神父様。そちらのお三方はもしかして……」

「ああ。バチカンの神父様方だよ」

するとベニータはみるみる頬を紅潮させた。

「まあ、遂にいらっしゃいましたのね。村中の皆が楽しみにしていたんですよ。もし宜《よろ》しければ、握手をして頂けませんか？」

ベニータはエプロンで自分の手を拭《ふ》き、ロベルトに差し出した。

ロベルトは微笑んで握手を交わした。

アルバーノ神父も、愛想よく握手をする。

平賀も「私で良ければ」と言いながら、そっと手を差し出した。

「有り難うございます。一生の記念です。後で主人のウンベルトとも是非、握手してやって下さい」

「ええ、喜んで」

ロベルトは会釈した。

「ところで神父様方は、どちらにお泊まりになるの？」

ベニータの問いに、アリリオ司祭が答えた。

「クレメンテのところに空き家があっただろう。其処《そこ》にお泊まり頂くことにした」

「あら、それはいいわね。去年まで息子夫婦が暮らしていたところだから綺麗《きれい》だし、家具付きの賃貸に越すからって、家具や電化製品もそのままだもの」

「私もそう思ってね」

「あら、そうでした、注文でしたわね。何になさいます？」

「お三方とも、好き嫌いやアレルギーはありませんか？」

アリリオ司祭の問いに、ロベルトとアルバーノが「大丈夫です」と答える。

「それじゃあ、やはり名物のパエリアを大皿で貰おうか。取り分けられるように、小皿も頼む。それと飲み物は、オレンジジュースを人数分だ」

「はい。パエリア大皿とオレンジジュース四つですね」

「バチカンの方々、この店のオレンジジュースは美味しいですよ。ただ、バレンシアのオレンジというと、バレンシアオレンジだと思われがちですが、バレンシアオレンジの原産地は、アメリカのカリフォルニアなんです」

アリリオ司祭の言葉に、ベニータが微笑んだ。

「ややこしい話ですわよね」

「全くだな。バレンシア地方のオレンジに形が似ているというので、アメリカ人がそう名付けたらしい」

二人が会話している間に、ロベルトは素早くメニューに目を通してこう言った。

「あと、折角の機会ですから、ピンチョスを何品か頂けますか。トマトとチーズのものと、ズッキーニとサーモンのものを」

なにしろスペイン料理といえば、使う油の量が多い。オリーブオイルを匙《さじ》でなく、カップで計量するほどだ。胃弱の平賀では、まず歯が立たないだろう。

その点、オードブル的な食材を食べやすく串《くし》に刺したピンチョスなら、安心だ。

「はい、かしこまりました」

ベニータは愛想よく答え、伝票を持って厨房に行った。

何気なくその後ろ姿を見送っていると、ベニータはまず、厨房の男性と会話し、次に厨房から一番近いテーブルに座っている六人組の男女に何かを話した。

するとたちまちテーブルから、わっと歓声が上がり、皆が一斉にロベルト達のテーブルを見た。

その中の一人の女性が席を立ち、ロベルト達に近づいて来る。

カールした長い髪をバレッタで纏《まと》め、胸元が大きく開いた赤いドレスを着、ハッキリした顔立ちにきついメイクを施した美女だ。年齢は四十代だろうか。

女性はロベルト達のテーブルの側まで来ると、右手を胸に当て、左手でドレスを抓《つま》み、深々と腰を折って、舞台女優のようなお辞儀をした。

「こんにちは、アリリオ司祭。初めまして、バチカンの神父様方。私の名はカルメン。聖剣の証言者の一人です。どうぞお見知り置きを」

カルメンのよく通る声が店内に響くと、他の客達もざわめきながらロベルト達のテーブルに注目した。

そして、どこかのテーブルから声があがった。

「カルメンは、スペインではそこそこ名の売れたフラメンコダンサーなんですぜ」

「普段はバルセロナで踊ってるんだが、神託を聞いて、村に戻って来たんだ」

「どうだいカルメン。神父様方に踊りを見せて差し上げては」

するとカルメンは蠱惑《こわく》的な瞳《ひとみ》で、周囲のテーブルの男達を見回した。

「じゃあ、誰がギターを弾いてくれるの？」

「俺がやろう」

カルメンと同じテーブルにいた男性が手を挙げた。なかなかハンサムな中年男性だ。

「ちゃんと弾けるのかい、ウンベルト」

「神父様方の前で失敗するんじゃないぞ」

各テーブルから野次が飛ぶのを、ウンベルトは「まあまあ」と笑顔で制し、カルメンの手を取って舞台に上がった。

舞台の下手には、ギタースタンドに置かれたギターとマイク、小さな椅子がある。

ウンベルトは椅子に浅く腰掛け、客席に向かって叫んだ。

「『二筋の川』をやるぞ！」

客席から歓声があがり、あちらこちらで乾杯が交わされる。

だが、ウンベルトがギターのチューニングを始めると、辺りは静まり返った。

カルメンは舞台の中央でスポットライトを浴び、客席に背を向けてポーズを取っている。

すると突然、ギターがかき鳴らされた。

カルメンが振り向き、両腕を天に向かって上げる。

ギターはそこから哀愁漂う、ゆったりとしたメロディを奏で出した。

カルメンは曲線美を誇るかのように上半身を大きく反らし、手首を回しながら姿勢を戻すと、静かにその場で一回転した。

そしてウンベルトがギターのボディを叩《たた》きながら、早いリズムを取り始めると、カルメンはスカートを靡《なび》かせ、踊り出した。

右へ左へとステップを踏み、爪先《つまさき》で、踵《かかと》で、足の裏全体で床を打つ。

見事な静と動の緩急だ。

カルメンは手拍子を打ち鳴らし、時に悲しげな顔で、時に蠱惑的な表情で踊り続ける。

ウンベルトも足でリズムを取りながら、激しくギターを響かせた。

いよいよ曲がクライマックスを迎えると、客席から掛け声が飛んだ。

「いいぞ、カルメン！」

「ムイ・ビエン（最高だ）！」

そんな声援に応《こた》えるように、カルメンが歓喜と情念が相俟《あいま》った表情を見せる。

最後にカルメンは髪を纏めていたバレッタを外し、くるりと一回転した。

すると豊かな黒髪が広がり、髪から飛び散った汗がスポットライトに照らされて、虹《にじ》となったように見えた。

曲が終わると、カルメンは荒い息をしながら、深々とお辞儀をした。

「カルメン、見事だった！」

「君は最高だ！」

「ウンベルトもよくやったぞ！」

拍手と歓声が客席に湧き起こる。客は総立ちだ。

ロベルト達も心からの拍手を舞台に送った。

カルメンはハンカチで汗を拭きながら舞台を降りると、元の席に戻って行き、シガレットケースから煙草を一本取って、口にくわえた。

すると、何時の間にかカルメンを取り巻いていた男達が、一斉にライターを点火し、カルメンに差し出した。

カルメンはその火を見回し、気紛《きまぐ》れに一つを選んで煙草に火を点《つ》けた。

残りの男達がガッカリと肩を落とす。

スペインでは女性を女王のように扱うという噂は知っていたロベルトも、この光景には目を丸くした。

やがて舞台の熱気が徐々に収まり、客達も元のテーブルに戻って歓談の続きを始める。

丁度その頃、ベニータが食事を運んで来た。

4

「すみませんね、騒がしくて。姉のカルメンは昔から、自分が目立たないと気が済まないんです」

「カルメンさんは、ベニータさんのお姉さんだったんですか」

アルバーノは証言者の身上調査で既に知っていることを、初耳のように言った。

「ええ。姉はダンサーになるといって、十七年前に家を飛び出して行ったんです。両親が風土病で亡くなった時には、葬式にも出なかったのに、今度は神託を受けたと言って大張り切りで帰って来て、うちの夫婦の家に住み着いてます」

ベニータは呆《あき》れ顔になった。

「それは大変でしたね。ところで、ご夫婦といえば、ベニータさんは『主人のウンベルトとも握手を』と仰《おつしや》っていましたが、もしかすると先程のギターの男性ですか？」

「あら、覚えていて下さったんですね。そうです。ギターを弾いていたのは主人です」

「とてもお上手でしたよ」

「そんなそんな。勿体《もったい》ないお言葉です」

「握手なら何時でもどうぞと、ご主人にお伝え下さい」

アルバーノが爽《さわ》やかに言うと、ベニータは心底嬉《うれ》しそうに微笑んだ。

「ご親切に有り難うございます。後ほど主人を連れてきます」

弾んだ足取りで厨房《ちゅうぼう》に戻るベニータを見ながら、アルバーノの人心掌握術は大したものだとロベルトは感心していた。

「ところでアリリオ司祭、この村の風土病について、お伺いしてもいいですか？」

アルバーノが訊《たず》ねた。

「ええ、私の知っていることなら」

アリリオ司祭は、暗い表情で答えた。

「具体的には、どのような症状が出るのです？」

「まずは発疹《ほっしん》です。首筋や手足の関節に当たる部分に、赤い発疹が出来るのです。軽い場合は発疹ですが、酷《ひど》くなるとミミズ腫《ば》れのようになって、咳《せき》なども伴います。それだけならまだしも、突然死してしまうケースもあるのです」

「皆さん、病院には行かれたのですか？」

「ええ。病院に行っても、原因不明と言われるばかりでした。ですが、教会の上にオーロラが掛かってからは、風土病がパタリとなくなりました」

アリリオ司祭はそう言って話を切り上げた。

「さて、食事と致しましょう」

アリリオ司祭が食前の短い祈禱《きとう》を唱える。

「天にまします父よ、あなたの慈しみに感謝して、この食事を頂きます。ここに用意されたものを祝福し、私達の心と体を支える糧として下さい」

四人の神父は胸元で十字を切った。

「父と、子と、聖霊の御名《みな》によって、アーメン」

「アーメン」

一拍の間があって、食事が始まった。

テーブルの中央に置かれた大迫力のパエリアは、淡くサフランで色づけされたライスの上に、ゴロリとした鶏肉《とりにく》と兎肉の切り身、カタツムリ、大きなさやインゲン、白インゲン豆、赤ピーマンの具と、ローズマリーが載っている。

「お勧めの食べ方をご紹介しましょう」

アリリオ司祭はそう言うと、大きなスプーンを使って、パエリア鍋《なべ》の底からライスをこそぎ取るように剝《は》がし、軽く混ぜた。

「こうするとお焦げが混ざって美味《おい》しいんです。どうぞ、後は各自で取り分けましょう」

各々がパエリアに手を伸ばす。

ロベルトはアリリオ司祭とアルバーノにピンチョスを勧めた後、その残りを全て平賀の前に置いた。

そして取り分けたパエリアを前にしたロベルトは、たっぷりのオリーブオイルで炒《いた》められた具材を堪能《たんのう》し、それらから出た旨味《うまみ》を出汁《だし》として吸い込んだライスの美味しさに舌鼓を打った。無論、お焦げの香ばしさも最高である。

アリリオ司祭は幸せそうに、アルバーノは上品な仕草で食事を進めている。

平賀はごく控え目に取り分けたパエリアを食べ進めるのに苦心していたが、目の前にピンチョスがあるのに気付いて、それを食べ出した。

そしてふと、何かを思い付いたように顔を上げた。

「アリリオ司祭。今回の奇跡の始まりは、教会の上に出たオーロラだったと思うのですが、それを撮影した画像はお持ちじゃないですか？」

平賀のイタリア語をロベルトが補うと、アリリオ司祭は残念そうに、首を横に振った。

「私自身は撮影していないんです。ですが、村人の中には撮った者もいるかも知れません」

それを聞いたアルバーノは、素早く口元を拭《ふ》いて立ち上がった。

「この店のお客の中にも、撮影した人がいるかも知れませんね。ベニータさんに聞いて回ってもらいましょう」

アルバーノがベニータの方へ行き、彼女に耳打ちをしている。

ベニータは頷《うなず》き、アルバーノは軽々とした身のこなしで戻ってきた。

流石に元エージェントだけあって、要所要所を鋭く捉《とら》えていて、動きに無駄がない。

ロベルトはそんなことを思いながら、隣の平賀の皿を見た。

相変わらず、パエリアは減っていない。

「平賀。沢山じゃなくていいから、一口、ライスを食べてごらんよ」

「ライスですか？」

「ああ。僕はパエリアの中で、ライスが一番美味しいと思うんだ。一緒に炊き込んだ具材やハーブの味が全て染み込んでいるからね。逆にライスさえ食べれば、どんな具材を使ったか分かるぐらいさ」

「ライスを食べれば、具材が……。あっ、そうですよ！」

平賀が突然、大声を出したので、ロベルトは目を瞬《しばたた》いた。

「ど、どうしたんだい、平賀」

「ロベルト、アリリオ司祭に訊ねて頂けませんか。聖剣を触るのは許されなくても、聖剣が突き刺さっている岩を触ることは許されるのかと」

「あ、ああ。訊ねてみるよ」

ロベルトの奇妙な問いに、アリリオ司祭は怪訝《けげん》な顔で首を捻《ひね》っていたが、暫《しばら》く考えて口を開いた。

「そう……ですね。我が教会ではサン・ビセンテの聖剣を聖遺物と考えておりますが、岩の方は、ただの岩ですから、大丈夫だと思います」

アリリオ司祭の言葉を平賀に伝えると、平賀はこう言った。

「岩を磨いていいですか？　そう訊ねて下さい」

ロベルトにしても意味が分からない話だが、平賀の顔は真剣そのものだ。


「アリリオ司祭。岩を磨いても宜《よろ》しいでしょうか？」

アリリオ司祭は眉間《みけん》の皺《しわ》を深くしながら、暫く呻吟《しんぎん》した。

「まあ……岩はただの岩だと言ってしまった手前、磨くぐらいのことは……。ですが、それがバチカンの調査のやり方なのですか？」

アリリオ司祭の声と表情には、非難の色が浮かんでいた。

ロベルトはそれを誠実そのものの表情で受け止めた。

「驚かせてしまったなら、心から謝ります。平賀は科学者でもあり、奇跡の証拠をきちんと調べる為、バチカンの調査官として、やむなく行わねばならないのです」

「そういうことでしたら……分かりました」

「ご理解頂き、有り難うございます」

二人の会話を聞いていた平賀は、許可が出たことを悟った瞬間、神父服のポケットを探り、十枚ばかりの紙やすりを取り出した。

アリリオ司祭は、その様子を驚いた顔で見ている。

「やすりが足りるかどうか心配ですね。この村でやすりを売っている所を教えて貰《もら》って下さい。出来るだけ大きなサイズで、粗目、中目《ちゅうめ》、細目《さいめ》、極細目のものを各々三十枚ほど欲しいです」

平賀の願いをロベルトが伝えると、アリリオ司祭は眩暈《めまい》を堪《こら》えるかのように、こめかみを押さえた。

「そうですね……。村の小さな商店では、とてもそんな量は扱っていないでしょう。あるとすれば、内装屋のアラリコの所でしょうか……。ひとまずお時間を下さい」

その時、四人の若い男女がテーブルにやって来た。

「お話し中すみません。ベニータから聞いたのですが、神父様方はオーロラの画像をお探しとか」

実直そうな青年が口を開いた。

「ええ」

「こちらをどうぞ」

青年がスマホに写真を表示して、アリリオ司祭に手渡した。

そこには教会の上空に棚引く赤と青の光が、しっかりと写っている。

「ええ、これです。これですよ、私が見たオーロラは！」

アリリオ司祭が歓喜の声を上げる。

ロベルト達も立ち上がり、画像を覗《のぞ》き込んだ。

「私のスマホも見て下さい」

「僕も……」

差し出されたスマホの画面には、やはりオーロラが写っていた。光がゆっくりと動いている動画もある。

「確かにオーロラのようだ」

アルバーノ神父が呟《つぶや》いた。

平賀は「このデータを私に下さい」とイタリア語で言いながら、自分のスマホと彼らのスマホを交互に指差した。

「ええ、いいですよ」

若者達は快く答え、平賀がテーブルに置いたスマホに、データを送っていく。

作業が終わると、平賀は彼らに深く頭を下げた。

5

平賀達三人は、アリリオ司祭の案内で、宿泊先に到着した。

村の他の家と同様、白く四角い家である。

「教会まで徒歩で十分程度ですので、便利にお使い頂けるかと思います。家電や家具も、ご自由にお使い下さい」

アリリオ司祭が、そう言いながら鍵《かぎ》を差し出す。

ロベルトが鍵を受け取り、三人は家の中へと入った。

玄関を入るとすぐに、広々としたリビングダイニングキッチンがある。

内壁は白い漆喰《しっくい》塗りで、飾り気はないが清潔感があった。

ダイニングテーブルセットと、小ぶりなソファセット、テレビ、冷蔵庫、電子レンジなども揃っている。作り付けの棚は空になっていた。

そこから出ると、二階へ続く階段があり、半ば階段下になっている物置のような小部屋があった。あとはシャワーやトイレなどの水回りがある。

水の出方を確認すると、いずれも問題はない。

二階には四部屋があった。夫婦それぞれの部屋と客間、子ども部屋のようだ。子ども部屋以外はそのまま使えそうだ。

片手に盗聴器発見機を持ち、それぞれの部屋を調べていたアルバーノが口を開いた。

「どうやら盗聴器の類《たぐ》いは仕掛けられていない」

「そんなもの、あるわけがないでしょう」

平賀は眉《まゆ》を顰《ひそ》めたが、アルバーノに「甘いな」と言われて黙り込んだ。

一通り家を見回った三人は、再びリビングに戻った。

「ここは理想的な広さです。私の機材を置くのにピッタリです」

平賀が言った。

「平賀、君の機材はいつ届く予定なんだい？」

「六時頃ですから、もう少しですね」

二人の会話を聞いていたアルバーノが会話に加わった。

「私の荷物も同じ頃に届く筈《はず》だ。それを入れる作業部屋が欲しい。二階の客間を使わせて貰う」

「ええ、どうぞ」

「有り難う」

平賀はスマホを取り出し、オーロラの写真と動画を熱心に眺め始めた。

「確かに、そのオーロラの写真は不思議だ。しかし、プラズマ兵器の実験が行われていたという可能性はないだろうか」

アルバーノが物騒なことを言った。

「それは分かりません。ただ、この謎のオーロラ現象以降、村の風土病が無くなったというのが不思議です」

平賀は首を捻った。

※　※　※

午後六時半。バチカンからの大荷物が届いた。アルバーノ神父の荷物も一緒である。

アルバーノは四角い木箱を二つ抱えると、さっさと自分の部屋に籠《こも》ってしまった。

平賀とロベルトは、ダイニングテーブルに白いカバーをかけ、ノートパソコンや顕微鏡の類いをセットした。

作り付けの棚には液体関係のもの、フラスコやビーカーも並べる。

テレビを床に下ろし、テレビ台の上に成分分析器や、録音器材を置く。

ビデオ撮影の機材は、部屋の隅に纏《まと》められ、化学液が日光で劣化するのを防ぐため、窓という窓は閉め切られる。

一時間ほどかけて、リビングはすっかり平賀の実験室と化した。

やっと出来たと、額の汗を拭《ぬぐ》ったロベルトだったが、平賀は何やら焦った顔で、すっかり空になっている木箱の底を次々、覗き込んでいる。

「どうかしたのかい？」

「頼んでいた機材が一つ、届いていません。直ぐにシン博士に連絡します」

シン博士とは、バチカン情報局に勤務するインド人博士で、平賀の奇跡調査のサポート役を務めている人物である。

平賀はノートパソコンのテレビ電話を立ち上げ、シン博士を呼び出した。

数回のコールの後、頭に白い布を巻き、白いマスクを着けた博士の顔がモニタに映る。

浅黒い肌と凜々《りり》しい眉、鋭い光を放つ鉄色の瞳《ひとみ》。マスク越しにも高い鼻梁《びりよう》が分かる姿だ。

「シン博士、こんにちは、平賀です」

『こんにちは』

博士は無表情に答えた。

「博士から機材が届きましたが、一点、入れ忘れがありました。超音波金属探知機が入っていませんでしたよ」

平賀は率直に用件を伝えたが、博士の眉がピクリと動いた。

『入れ忘れたとは失敬な。その件については、メールでお知らせしています』

「博士からのメールですか？　読んでいませんでした」

するとシン博士は、ハッと短い溜息《ためいき》を吐いた。

『相変わらず、ご自分の都合で他人を振り回すのがお得意な方ですね。

では、簡単にご説明します。バチカンが保有する超音波金属探知機は二台ですが、一台は修理中で、もう一台は他のチームが調査で使用中です。そのチームの申告では、五日後に調査を終える予定とのことです』

「えっ、そうだったんですか」

『少しばかりアンラッキーでしたね。では』

通話を切ろうとした博士に、平賀は食らいついた。

「そこを何とかなりませんか？」

『何とか……とは？』

「例えばそのチームの方に連絡を取って、使用が終わり次第、早く返してくれるよう、頼んでみるとか、修理を急いで貰《もら》うようお願いするとかです」

平賀は懸命に訴えた。シン博士は眉間《みけん》に皺《しわ》を寄せた。

『我が儘《まま》な方ですね。まさか私に相手を脅迫しろと仰《おっしゃ》るんですか？　少しは心静かにお待ちになることをお勧めします』

「それはそうですが、せめて言ってみるだけでも」

尚《なお》も会話を続けようとした平賀だったが、通信はプツリと切れてしまった。

側で話を聞いていたロベルトは、相変わらず相性の悪い二人の会話に苦笑した。

「まあまあ、仕方ないよ、平賀。博士も頭が固いと思うけど、あと数日待とう」

「はい……」

平賀は肩を落としている。

「ところで、その超音波何とかっていうのは、どんなものなんだい？」

「簡単に言えば、地面の下にある金属を探知するものです」

「ああ、テレビ番組のお宝探しなんかで良く見るね」

「はい。ですが、ああしたものでは、地中に金属が有るか無いかしか分かりませんよね。正確な物体の形を捉《とら》える為には、空港の手荷物検査やCTスキャナで利用されるX線の使用が最適なのですが、地面の下には適用できません。

そこで超音波を放射し、そこからの反射を測定することで、地中にあるものの形を明らかにする訳です。科学部の器材には、そうしたデータを分析して可視化する、モニタ機能も備わっています」

「成る程ね」

ロベルトは軽く相槌《あいづち》を打った。

「同じ物がネットで販売されていないか、一寸《ちょっと》、調べてみます」

平賀はネットサーフィンを始めた。

(また恐ろしく高価で巨大な機械じゃないんだろうな)

ロベルトは一瞬、ヒヤリとした。奇跡調査の予算を使いすぎではと、経理部から注意を受けたところだったからだ。

だがしかし、平賀がやると決めたことを予算如き理由で止める訳がない。

「さてと、僕はちょっと情報を貰えそうな人達に連絡をしてみるよ」

ロベルトは、物置部屋から小ぶりなテーブルと三脚の丸椅子を探し出して、リビングの扉に近い空きスペースに設置した。

自分に必要な作業スペースは、ノートパソコンとスケッチブックが置ける程度で構わないし、三人が食事を摂《と》る時にも使えると考えたからだ。

席に着き、ノートパソコンを開き、世界中にいる稀覯本《きこうぼん》仲間に送るメールを打ち始める。

この世界は狭く、互いの所有する本やその内容について情報交換することが多い。

又、ロベルトは古語の翻訳家として、稀覯本業界では名が売れている。ロベルト自身も、自分が持っていない本を翻訳して読むことが出来るから、一石二鳥であるわけだ。

『聖剣の情報求む

こんにちは。バチカンのロベルト・ニコラスです。

現在、調査の為、スペインのバレンシア地方に滞在しています。

そこでお聞きしたいことがあります。

バレンシア地方にあるプエプロデ・モンタナ村のサン・ビセンテ・エスパダ教会について書かれた本、およびサン・ビセンテの聖剣に纏《まつ》わる話が記されている稀覯本があれば、是非見せて頂きたいのです。

十四世紀から十五世紀に書かれた物なら、ベストです。

金銭の謝礼は出来ませんが、また翻訳が必要なものがあれば、任せて下さい』

　ロベルトはこのメッセージをヨーロッパ中の稀覯本屋や稀覯本の収集家に送った。

　それが終わる頃、丁度、平賀もモニタから顔を上げた。

「駄目でした。私が欲しいものは見つかりませんでした」

「そうか。残念だったね」

　ロベルトは残念半分、安堵《あんど》半分といった気分で答えた。

「ところで平賀、岩を磨くってどういうことなんだい？」

「パエリアの具材がライスで分かるなら、岩を調べれば聖剣のことも何か分かるかもしれないと思ったんです」

「それで岩磨きという訳か」

「ええ。作業には少々、時間がかかりそうです」

平賀が再びオーロラのデータに熱中し始める。

ロベルトはネットでサン・ビセンテの聖剣について検索しながら、メールの返事を待った。

一時間もすると、ポツリポツリと返信が届きだしたが、いずれも自分の所にはそのような本がないという内容であった。

ロベルトは彼らに簡単なお礼のメールを書き送った。

稀覯本屋の中には、限定本の仕入れや貴重な古書の入手の為に、飛び回っている者達もいる。ましてや今は週末だ。返事を急《せ》かす必要もないとロベルトは思った。

平賀の様子はと見ると、メモ用紙に何かを書き付けている。

「何を書いているんだい？」

「明日、証言者達に質問すべき項目のリストと、彼らに答えて頂くアンケートを作成しています。ロベルト、これらが出来上がったら、チェックと翻訳をお願いします」

「ああ、分かったよ」

「有り難うございます」

一心不乱に書き物をする平賀に、果たして何時起こされるのかと肩を竦《すく》めながら、ロベルトは二階の寝室へ向かったのだった。

第三章　奇跡の検証

1

翌朝。三人の神父は、早くから教会で準備を始めた。

祭壇前に十一枚のパーティションを立て、十二人の証言者達が互いに合図をしたり、顔を見たり出来なくする。

聖剣のすぐ側に三脚を立て、ビデオカメラを設置する。集音マイクの準備をする。祭壇の上にも、ビデオカメラを設置した。

アリリオ司祭に許可を取り、物置として使われていた、祭壇裏の小部屋を片付けて、ロベルトと平賀が証言者と一人ずつ話し、インタビューする為のスペースを確保する。

そこに小さな机と椅子を置き、ノートパソコンとマイクとレコーダー、翻訳アプリを入れた平賀のスマホ、昨夜《ゆうべ》作ったアンケート用紙、筆記具などを用意した。

アルバーノは教会の床に養生用のテープで、小部屋へ向から動線のラインを引き、証言者同士が距離を置いて整列するよう、目印をつけた。

午前六時を過ぎる頃には、教会の前は人だかりで一杯になった。

アリリオ司祭が、証言者達を先に教会に招き入れる。

証言者達は、普段と違う教会の様子に戸惑っているようだ。

「皆さん、今日はバチカンの方々が調査にいらっしゃっています。ですが、私達はいつも通りに聖剣の預言を聞きましょう」

アリリオ司祭が優しく言うと、皆、それなりに納得した顔になった。

次に口を開いたのは、アルバーノだ。

「調査には、皆さんのご協力が不可欠です。皆さんには今日、パーティションで区切られたスペースに、お一人ずつ立って頂きます。そして主の預言が下されたとしても口には出さず、一言一句をよく覚えておいてください。

預言が終わったら、私が床に引いたラインに従って、距離を取りながら整列し、祭壇奥の小部屋の手前の印まで進んで下さい。その間にも会話は一切、しないで下さい。

その後はお一人ずつ小部屋に入り、預言の内容を話して頂きます。幾つかインタビューもさせて頂きます」

「それは私もということですか？」

アリリオ司祭がアルバーノに訊《たず》ねた。

「はい、例外はありません。ご協力願います」

「神父様、これには何の意味が？」

証言者の一人が不思議そうに言った。

「大きな意味はありません。ただ、皆さんが本当に同じ内容の預言を聞いているのかどうかを確認する為です。

最後にもう一つ、お願いがあります。一連の調査が終わる迄《まで》、皆さんの手荷物とスマホを私に預けて下さい」

アルバーノの発言に、ロベルトは「そこまでやるか」と驚いた。やはり証言者同士がスマホなどで密《ひそ》かに連絡し合うのを防ぐ為なのだろう。

「アリリオ司祭、手荷物を管理するのに、司祭の執務室を使わせて頂けますか？」

アルバーノは涼しい顔で、祭壇の左手奥にある、『執務室』と書かれたドアを指差した。

「ふむ。分かりました」

「さあ、皆さん。私に手荷物とスマホを預けて下さい」

証言者達は、アルバーノの指示に従って、アルバーノが用意した箱の中に、荷物やスマホを入れていった。

その時、教会の扉が開き、三人の若者が入って来た。二人が男性で、一人が女性だ。

「彼らは？」

ロベルトはアリリオ司祭に訊ねた。

「彼らは、ここでの奇跡を記録して、ネット上にアップしてくれているボランティアですよ」

「アリリオ司祭が依頼なさったのですか？」

「いえ、最初にネットにアップしようと発案してくれたのは、アマンシオ君という証言者の一人です。あの彼です」

アリリオ司祭は、若い学生風の男性を指さした。

「撮影をしてくれているのは、アマンシオ君の友達で、ユーチューバーをしているという子達です。私だけだとそういう発想がなくて、奇跡を世に知らせることも出来なかったでしょうが、今の若者は発想が違いますね。テレビの放送でも動画が流されたのですよ。お陰で、今では村人だけでなく、各地から預言を聞きに来てくれる人が、大勢で来ました。寄付も集まっています」

「成る程、ではバチカンに送られてきた動画も、彼らが？」

「ええ、そうです。皆、信心深い子たちですよ」

アリリオ司祭は嬉《うれ》しそうに言って、若者達と握手を交わした。

「今日は特別に、バチカンの神父様方が調査にいらっしゃっています。ですが、皆さんはいつも通りに動画を撮って下さい。今日も宜《よろ》しく頼みますよ」

「はい、司祭様」

若者達は鞄《かばん》からそれぞれ、三脚や照明器具、ノートパソコンなどを取り出し、撮影準備にかかった。

スマホを三脚に取り付け、画角や明るさを確認する者。ビデオカメラを肩に担いでピントを調整する者。照明の位置を決める者。きっと毎日のように動画を撮っているのだろう、かなり手際のいい動きだ。

「さてと、そろそろ外の皆さんに、教会に入って頂いても？」

アリリオ司祭の問いに、ロベルト達は各々頷《うなず》いた。

証言者達はアルバーノの指示で、パーティションの間に立っていく。

アリリオ司祭が教会の扉を開き、手招きの合図をすると、人々が雪崩のように入って来た。

あっという間に会衆席は埋まり、通路も立ち見の人々で一杯になる。

アリリオ司祭は説教台に立ち、マイクで皆に呼び掛けた。

「ご覧の通り、今日はいつもと少し様子が違います。バチカンの神父様方が、聖剣の奇跡の見学にいらしているのです。聖剣の預言が終わった後、証言者が一人ずつ、神父様とお話しする時間を頂くことになります」

アリリオ司祭の説明に、教会内はざわついた。

「司祭様、それだと俺達は今日、主の預言を聞けないのですか!?」

一人の男の声が飛んだ。

「そんなことはありません。静かにお待ち下されば、後ほど必ず証言者達から皆さんに、預言を語って頂きます」

アルバーノの一声で、教会内のざわめきは収まっていった。

間もなく預言の始まる時刻である。

アルバーノは証言者達の荷物を持って執務室へ向かいながら、ロベルトに耳打ちした。

「不審な動きをしたり、合図を送りあっている者がいないか、よく観察していてくれ」

「分かりました。ですが、アルバーノ神父は？」

「私は一仕事してくる」


午前七時。

平賀は集音マイクを聖剣に向け、聖剣のすぐ側に座り込んだ。

ロベルトはビデオカメラを確認しつつ、辺りの状況に目を配っている。

すると突然、教会内に不思議な音が響き始めた。

ブーーン、ブーーンという、周期的な音だ。

今度は聖剣が生き物のように震え出した。

実際に見ると、確かに神秘的な光景だ。

聴衆は静まりかえり、無言の熱気が高まる。

張り詰めた雰囲気の中、証言者達は目を閉じ、耳を澄ませて佇立《ちょりつ》している。

不思議な音は、十分ばかり続いて止まった。

そして証言者達が一人、また一人と目を開いていく。

ロベルトには主の声が聞こえなかったが、どうやら預言が終わったようだ。

ロベルトはアリリオ司祭に目で合図し、預言が終わったことを確認すると、証言者達を充分な間隔を取りながら整列するよう誘導し、前の人が小部屋から出てきた後、次の人が呼ばれたら入室するようにとお願いした。

そして平賀と共に、小部屋に入った。

すぐに一人目の証言者が入ってくる。それは清楚《せいそ》な装いをしたカルメンであった。

「まずはどんな預言がなされたのか、お聞きしたいと思います」

「分かりました」

カルメンはアルトの声で、預言を語り始めた。


『私は貴方《あなた》がたの主。私はまた来た、一つの預言をもたらす為に。

ここより北。赤地に金色のライオンの旗が振られる場所で、街の灯《ひ》が失われるだろう。

これは上の者が下の者を養わないが故の私の罰である。

貴方がたは、真なる義人を待たねばならない。

その者は、もう来ている。

白銀の騎士はグリフォンに乗っている。

彼を選ぶことによって、貴方がたは救われるだろう』

「その預言の意味に心当たりはありますか?」

ロベルトが訊《たず》ねた。

「いいえ。ですが、主がとても大事なことを伝えようとしていることは、分かります」

「主のお声とは、どのような声なのでしょう」

「とても威厳のあるバリトンという感じでしょうか」

それを聞いた平賀は、素早くノートパソコンを操り、ボイスチェンジャーでバリトンの声を作ってカルメンに聞かせた。

「このような感じでしたか？」

「もう少し低くて、幅のある感じだわ」

カルメンの答えを聞きながら、声を作っていく。

「もっとよく響く感じなんです」

カルメンが納得するまで、その作業は続いた。

「貴女《あなた》が初めて預言を聞いた日のことは、覚えていますか？」

「二月の中旬です。確か十五日の早朝です。起きなさい、という不思議な声に促されて目を覚ましますと、目の前に十字架のイエス様の姿があり、『貴女は証言者に選ばれた』と告げられました。

そして、日曜日の朝、サン・ビセンテ・エスパダ教会に来るように、と」

カルメンはアリリオ司祭と同様のことを語り、更に言葉を継いだ。

「それに、天使の聖歌を聞きました」

「天使の聖歌？」

「ええ。初めて預言を聞いた一週間ほど前からかしら。夜になると、どこからともなく聖歌が聞こえてくるようになったんです」

「それは今も聞こえていますか？」

「いえ、聖剣のお告げを聞いてからはありません」

「そのメロディは覚えていますか？」

「勿論《もちろん》よ」

「このマイクに向かって、歌って頂けますか？　外の方々には聞こえないよう、小さな声でお願いします」

「分かったわ」

カルメンは確かに聖歌らしいメロディを口ずさんだ。

そして最後に、平賀達が昨夜《ゆうべ》作ったアンケート用紙に、住所と氏名、連絡先を書き、健康状態や生活習慣などに関する質問に答えたのだった。

2

「平賀、概《おおむ》ねのところ、証言の意味は聞き取れたかい？」

ロベルトが小声で訊ねた。

「そうですね。約七割といったところです。特に聞きたいことがあれば、その都度、ロベルトに質問します」

「分かった。それで、天使の聖歌についてはどう思った？」

「普通に考えれば、イヤーワームという現象ですね」

「イヤーワーム？」

「過去に聞いたことのあるメロディが頭にこびりついて離れず、何度も何度も強迫的に反復される現象です。人類の九割が週に一度は経験しているといわれ、特に音楽に触れる頻度が高い環境にいたり、脳が疲れている時に起こりやすいとされています」

「確かに、カルメンさんの仕事柄、起こりやすそうだ」

「ええ。ロベルト、一寸《ちょっと》これを見て下さい」

平賀はウィンドウが三つ開いた、ノートパソコンの画面を示した。

「先程のカルメンさんの証言から作った主のお声と、試行錯誤する過程で出来た二つの音声ファイルです」

平賀がそれを再生すると、三種類の声が流れた。

「成る程。次からの証言者に、これらを聞き比べて貰《もら》おうという訳だね」

「はい。証言者の皆さんが同じ声を聞いたのかどうかが分かります」

「いいね。じゃあ、次の証言者に入ってもらおう」

ロベルトの呼び掛けに応じて小部屋に入ってきたのは、白髪の老婦人だ。若い頃はさぞかし美人だったろうという、綺麗《きれい》な顔立ちである。

「神父様方、お会い出来て光栄です。カサンドラと申します。生まれも育ちも、プエプロデ・モンタナ村です」

　カサンドラは深く頭を下げて、椅子に座った。

「ではまず、先程お聞きになった預言を教えて下さい」

「はい」

　カサンドラの証言は、カルメンと一致した。

「主のお声というのは、どのような声だったでしょう」

「豊かなバリトンというのかしら。五十代ぐらいの美声の男性に近いかも知れません」

　こちらもカルメンの証言とそっくりだ。

「では、今から三つの音声を聞いて頂きます。カサンドラさんが聞いた主のお声に近いものがあれば、教えて下さい」

　ロベルトの合図で、平賀が三つの音声を順に流した。

　途中まで首を捻《ひね》っていたカサンドラは、三番目が流れるとすぐに反応した。

「これです。こんなお声です」

　やはりカサンドラも、カルメンが耳にしたのとそっくりな声を聞いたということだ。

「貴女が初めて預言を聞いた日のことは、覚えていますか？」

「はい。二月十五日の朝のことです。私が読書をしていると、突然、イエス様が現れて、主の言葉が降ってきたんです。

　選ばれた証言者に預言を授けるから、聖剣の許《もと》に集まれ、と」

「その預言の前後に、何か変わったことや、不思議なことはありましたか？」

「それでしたら、何といっても天使様の歌声ですわ。ある夜、天使様の歌う聖歌が聞こえてきたんです。

最初は聖歌隊が練習でもしているのかと思ったのですが、窓から教会を見ても、灯《あか》りは消えたままでした。それでようやく、天から聞こえていると分かったんです」

「歌声が聞こえたのは、初めての預言の前ですか？」

「はい。七日か八日前です。それから毎晩ではありませんでしたが、時折、聞こえました。でも、同居している娘一家には聞こえていないようでした。

何かの意味があるのだろうかと悩んでいましたら、あの十五日の朝、私は自分が証言者として選ばれた身だと知ったのです」

カサンドラは言葉を嚙《か》み締めるように語った。

「成る程。他に変わったことは、ありましたか？」

「初めての預言を聞いて以来、自分の近くに何かがいるような気がします」

「何かとは？」

「聖霊のような存在です。私は元より熱心なカソリック信者ですが、このような体験を通して、さらに信仰が深まりました」

カサンドラはロザリオの十字架をそっと握った。

「天使の聖歌を今、歌うことは出来ますか？」

「はい、確か……」

カサンドラが口ずさんだのは、カルメンのものにそっくりである。

カサンドラは又幾つかの質問に答え、アンケート用紙に回答を書いた。


三人目の証言者は、村に住む老人、カルメロ爺《じい》さんだ。

垂れた白眉《はくび》に大きな耳、人懐こそうな顔立ちをしている。カルメロは小部屋の入り口で立ち止まり、ビシッと背筋を伸ばした。

「儂《わし》の名はカルメロ・アコンチャ！　八十五歳！」

いきなりの大声に、ロベルトは焦った。この調子だと、声が外に漏れそうだ。

「カルメロさん、ドアを閉めて、こちらにお座り下さい。もう少し小さな声で話して頂けると、助かります」

「ふむ……そうか」

カルメロは頭を掻《か》いて、椅子に座った。

「ではまず、先程お聞きになった預言を教えて下さい」

カルメロは所々のフレーズを飛ばしたり、つかえたりしながら、他の証言者と同じ内容を語った。

「主のお声というのは、どのような声だったでしょう」

「威厳のある、立派なお声だ」

「では、今から三つの音声を聞いて頂きます。カルメロさんが聞いた主のお声に近いものがあれば、教えて下さい」

平賀が三つの音声を流すと、カルメロは三番目の時に、大きく目を見張った。

「これに間違いない。そっくりだ」

「有り難うございます。初めて預言を聞いた日のことは、覚えていますか？」

「ああ。あれは二月の寒い朝だった。ベッドから身体を起こした時に、突然、イエス様の姿が現れ、聖剣の許に集えと告げられたんじゃ」

「その預言の前後に、何か変わったことや、不思議なことはありましたか？」

それを聞くと、カルメロは恍惚《こうこつ》とした表情になり、頬を上気させた。

「ありますとも、神父様」

「どのような？」

「今思えば預言の前兆だったんだろう。どこからか聖歌が聞こえてきて、頭の中をぐるぐる回るようになったんだ。

最初は気のせいだと思ったが、聖歌が聞こえてから三日も経つと、酷《ひど》く調子の悪かった右膝《みぎひざ》が良くなった。それまでは、椅子から立ち上がるのも一苦労で、床にしゃがんだりすると、立ち上がれないほどだったんだ」

カルメロはそう言いながら、椅子からすっくと立ち上がってみせた。

その時、平賀がロベルトに話しかけた。

「ロベルト。カルメロさんは、膝が良くなったと仰《おっしゃ》いましたか？」

「ああ」と、ロベルトが頷《うなず》く。

「いつから悪くて、どのように良くなったか。病院にはかかったのか、診断はどうだったのか、詳しく聞いて下さい」

ロベルトが質問を投げかける。

「そうだな、悪くなったのは確か三年前の冬ぐらいだ。病院にはかかったぞ。孫のボリバルに連れて行って貰ったんだ。バレンシア市の大きな病院だ。

医者に言われたことは忘れたが、全く治らなかったことは確かだ」

カルメロの証言は曖昧《あいまい》であった。

本人から詳しく聞くのは無理そうだが、孫のボリバルに聞けばある程度分かるだろう。

ロベルトがその旨を平賀に告げると、平賀は「分かりました」と頷いた。

「では、カルメロさん。聖歌がどこからか聞こえて来たのは、預言の何日前だったか覚えていますか？」

「大体、一週間ほど前だな」

「その聖歌をここで歌って頂けますか？」

「いいとも」

カルメロは目を閉じ、ハミングをした。

それはやはりカルメンやカサンドラのメロディにそっくりであった。

最後にカルメロはアンケートを書き、元気よく立ち上がると、手を振りながら小部屋を出て行った。

「ロベルト、これで三人の証言者が天使の聖歌を聞いたことになります。ということは、イヤーワーム現象ではあり得ません。三人が同じメロディのイヤーワーム現象を起こすとは、考えられません」

平賀はポツリと呟《つぶや》いた。

※　※　※

その頃、アルバーノはエージェントとしての仕事をこなしていた。

執務室に入り、十二名の証言者達から預かった手荷物を素早くチェックして、不審物の有無を確かめる。

そして自分の鞄《かばん》から、横長の装置を取り出した。それは空港やカフェでよく見かける、六口のUSB充電ポートであったが、スマホに挿す充電ケーブル経由でハッキングを仕掛ける細工がされている。

USBケーブルは充電だけでなく、同時にデータ転送ができる仕組みを持っていることを利用した、ジュースジャッキング攻撃と呼ばれる方法だ。

アルバーノは証言者達のスマホに充電ケーブルを挿し、次々に細工のあるポートに繋《つな》いでいった。そして、盗聴と遠隔操作を可能にするウィルスを流し込んだ。

エージェントの仕事の基礎の基礎となるのは、監視と盗聴だ。

そしてスマホは誰もが持ち歩く、個人情報の塊である。

仕掛けたウィルスによって、彼らが日常どんな会話をしているのか、誰と電話で話しているのか、行動範囲や日課の行動なども監視出来る。

アルバーノは、全てのスマホにウィルスを仕込むと、何食わぬ顔で執務室を出た。

そうして穏やかな笑みを浮かべながら、鋭い目で辺りを観察し始めたのだった。

3

四人目の証言者は、ベタニア・ミラージェスという十八歳の少女だ。

ショートボブで、眼鏡をかけて内気そうな少女は、おずおずと小部屋に入ってきた。

ロベルトは彼女の両耳に補聴器がついているのに気が付いた。

「君は、耳が不自由なのかな？」

ロベルトが訊《たず》ねると、ベタニアは深く頷いた。

「補聴器をつければ、僅《わず》かに聞こえます。普段は読唇と手話と筆談で、会話しています」

やや不明瞭《ふめいりょう》な発音だったが、ロベルトの耳には全く問題がない。

「そうか、分かった。では、貴女《あなた》が聞いた主の預言を、こちらの紙に書いて下さい」

ロベルトが差し出した紙に、ベタニアはすらすらと預言を書いた。その内容は、他の証言者と同じである。

「預言を聞いた時、補聴器をつけていましたか？」

「最初の預言の時は、朝、聾《ろう》学校に行く準備をしていて、まだつけていませんでした。ところが、主のお声と、天使の歌だけは、補聴器がなくとも聞こえたのです。今まで聞いたことが無いぐらいに、ハッキリと……。これは本当に奇跡だと思います」

ベタニアは手話を交えながら、心底嬉《うれ》しそうに語った。

「天使の歌も聞こえたんだね」

「はい。今まであんな美しい音を聞いたことがありませんでした」

「歌のメロディは覚えている？」

「はい。上手《うま》く歌えるかは分かりませんけど……」

ベタニアは目を閉じ、小さな声で聖歌のようなメロディを口ずさんだ。

少し聞き取り辛《づら》いが、他の証言者のものとよく似ている。

「有り難う。耳が不自由になったのは、いつから？」

「小さい頃からです。お医者様から、伝音難聴だと言われています」

ベタニアは落ちついて答え、『伝音難聴』と紙に書いた。

ロベルトは隣の平賀に話しかけた。

「平賀、だいたいの会話は理解しているかい？」

「いえ、少し聞き取り辛くて」

　ロベルトが早口で彼女の話を伝えると、平賀は驚いた顔になった。

「私達には聞こえない主の御言葉《みことば》が、耳が不自由な彼女には聞こえる。これは本当に不思議なことです。やはり主に選ばれた証言者だからでしょうか。

　ひとまず彼女にも、主のお声を聞いて貰《もら》いましょう」

　平賀がパソコンを操作する。

「ベタニアさん、今から三種類の声を流します。主のお声に似たものがあれば、教えて下さい。分かり辛ければ、答えなくても大丈夫です」

　ロベルトの言葉に、ベタニアは「はい」と頷き、集中した顔になった。

　そして三番目の音声が流れると、驚いた顔で手を挙げた。

　それを見ていた平賀は、ロベルトにそっと告げた。

「ロベルト。私は彼女のカルテが見たいです」

「君は詐病を疑っているのかい？」

「いいえ、そんなことはありません。しかし事実をハッキリさせることは重要です」

　平賀の言葉に、ロベルトは頷いた。

「ベタニアさん、貴女の耳の状態を詳しく知りたいので、担当医にお願いして、カルテか診断書を取り、僕達に送って貰えますか？」

「構いませんわ。神父様」

ロベルトが宿の住所をメモして渡す。

「有り難う」

「なるべく早くに送ります」

ベタニアはそう言って、ロベルトが差し出したアンケート用紙に回答を書き始めた。

五番目の証言者はサラゴサから来たという中年女性、アルビナ・ジャマス。夫と死別し、四人の子どもを育てるキャリアウーマンだ。

六番目はカタルーニャから来た男性、デメトリオ・アラス。自らゲイだとカミングアウトし、これまでカソリックの教会に通ったことがなかったと語った。

七番目はバレンシア市から来た学生、アマンシオ・グスマン。友人のユーチューバーを教会に紹介した青年だ。

そんな彼らも一様に、皆と同様の証言を行った。

八番目の証言者は、スーツ姿の四角い眼鏡をかけた神経質そうな男性で、名前はチュイ・ベニテス。

マドリード在住で、広告代理店に勤務する四十二歳だと自己紹介した。

チュイも又、皆と同じ体験を語り、続けてこう話した。

「私には気管支喘息《ぜんそく》の持病があります。薬を飲んでいても発作が起きるので、緊急時の吸入薬が手放せませんし、大きな発作を起こして救急車で運ばれたことも三度ほどあります。

息苦しくて眠れない夜も、よくあります。

ところが、天使の歌声が聞こえだしてから、少しずつ身体が楽になってきたんです。

そして主のお声を聞き、証言者としてこの教会に通い始めてからは、ただの一度も発作を起こしたことがありません。十年以上も身体の不調に悩んできた自分にとって、信じられない奇跡です」

チュイは落ち着いた様子で答えたが、その目には明らかな喜びの光があった。

ロベルトは、チュイの健康状態を詳しく知る為に、医師からカルテか診断書を取り寄せ、なるべく早く送って欲しいとお願いした。

その後も聴取は続いたが、証言者達の話は全て一致した。

そして最後の証言者であるアリリオ司祭のインタビューを済ませた時には、時刻は午後三時を回っていた。

「外では信者達が、主の預言を待ちかねています。今日の預言を皆さんに伝える許可を頂けますか」

アリリオ司祭の言葉に、ロベルトは大きく頷《うなず》いた。

「ええ、どうぞ。随分と時間がかかってしまい、済みませんでした」

「いえいえ、バチカンに協力することは、私共の使命でもありますから」

アリリオ司祭が立ち上がり、小部屋を出て行く。

その後ろ姿を見送りながら、ロベルトは思わず呟いた。

「いやあ、驚きの証言の数々だった。僕らには何も聞こえなかった主の預言を、彼らは違《たが》わず聞いていたことになる。主のお声についても、天使の聖歌のメロディについても、証言には全く齟齬《そご》がなかった」

「はい、ロベルト。これほど証言が一致するということは、彼らが体験したことは、妄想や幻聴ではないと言わざるを得ません。

とりわけ今日に関しては、アルバーノ神父の計らいで、証言者達が会話をしたり、スマホで連絡し合ったりすることも不可能でした。

それに、彼らに初めての預言が下った時、磔刑《たっけい》にかけられたイエス様を目撃したという証言も考慮しなければなりません」

「そうだね。ともあれ、今日は長丁場だった。お疲れ様」

二人が機材を片付けて鞄《かばん》に詰め、アンケートの束を持って小部屋を出ると、アリリオ司祭は説教台に立ち、証言者達は聖剣を囲むように集まっていた。

「皆さん、大変お待たせしました。本日、私達証言者に下った主の預言を、皆さんにお伝え致します」

アリリオ司祭の合図で、十二名の証言者は声を揃えた。


『私は貴方《あなた》がたの主。私はまた来た、一つの預言をもたらす為に。

ここより北。赤地に金色のライオンの旗が振られる場所で、街の灯《ひ》が失われるだろう。

これは上の者が下の者を養わないが故の私の罰である。

貴方がたは、真なる義人を待たねばならない。

その者は、もう来ている。

白銀の騎士はグリフォンに乗っている。

彼を選ぶことによって、貴方がたは救われるだろう』

彼らの言葉に、教会じゅうが沸いた。拍手と歓喜の声が響き渡る。

そして信者達は手に手にロザリオを持って、或《ある》いは指を組んで列をなし、聖剣の許《もと》で祈りを捧《ささ》げ始めた。

教会内は、静かな興奮と敬虔《けいけん》な雰囲気に満たされている。

証言者達がアリリオ司祭に促され、執務室に荷物を取りに行く。

それらの様子を見ていた平賀とロベルトに、アルバーノが駆け寄ってきた。

「私が見る限り、教会内で不審な行動をする者はいなかった」

アルバーノは詰まらないとでも言いたげな口ぶりで言い、言葉を継いだ。

「君達の聴取の首尾はどうだった？」

「預言の言葉は一致した上、新たに天使の歌声を聞いたという証言が得られました」

ロベルトが答えると、アルバーノは腕組みをした。

「後から出てきた証言とは怪しいな」

「証言を疑うのですか？　ですが、今日の預言についてはどうです？　皆さんが打ち合わせする機会はありませんでしたよ」

平賀が眉《まゆ》を顰《ひそ》める。

「それだって、前もって口裏を合わせておくことは可能だ」

「まさか、そんな……」

「君達は人を容易に信じ過ぎる。私の仕事は疑うことから始まるんだ。だから今後、彼らが口裏を合わせているかどうかはすぐに分かるようにしておいた」

「どういう意味ですか？」

「証言者達のスマホに、監視ウィルスを仕込んだ。不審な動きがあれば、すぐに分かる」

アルバーノの台詞《せりふ》に、平賀とロベルトは目を丸くした。

「それは幾ら何でも、プライバシーの侵害ではありませんか」

平賀の抗議を、アルバーノは涼しい顔でやり過ごした。

「さてと。信者達の祈りはまだまだ続きそうだ。我々は一旦《いったん》、宿に戻るとしよう」

「そうですね。アンケートの整理などもありますし」

「宿に戻ったら、ロベルトには証言の詳しい翻訳をお願いします」

「私にも情報共有させてくれ」

こうして三人は教会を後にし、宿に戻ることにした。

4

「まずは聖剣の預言についてだが、二人はどう思っているんだ？」

宿に着いた途端、口を開いたアルバーノの問いに、ロベルトは少しの間、考えた。

「今まで僕は色んな預言書という類《たぐ》いのものを読んできましたが、今回の聖剣の預言は、驚くほど具体的で、しかもそれが数日以内に現実になっているという点では、驚嘆すべきことだと感じています」

「確かにそうですね。言葉を色んな意味に解釈させて、お茶を濁す預言の類いとは違っていると私も思います」

平賀もロベルトに同意した。

「では今日の預言はどういう意味だろう？」

「ここから北にあって、赤地に金色のライオンの旗が翻るところというと、アラゴン州サラゴサのことだろうか……。確かそこの市旗がそんな風だったように記憶しているけど、待ってくれ、調べてみる」

ロベルトはスマホでサラゴサを検索した。

「出てきた。赤地に金色のライオンだ」

「よくそんなことまで記憶しているな」

アルバーノが目を丸く見開く。

「紋章学をやっていますから、こういう物にはつい、目がいくんです」

「それはロベルト神父の謙遜《けんそん》です。彼はいつだって、何でも知っているんです」

平賀が、まるで我が事のようにアルバーノに胸を張った。

「つまり、サラゴサで何かが起きるということになるな」

「街の灯が失われるという預言ですから、停電でしょうか？」

「かも知れないな。本当にそうなれば驚きだ」

「今までの預言が当たっていますから、今度も当たる可能性は高いですよ」

「そうなれば、正に大予言だね。ぐうの音も出ない」

「私も是非、聖剣の声を聞いてみたかったです。録音した音を聞いてみます」

平賀はノートパソコンを開いた。

「じゃあ僕は翻訳作業にかかろう」

ロベルトが机に置いたアンケート用紙を、アルバーノはちらりと見て一言、「詰めが甘いな」と呟《つぶや》いた。

「そうですか……」

「ああ。私なら、住所や名前以外にも、家族構成、自身や家族の学歴や趣味、普段よく行くところ等、もっと突っ込んで答えてもらうだろう」

「そんなことまで？」

「まあ、それらは調べれば分かることだ」

アルバーノはそう言い残すと、リビングから去っていった。

アルバーノは自分の部屋に籠《こも》った。

そこには七台のパソコンが並んでいて、まるでデイトレーダーの席のようになっている机がある。

アルバーノは、それらのパソコンを起動して、盗聴、追跡のアプリを次々と立ち上げた。

パソコンの画面上に、地図の上を動く点が表示され、人の声や音声が流れだす。

アルバーノは、それらを自動録画と自動録音に設定して、七台のパソコン上に映った十二の点に目を配った。

どうやら証言者の半数は、既に教会を出て、個々の車で帰路についたようだ。

教会に残った者達の会話にも、特に不審な点はない。

そこまで確認すると、アルバーノは再びリビングへ戻った。

リビングではロベルトがパソコンに向かい、証言の翻訳作業をしている。

平賀はその隣で、随時自分のパソコンに送られてくる翻訳データとアンケート用紙から、何かのリストを作っているようだ。

「何をしているんだね？」

アルバーノが平賀に話しかける。

「特別な祝福を受けた方々に共通点があるのかどうか、確かめているところです」

「それは私も興味がある。共通点はあったのかい？」

「いいえ、特にはありません。ただ、天使の歌声を聞いたのは、夜十時頃という回答が一番多いですね」

アルバーノは平賀の傍らに来て、パソコンの画面を覗《のぞ》き込んだ。

証言者達は、本当にスペインの各地からやってきていた。

年齢も職業も、面白いほどバラバラだ。

皆が同じ教会に通っている様子もなく、一度も教会に足を運んだことがない者までいる。

一体、神は何を見て、どう区別して彼らを証言者に選んだのだろう。

（ふっ……。それこそ神のみぞ知るというやつか）

アルバーノは肩を竦《すく》めた。

「住所はスペイン中に散らばっているのに、皆さん、天使の歌を聞いています。やはり天上の声は何処にでも届くのでしょう。

ただ、カルメロさんの記述だけが、他の人とずれていて不明瞭《ふめいりょう》です」

平賀が言った。

「彼は、歌声も自分のイヤーワームだと思い込んでいたぐらいだし、老齢だからね」

ロベルトが横から発言する。

「それもあるかも知れませんが、このアンケートの中で、唯一、十時前に就寝するのが、カルメロさんなんです」

「成る程、天使の歌が聞こえていた間、寝ていた可能性もあるんだな」

アルバーノが腕組みをした。

「ええ……。あっ、これは面白い証言です。十人目の証言者、シーロ・セスコ氏が最初に天使の歌声を聞いたのは、夜、外出中にスマホにダウンロードした音楽を聴いていた時で、イヤホンをしていたと述べています。

音楽データがおかしくなったのかとスマホを確認し、イヤホンを外した。なのに、天使の歌声は聞こえていた、とあります」

「確かに不思議な証言だが、難聴の少女にも聞こえたくらいだから、そういうこともあるかも知れないな」

「ええ、不思議です。普通イヤホンをしていたら、外部からの音を遮断してしまうのに。つまり、神の御言葉《みことば》や天使の歌声は、耳で聞いているものではないという証拠です。だとすると、一種のテレパシーのようなものなのでしょうか？」

平賀の問いに、翻訳作業を終えたロベルトが応じた。

「突拍子もない考えだけど、寧《むし》ろその方が、僕にはしっくりするね。

聖書の出エジプト記では、神が全ての民に言葉を語りかけても、民にはその声が、鋭く響く角笛と、恐ろしい稲光と、山から立ち上る煙にしか感じられなかった。それで民達がモーセに、『貴方《あなた》が私達に語って下さい』『私達は、主が語られたことを全て行います』と訴えるくだりがある。

　モーセが神に遣わされた代表者、選ばれた代弁者になる場面だね」

「やはり選ばれた証言者にしか、神の御言葉は聞こえないのですね」

　残念そうに平賀が呟く。

「そうなるだろう」

「聖剣が発した音も、私には金属音にしか聞こえませんでした。でも、それを主の御言葉として聞くことができた証言者が十二人もいらっしゃるなんて、素晴らしいです」

「そうだね。実際、今日見聞きしたことは、僕にも驚きの連続だった」

　平賀とロベルトの会話が宗教じみてきたので、アルバーノは咳払《せきばら》いをして口を開いた。

「二人共、一寸《ちょっと》いいかな。この地で起こったことを整理すると、最初は、昼のオーロラ現象だった。そして、その現象が起こってから、村を苦しめてきた原因不明の風土病が消え去った」

「はい」

　平賀は頷《うなず》き、教会の上に棚引いている赤と青の不思議な輝きをパソコンのモニタに映した。

「風土病の症状とは、首筋や手足の関節に当たる部分に、赤い発疹《ほっしん》が出来、酷《ひど》くなるとミミズ腫《ば》れのようになる。咳《せき》を伴い、突然死することもあるというものだった。

　ここから君が推測できる病名或《ある》いは原因は？」

アルバーノが訊《たず》ねる。

「難しいですね。まず考えられる原因は土壌や水質の汚染です。何らかの化学物質や細菌などによって、村全体に発疹症状や突然死などが出る可能性はあります。

飲み水にヒ素などが含まれていた為に、慢性的な中毒になり、皮膚病のような症状が出たり、突然死したりといったケースは、発展途上国などに結構多くみられます。

或いは病気だとしますと、溶連菌《ようれんきん》に感染した場合などが考えられるでしょう。

溶連菌は、咳やくしゃみによる飛沫《ひまつ》感染、皮膚に付着した細菌が傷口などの粘膜に接触して起こる接触感染、細菌が付着した食品を食べたり、汚染された手指や物が口に触れることで起こる経口感染によって、広がります。この村のように人同士の距離が近ければ、感染はあっという間に広がるでしょう。

多くの場合、その症状は発熱、のどの痛み、倦怠《けんたい》感、全身の発疹、嘔吐《おうと》といった風邪に似た程度のものなので、わざわざ病院に行かない患者が多いのですが、劇症型溶血性レンサ球菌感染症というものもあります。溶連菌が出す毒素が原因で急激に症状が悪化し、多臓器不全などのショック症状を引き起こして、最悪、命を落とすというものです。

その他に考えられるのは、帯状疱疹《たいじょうほうしん》でしょうか。

水痘《すいとう》つまり水ぼうそうの罹《り》患《かん》者の場合、病気が治った後も神経節内にウイルスが潜伏します。潜伏したウイルスは、宿主の免疫機能や体力の低下などが誘因で再活性化し、赤い水疱《すいほう》が神経の走行に沿って帯状に出現します。

仮に風邪や気管支の病気などが原因で体力が落ち、ウィルスが再活性化したと考えれば、ミミズ腫れのような発疹と咳の症状が同時に出るとは言えます。もっと重い病気にかかったり、重篤な持病があったりする場合は、死に至るかも知れません。

ですが、病院に行っても原因不明だったという点から考えれば可能性は低そうです。

何より、ある時から全員が完治したというのも不可解な話です。

仮に今現在、風土病を患っている村人がいらっしゃれば、高度な医療機関で徹底的に調べることで、手掛かりが摑《つか》めたかも知れませんが、患者がいない以上、調査は困難というところです」

「では風土病が治ったという方々や、ご家族を亡くしたという方々に詳しく聞き込みをして、それぞれの状況から共通点や相違点を探るという方向だろうか」

ロベルトの言葉に、アルバーノが頷いた。

「そういう地道な聞き込みなら、私の得意分野だ。あとは、病気の原因が不明と診断した医療機関のカルテなども、入手したいところだな」

「頼もしいです、アルバーノ神父」

平賀とロベルトは声を揃えた。

「土壌や水質の汚染調査については、村役場が資料を持っているかも知れない。僕は明日、調査で役場に行く予定だから、調べてみるよ」

ロベルトが言った。

「はい、お願いします」

「ところで平賀。病気といえば、セリノ・オロスコの脳腫瘍《のうしゅよう》が二カ月足らずで完治した件や、カルメロさんの膝《ひざ》が治った件、チュイ・ベニテスの気管支喘息《ぜんそく》が全快した件といった、聖剣や聖歌による治癒の奇跡については、どう考えているんだい？」

ロベルトの問いかけに、平賀は大きく首を傾げた。

「今の所は何とも言えません。ひとまずカルテ待ちです」

「ああ、そう言えば、カルメロさんのカルテを取り寄せるには、お孫さんの協力が必要なんだったね」

ロベルトはアンケート用紙に書かれたカルメロの連絡先に電話をかけた。

通話口に出たのは、甲高い声の女性だ。

『まあ、神父様。お電話有り難うございます。今丁度、皆で神父様方のお話をしていたところなんです。あの、今から皆でそちらにお伺いしても構いませんか？』

「それは……。申し訳ないのですが、調査機材などで散らかっておりまして」

『でしたら是非、我が家にいらして下さい。神父様方皆で、ご一緒に。お待ちしていますから』

女性は強引に家の場所を告げ、電話を切ってしまった。

ロベルトは困り顔で、平賀とアルバーノを振り返った。

「今、カルメロさんの家に招待されてしまった。僕ら三人で来て欲しいそうだ」

「私は構わないよ。風土病に関する聞き込みも出来そうだ」

アルバーノが即答する。

「私は居残って、調査の続きを」

言いかけた平賀の台詞《せりふ》をアルバーノが遮った。

「まあ、そう言わず。村人との交流も、今後の調査にとって大切だ」

アルバーノに促され、平賀も渋々席を立つ。

こうして三人は、アコンチャ家に向かったのだった。

5

アコンチャ家の玄関扉をノックすると、すぐに「はい」と甲高い声がして、扉が開いた。

「まあ、ようこそ、神父様方。わざわざ来て下さって有り難うございます。私はカルメロの娘でアデリナです。今日は皆で春祭りの練習をしていたんですよ」

アデリナはロベルト達に握手を求め、三人を家に招き入れた。

アコンチャ家のリビングもロベルト達の宿と同様広く、床には動物の毛皮のラグが何枚も敷かれている。壁にはギターが三本、立てかけられていた。

「父さんが若い頃、狩りをして作ったラグなんです。大きな熊の毛皮もあります。今は私の夫が狩りをしていましてね、私は平地に畑を持っているんです。そうですわ、是非、私の野菜をお持ちになって下さいね」

室内には村の老人達が集っていて、期待に満ちた目でロベルト達を見詰めている。

「お待ちしていました、神父様方」

「ようこそおいで下さいました」

「お会い出来て光栄ですわ」

口々にそう言いながら、八人の老人が次々と三人に握手を求めてきた。カルメロ一家も握手の列に加わっている。

それまでキッチンに立っていたベニータとウンベルト夫婦、カルメンもやって来た。

「こんなに目出度《めでた》い日はないわ。皆で乾杯しましょうよ」

カルメンが声高に言って、ワインを開ける。

ベニータ夫婦がワイングラスを運んできた。

グラスになみなみとワインが注がれ、三人の神父にも強引に渡される。

「サルー（乾杯）！」

合図と共に、皆のワイングラスが高く掲げられた。

陽気な話し声と笑い声が部屋に満ちる。

「それにしてもバチカンの神父様っていうのは、やっぱり一味違うね」

「そりゃあそうだよ。こんな綺麗《きれい》な神父様たちは、スペイン中探してもいないだろうさ」

「是非、祝福をして頂こう」

「ああ、きっといいことがあるぞ」

熱心なカソリック信者は、バチカンの神父に幻想を抱いている。だがしかし、まるで無視されるよりは調査もしやすいというものだ。

ロベルト達が勧められたソファに座ると、一人の老人が目の前に来て言った。

「神父様方に歓迎の歌を披露させて頂きます」

そしてウンベルトがギターをかき鳴らした。

老人が、掠《かす》れた哀愁のある声で歌い始める。

プエプロデ・モンタナは、その昔、イスラムとの戦場の村
この大地に、キリストの御名《みな》を轟《とどろ》かせんと、
二人の将軍が立ち上がった
その名は、アールニオとハーパーサロ
共に真《まこと》のある騎士の鑑《かがみ》だった
イスラムとの争いは厳しく、
頂上にある砦《とりで》は堅固だ
その戦いは百日に及び、
戦場は騎士達の血で染まった
雷雨は長引き、騎士たちの食料も調達できない

アールニオとハーパーサロは苦悩した
ようやく雨が上がったある夜
大地に虎のごとき唸《うな》り声が響き渡り
主の御印が敵の本陣で輝いた
光る十字架が、将軍たちに力を与えた
アールニオの髪は逆立ち、ハーパーサロの腕は倍の太さになった
二将軍は、勇猛果敢に先頭を切り、
騎士たちを従えて敵の砦に突撃した
その勢い万馬《ばんば》のごとし
見よ、イスラム達が怖気《おじけ》づいて逃げていく
主の力がプエプロデ・モンタナに満ち満ちていく

村の言い伝えがそのまま歌詞になった歌であった。

歌が終わると、ロベルトは拍手しながら老人に訊《たず》ねた。

「その歌は古い歌なのですか？」

「ええ、これは村が出来た当初から歌われてきた村歌です」

「相当古い伝承なのですね。そして、とても素晴らしいお声でした」

「それは照れますね」

老人は頭を掻《か》いて笑っている。

そこへ、アデリナとベニータがキッチンから料理を運んで来た。

「家庭料理ですが、どうぞ召し上がれ」

テーブルに置かれたのは、スペイン風オムレツやいわしの酢漬けを載せたパン、数種類のタパス、チュロスなどであった。

ロベルト達のテーブルにはカルメロとアデリナ、その夫らしき中年男性、二十代半ばの青年、その妹らしき二十歳前後の女性三人が座った。

丁度いい機会だと、ロベルトが話しかける。

「教会で、カルメロさんの膝が良くなったという話を聞かせて頂きましたが、もう少し詳しく教えて下さい。悪くなったのは三年前位でしたか？」

「確か、それ位だった」

カルメロが答える。

「違うよ、お祖父《じい》ちゃん、四年前の冬だ。僕が病院に連れていっただろう？」

青年が横から言った。

「君が孫のボリバル君だね？」

「はい、神父様」

「その病院にお願いして、カルテか診断書を取り寄せて貰《もら》えるだろうか」

「ええ、分かりました」

ボリバルとロベルトが会話していた時、彼の妹三人が小声で話をしていた。

「本当、あの頃は大変だったわね」

「お祖母《ばあ》ちゃんも病気で倒れてしまうし」

「私達も交代で看病したわね」

それを耳聡《みみざと》く聞いたアルバーノが口を開いた。

「失礼ながら、お祖母さんのご病気というのは？　もしかすると風土病ですか？」

「いいえ、神父様。お祖母ちゃんの病気は心筋症で、病院にかかったら、糖尿病も患っていることが分かったんです」

「そうだったんですか」

「はい。退院後は自宅療養していましたが、昨年、亡くなってしまいました」

「お悔やみ申し上げます。ところで、カルメロさんのご一家で、風土病に罹《かか》った方はいらっしゃいますか？」

アルバーノの問いに、妹達は顔を見合わせ、首を横に振った。

「ふむ……。有り難う」

アルバーノは会釈をしてソファを立ち、八人の老人が着席しているテーブルに向かった。

そのすぐ側には、カルメンとベニータ夫婦のテーブルがある。

「ご歓談中に失礼します。突然ですみませんが、この村で蔓延《まんえん》していたという風土病について、お訊ねしたいのです」

すると村人達は揃って口を噤《つぐ》み、互いに顔色を窺《うかが》いあった。

「余り愉快な話じゃありませんがね……」

一人の老人が、言い辛《づら》そうに口火を切った。

「すみません。これも調査の一環ですので、話をしてもらえると助かります。風土病というのは、大体、村で何人ぐらい出ていたのですか？」

「程度は酷《ひど》いものから、軽いものまであるが、三人に一人は罹っていたかな」

別の老人が答えた。

「この中で、風土病に罹られた方はいらっしゃいますか？」

アルバーノの問いかけに、三人の老人が挙手をした。

「どんな病状でしたか？」

老人達は口々にその症状について語った。それはアリリオ司祭が言った風土病の症状と、ほぼ同じ内容であった。

他の老人の親族の中にも、病気に罹った者や突然死した者がいるとのことだ。

アルバーノは細かくメモをとり、ベニータ夫婦とカルメンの方を振り返った。

「ベニータさん。ご両親は風土病で亡くなったと先日伺いましたが、もう少し詳しく話を聞かせて下さい。お二人はいつ頃、どのようにして亡くなったんです？」

ベニータは暗い顔で俯《うつむ》き、溜息《ためいき》交じりに口を開いた。

「両親は、本当に突然、亡くなったんです。

　父が亡くなったのは、六年前の五月でした。農作業からの帰り道で突然、苦しみ出したかと思ったら、バタリと倒れて、何とか家まで辿《たど》り着いたものの、手の施しようもなく亡くなりました。

　母もその三年後、同じような死に方をしました。その数日前から咳《せき》が出て、少し息苦しいと言い出したので、病院に連れて行きましたが、風邪薬を処方されただけでした」

「精密検査などは、しなかったのですか？」

「医師にお願いしましたが、して頂けませんでした」

「そうですか……」

　それなら病院にも、碌《ろく》な記録は残っていないだろう。そうは思いつつも、アルバーノは病院名を聞き、メモに取った。

「あんたも苦労したのねえ」

　カルメンは他人事《ひとごと》のようにベニータに言った。

「姉さんは何も知らないくせに」

　ベニータは恨み言を呟《つぶや》いた。

「ベニータさんとカルメンさん、ウンベルトさんは、風土病に罹った経験は？」

　アルバーノが淡々と訊ねる。

「私達も、皮膚の発疹《ほっしん》は酷かったわね。あれは私が十五歳の時だったわ」

　カルメンが言うと、ベニータも頷《うなず》いた。

「カルメンさんは村を出てから、風土病を発症したことは？」

「いいえ、ありません」

「俺は一度も罹っていないんです」

ウンベルトが答える。

すると、四人の会話を聞いていた老人が輪に加わった。

「私達は、この風土病があるせいで、周囲の村から忌避されていましてね。それで随分と苦労もしたのですよ」

老人が暗い顔で言うと、皆は頷きあった。

「風土病が流行《はや》り出したのは、いつ頃からか分かりますか？」

「さあ、私達が子供の頃から病がありましたし……」

しんみりとした雰囲気になったところに、ウンベルトが大きく声を上げた。

「皆、しっかりしろよ。今では神の祝福で、風土病なんて、すっかり無くなったんだからさ」

「ああ、そうだな」

「確かに。もう心配は無くなったな」

「そうだ、今日はバチカンの神父様方に、祝福をしてもらおうじゃないか」

「ええ。それでもう私達は安泰よ」

皆の目がアルバーノに注がれる。

アルバーノは「ええ」と頷き、平賀とロベルトの許《もと》へ戻った。

「平賀神父、ロベルト神父。皆が私達に祝福をして欲しいそうだ」

「祝福ですか？　何にします？」

平賀がロベルトに話しかける。

「第二コリント十三章十三節と、ヘブル十三章二十、二十一節にしよう。アルバーノ神父は大丈夫ですか？」

「問題ないさ」

「ラテン語で構わないでしょうか？」

「多分、その方が有り難がられるだろう」

ロベルトは、じっと見詰めてくる人々に、静かに「祝福を主に願いましょう」と言った。

一同はその言葉だけで、神妙に静まり、申し合わせたように、各々指を組んだ。

平賀とロベルト、そしてアルバーノは壁を背にして立ち、祝禱《しゅくとう》を唱えた。

厳かな祈りが最後のフレーズに差し掛かる。

主イエス・キリストの恵み、神の愛、聖霊の交わりが
貴方がた一同と共にあるように
願わくは永遠の契約の血によりて、
羊の大牧者となれる我らの主イエスを、

死人の中より引上げ給いし平和の神、
その悦び給う所を、
イエス・キリストに由りて我らの衷に行い、
御意を行わしめん為に凡ての善き事につきて、
汝らを全うし給わんことを
世々限りなく栄光、かれに在れ、アーメン

祈っていた人々も、口々にアーメンと唱えた。

「有り難うございます」

「神父様方、何か困ったことがあれば、いつでも言って下さいね」

「どこの家に行っても、遠慮しないでくれ」

「ここの村は皆、親戚《しんせき》のようなものだから」

「喉《のど》が渇いたら、お茶くらいは出しますからね」

人々は口々に言い、バレンシアの太陽のような明るさと熱気が場に戻った。

そろそろ退出しようとしたロベルト達を、村人達が代わる代わる引き留める。

三人の神父が、アデリナの作った野菜とパン、老人達が持ち寄ったハムやチーズや卵などを持たされてアコンチャ家を出たのは、すっかり宵の口となった頃であった。

第四章　放浪詩人パローマ・アスケリノ

1

翌朝目覚めたロベルトは、まだ少しぼんやりした頭で、ノートパソコンを開いた。

サン・ビセンテの聖剣について問い合わせた、稀覯本《きこうぼん》仲間からのメールをチェックする。

心当たりがないという返信が続く中、フランスの収集家から、画像付きのメールが届いていた。

『プエプロデ・モンタナ村の聖剣に関して

親愛なるロベルト神父、いつもお世話になっております。

私の所蔵する書籍『西欧諸国冒険回顧録』には、十五世紀の冒険家ボドワン・アランブールが、バレンシア州プエプロデ・モンタナ村に行った際に見た祭りについて触れた箇所があります。

お訊《たず》ねの聖剣のことではないでしょうか。

私の蔵書は一五〇二年出版の六刷目で、初刷は一四二五年とあります。該当する頁を撮影した写真を添付致します。お役に立てれば幸いです。

エミール・バルビゼ』

一瞬で目が冴《さ》えたロベルトは、写真を読み込んだ。

その内容は、次のようなものである。

冒険家ボドワンは、山間《やまあい》に存在する白い村、プエプロデ・モンタナ村を訪ねた。

三月のことだ。村では火祭りが行われていた。

村の住人は白人及びラテン系が八割、ムーア人が二割といった印象で、混血も多く見られた。ムーア人もキリスト教に改宗していたという。

村の広場で、櫂《かい》を手にした大男の像が焼かれた後、村人達はこぞって山へ歩いて行った。

思わず後を追って行くと、村人達は幾重もの円陣を作っており、その中心には岩に刺さった一本の剣があった。

ボドワンが剣について村人に訊ねると、「あの剣を抜く者は、地上の王になるといわれている」という答えであった。

そして乾杯や歌で人々が盛り上がったところで、腕自慢の男達が、次々に剣を抜こうとしたが、剣は結局、抜けなかった。

ボドワン自身も試してみたが、剣はピクリとも動かなかった。

ボドワンは「実に不思議でエキサイティングな体験だった」と感動し、その日が一四一五年三月十七日だと記していた。

剣の由来についての記述には乏しかったが、確かに剣が教会が建つ前から存在していたこと、誰もそれを抜けなかったことは事実のようだ。

ロベルトが気になったのは、村人が剣について説明する際、サン・ビセンテについて触れていなかったという点だ。

又、三月十七日という日付も、サン・ビセンテと特に関わりのある数字ではない。まだ自分が知らない伝承や謂《い》われがあるのだろう。

ともかく有益な情報は手に入った。

ロベルトはひとまずその記録をレポートに纏《まと》め、皆にお礼の返事を書くと、一階へ降りたのだった。


シャワーを浴び、身支度を整えたロベルトがリビングに行くと、ヘッドホンをつけた平賀が、浮かない顔でパソコンモニタを凝視していた。

「お早う、平賀」

ロベルトが平賀の肩を叩《たた》いて言うと、平賀は驚いた顔で振り返り、ヘッドホンを外した。

「あっ、もう朝ですか。お早うございます、ロベルト神父」

「何をしてたんだい？」

ロベルトがモニタを覗《のぞ》き込むと、昨日撮った聖剣の動画が流れている。

「聖剣の預言が私にも聞こえないものかと、音声の設定を変えながら、繰り返し動画を視聴していました」

「そうか……」

平賀の表情を見るに、芳しい成果はなさそうだ。

「神に仕える神父だというのに、私は主のお声を聞いたことがありません。聖霊や霊を見たことだって」

平賀は寂しげに呟《つぶや》いた。

そんな平賀に、ロベルトは殊更明るい声で話しかけた。

「平賀。一寸《ちよつと》した朗報があるよ」

「何ですか？」

「一四一五年の時点で、あの聖剣が本当に抜けなかったと記録した、旅行記が見つかったんだ。ボドワンというフランスの冒険家が村を訪ね、力自慢の村の男達が次々剣を抜こうとするのを見たが、誰も果たせず、ボドワン自身も挑戦したが、ピクリとも動かなかった。そして『あの剣を抜く者は、地上の王になる』という言い伝えを村人から聞いたそうだ」

平賀はみるみる瞳《ひとみ》を輝かせて、ロベルトを見た。

「それはまさに聖剣ですね！　アーサー王のエクスカリバーと同じです」

「ああ、そうなんだ」

「私も落ち込んでいる場合ではありませんね。早速、バチカンに新しい機器を送って貰《もら》えるよう手配します」

平賀は毅然《きぜん》として言うと、シン博士にビデオ電話をかけた。

十度ばかりの呼び出し音の後、不快そうな顔の博士が画面に映る。

「シン博士、お早うございます」

平賀は元気一杯の声で話しかけた。シン博士は「五月蠅《うるさ》いよ」と言わんばかりに、耳を押さえた。

『朝一番からお元気そうで何よりですね、平賀神父。超音波金属探知機の手配のことでしたら』

言いかけたシン博士の言葉を平賀は遮った。

「違います。今日は別の用件です」

『今度は何ですか』

「音声解析器を送って貰いたいのです。必要な性能としましては、スペクトログラム分析、フォルマント軌跡抽出、ピッチ抽出、エネルギー抽出、線形予測符号化、高速フーリエ変換、ケプストラム分析といったところです」

シン博士はそれらを素早くメモに取った。

『分かりました。妥当なものがバチカンにあれば良いのですが、恐らくリースの手配が必要です。少しお時間を下さい』

「なるべく早めにお願いします」

『ええ。では』

通話を切ろうとしたシン博士を、平賀が呼び止める。

「待って下さい、博士。もう一点」

『何でしょう』

「今日、私はサン・ビセンテの聖剣の年代特定を試みる予定です。そこで必要になるのが、年代別のバレンシアのロングソードの金属比の資料なんです」

『はて。そのような資料は……専門家の論文に当たってみますか』

「私もそう思ってネットを探したのですが、見つかりませんでした」

『それでは、スペインの歴史博物館あたりに問い合わせるのは如何《いかが》でしょう』

「素晴らしいアイデアです。是非、お願いします」

『私がですか？』

「はい」

力一杯頷《うなず》いた平賀に、シン博士は短い溜息《ためいき》を一つ吐いた。

『分かりました』

「博士、なるべく早くお願いします」

それには答えず、シン博士はプツリと通話を切った。

相変わらず会話のテンポが合わない二人だとロベルトは思ったが、シン博士は根は親切で仕事の出来る男である。任せておけば安心だろう。

ロベルトはキッチンに立ち、朝食の用意を始めた。

キュウリとレタスを洗って切って、村人達から貰ったパンにチーズとハムと共に挟み、シンプルなバゲットサンドを作る。

パーコレーターを火にかけ、コーヒーを淹《い》れていると、リビングの扉が開いてアルバーノが入って来た。

「お早う、平賀神父、ロベルト神父」

「お早うございます、アルバーノ神父」

「丁度、朝食が出来たところです。皆で食べましょう」

三人は小ぶりなテーブルを囲んだ。

「さて、私は今日から当面、村人に風土病のことを聞いていく」

手早く食事を終えたアルバーノが言った。

「僕もお手伝いしましょうか？」

一人では大変だろうと、ロベルトが声をかける。

「いや、この村の世帯数はたった七十足らずだ。それ程骨が折れる様なことじゃない。それより平賀神父、風土病に関して皆に聞いておきたいことなどは？」

アルバーノの問いかけに、平賀はペンを手に取り、メモを綴《つづ》った。

「こんなところでしょうか」

アルバーノはメモを見ると、納得したという表情で、それを胸ポケットにしまった。

「他に気になることがあれば、声をかけてくれ」

そう言い残すと、アルバーノはリビングを去った。


平賀のゆっくりした朝食も終わり、ロベルトが再びメールをチェックしていると、とうとうロベルトが本命と考えていた、バルセロナの稀覯本屋《きこうぼんや》からメールが入った。

八万冊以上の蔵書を持つという高名な稀覯本屋で、稀覯本自体ではなく、それを複製したものを売っている書店である。

店主の名はベルナルド・セルバンテスといい、ロベルトとの付き合いは長い。

ロベルトは期待しながらメールを開いた。

『プエプロデ・モンタナ村の聖剣に関して

やあ、親愛なるロベルト神父。

君の願望に答えてくれそうな書物が二つあるよ。

まずは、『サン・ビセンテ物語』という十五世紀の書物だ。

著者は、プエプロデ・モンタナ村出身のパローマ・アスケリノという人物で、騎士や聖人の物語などを書くかたわら、自らを放浪詩人と名乗り、舞台監督でもあった。

十五世紀初頭から半ば頃までバレンシアを中心に活動していたようで、余り名は知られていないが、作品の一部は舞台公演もされていた記録がある。

もう一つは、『バレンシア州、教会史』。

バレンシアの司教らが、各地にどのような教会を建てていくかを計画する際、現地の人々の意見も参考にしたという内容で、プエプロデ・モンタナ村のサン・ビセンテ・エスパダ教会についても少し触れられている。

当時の人々からの様々な陳情が綴られているから、興味深いと思う。

ところで今、君はスペインに居るんだって？

もし私の書店まで来てくれるなら、これらの本をお見せするよ。

折角の機会だから、会っておきたいしね。

都合のつく日時があれば、知らせて欲しい。連絡を待っているよ。

ベルナルド・セルバンテス』

ロベルトは大喜びで、即座に返信を書いた。


『親愛なるベルナルド。有益な情報を本当に有り難うございます。

是非、そちらをお訪ねしたいです。貴方《あなた》のご予定は如何ですか？

ロベルト』

ロベルトがバレンシアからバルセロナへの交通路を確認していると、返事は直ぐに届いた。

『こちらは何時でも構わない。明日でもＯＫだよ。　ベルナルド』

ロベルトがアリリオ司祭に連絡を取り、駅までの送迎をお願いすると、アリリオ司祭は快く引き受けてくれた。

『では早速ですが、明日、貴方の店を訪ねます。午後三時頃の到着になる予定ですが、宜《よろ》しいでしょうか。　ロベルト』

『了解した。会えるのを楽しみにしている。　ベルナルド』

こうしてロベルトのバルセロナ行きが決定したのだった。

2

教会に行くという平賀と別れ、ロベルトは村役場へ向かった。

役場はアールニオとハーパーサロ、二つの通りを唯一結ぶ形になっている円形広場に面していた。

広場には、剣を振るう騎士の像が、二体ある。伝説の将軍たちの像なのだろう。

村役場は、他の建物とは一線を画していた。床には石材と大理石がシンメトリーに配置され、小さいながらも調和のとれた、シンプルな佇《たたず》まいである。

屋根は半球形のクーポラで、ルネサンス様式の建築だと分かる。

石とレンガの外壁は、テラコッタで装飾が施されていた。

短い石階段を上って建物に入ると、タイル張りの玄関ホールが広がっている。

そこに置かれたベンチソファでは、暇そうな老人が数人、四方山《よもやま》話に花を咲かせていた。

今年生まれた子羊の数が何頭だったとか、孫が町の学校へ通うようになったとかいう話である。

スペイン人達は本当によく喋《しゃべ》る。またその喋る声が、とても大きいので、興味のない話の内容まで丸聞こえだ。

壁には大きく太陽光パネルの写真が貼られていて、太陽光発電がいかに素晴らしいかという説明書きがついている。建設の様子を撮った写真の日付は、去年の今頃だ。

ロベルトが受付で身分を名乗り、村役場の古い記録を閲覧したいと訴えると、直ぐに村長が飛んできた。

「これはこれは、バチカンの神父様。聖剣の奇跡をお調べだとか」

村長は揉《も》み手をしながら言った。

「ええ、それに際しまして、村の古い記録を閲覧したいのです」

「どの位、古い記録ですかな？」

「出来れば、村が出来た当時辺りからの古い物があればいいのですが」

「確か、地下倉庫に古い文献がある筈《はず》です。宜しければ、ご案内します」

「お願いします」

村長は頷《うなず》くと、奥へと続く廊下を歩き始めた。ロベルトはその後に従った。

廊下を突き当たりまで行くと、鉄の扉があった。

村長が腰から下げていた鍵《かぎ》の束から、一つを選んで鉄の扉の鍵穴に差し込む。

扉が開かれると、下に延びる階段が現れた。

それを降りていく。

地下に着くと、そこは暗く、ひんやりとしていた。古書を保つにはいい環境だ。

村長が照明のスイッチを入れる。オレンジ色の豆電球が、天井でぽつぽつと灯《とも》る度、分厚い資料や絵画が収められた棚が並んだ空間が広がっていく。

棚には、それぞれの資料の年代が書き記されていた。

絵画の棚には、年代の表記がない。描かれた年代は別々らしい。

村長とロベルトは、資料棚の一つ一つの年代を確認しながら、奥へ進んでいった。

「この村役場が出来たのは、一四一二年のことですから、この辺りの記録が一番古いですなぁ」

そこには、黄ばんだ古い紙の束が置かれた棚があり、十年おきに資料が区分されて並んでいた。

「有り難うございます。あと、風土病に関する資料はありませんか？」

「それならこれぐらいでしょうか……。一九八三年に村の要望で、州の調査が入った時の結果報告書です」

村長はそう言いながら、棚から資料を一つ取り出した。

ロベルトはそれを受け取り、軽く会釈した。

「有り難うございます。ここからは一人で大丈夫です。閲覧させて頂きますね」

「ええ、どうぞ。お済みになったら、職員に声をかけて下さい」

村長は去っていった。

ロベルトは、資料を傷めない様に手袋を装着し、モノクルをかけた。

まずは黄ばんだ古い紙の束を、そっと棚から取り出し、開いてみる。

最も古いものには、村役場の設計図と、村の基礎工事に関する計画と図面が描かれていた。計画書が書かれたのは、一四〇七年とある。

もともと村には、家族単位ほどの小さな集落が点在していたようだが、それらを取り壊し、山間《やまあい》に無駄のない計画都市を作ろうとした様子が分かる。

新しく作られる予定の建物には、一から順に番号が振られていた。番号の後ろに苗字《みょうじ》と思われる記載が所々ある。空欄のものは、まだ誰が住むか決まっていなかったのだろう。

ともあれ、計画前の村の世帯数は、僅《わず》か三十である。

サン・ビセンテことビセンテ・フェレールの生まれは一三五〇年だから、彼が少年期にこの村にいたとすれば、取り壊された家の中に彼の住まいがあった筈だ。

そこで、取り壊し予定の家々の資料を細かく見たが、フェレール家の名前は見つからない。親戚《しんせき》か知人の家にでも間借りしていたのだろうか。

一方、その資料には、イポリト・アスケリノという名があった。

稀覯本《きこうぼん》仲間のベルナルドのメールには、『サン・ビセンテ物語』の著者がパローマ・アスケリノだと書かれていたが、親族なのだろうか。

そして実際に村役場が出来たのは、一四一二年三月十七日。

稀覯本仲間のエミール・バルビゼが送ってくれた資料によれば、冒険家ボドワン・アランブールがこの村を訪ね、聖剣を引き抜く祭りを目撃したのは、その三年後のやはり三月十七日。

三月十七日に何の意味があるかは分からないが、村祭りの日に合わせて、村役場が開設されたということだろうか。

ロベルトはそこまでの資料を写真に収め、次の資料を手に取った。

それは日誌のようなもので、村の行事記録などが簡単に書かれている。

一四一三年の三月十七日の記録には、祭りの記載があった。

兎狩り大会。

斜面滑り。

抜刀式。

藁《わら》の神像の練り歩き、及び炎上の儀式。

主だった催し物は、その四つだったようだ。

抜刀式とは、例の聖剣に纏《まつ》わるものだったのだろうか。

そこから毎年、祭りの記録が書かれており、それぞれの大会の勝者の名が記されているのだが、抜刀式だけは、ずっと勝者の名が記されていない。

藁の神像については興味深い。

神像は、ニョームと呼ばれ、作り方が記されているのだが、その藁人形は、高さが十メートル近くあり、手に船のオールを持たせるとある。

先に得ていた情報と一致する。

最後にその藁神像を焚《た》き上げ、焼いた後の灰を農耕地に撒《ま》くと、豊穣《ほうじょう》を約束されると記されていた。

民俗学者としてのロベルトの血が、むらむらと騒いだが、今はその謎を追いかけている時ではない。

ロベルトは次の資料の束を開いた。それは住民台帳のようであった。

村役場が出来て以降、多くの世帯が移り住んで来たことが分かる。

ロベルトは無心に、『サン・ビセンテ物語』の著者パローマ・アスケリノの名を探したが、それらしき名は見つからなかった。

となると、パローマ・アスケリノというのは、本名ではなく、ペンネームのようなものだったという可能性がある。

もしくは、パローマ・アスケリノは、この村の出身者だと語っていただけで、本当はそうではないのかも知れない。

しかし何の為に？

或《ある》いは、台帳に記されているのは主だった家族だけで、小さな子供等は省かれている可能性もある。

いずれにせよ、アスケリノ家の子孫がまだ村に根付いているとすれば、パローマの情報が手に入るかも知れない。

ひとまずロベルトは、最新の住民台帳を確認することにした。

去年の日付が書かれた台帳を捲《めく》ると、アスケリノの苗字を名乗る家が、村に一軒ある。

一度訪問してみようと考えて、ロベルトはその住所をメモした。

その後もロベルトは、次々に資料を読み続けた。

何時間経っただろう。

静かに資料を読み進めていたロベルトの手が、一四五七年の資料を繰っていて、ピタリと止まった。

それはサン・ビセンテ・エスパダ教会建設に関する資料であった。

まずは教会の設計図。それに携わる芸術家や職人の名が書かれている。

設計図は現状の教会と変わりが無い。

教会建設の理由として、そこにサン・ビセンテの聖剣があり、巡礼地として承認するためという一文がある。

ここで初めて、サン・ビセンテと聖剣とが、しっかり結びついた。

すぐに写真を撮る。

続いて、教会建設における寄付者の名が書かれている。

筆頭は、ロドリゴ・ボルジア。後に悪名高き法王アレクサンデル六世となる人物だ。

その後にも、ボルジア家の面々の名が続いていた。

成る程、あの教会の祭壇の豪華さと金箔《きんぱく》の装飾、壁の彫刻なども、ボルジア家の寄付があったなら納得である。

サン・ビセンテ・エスパダ教会の建立は、計画から三年後。

工事は急速に進められた様子だ。

又、村の行事記録を読み進めると、教会建立の翌年から、藁の神像の行事が無くなっていた。教会側から、異教的という指摘が入ったからだという。

ロベルトは一応の納得をして、資料を棚に戻した。

時計を確認すると、もう夕刻だ。

ロベルトはひと休憩した後、風土病の調査結果が入っている資料を開いた。

土壌や水の成分表、村人の健康診断の結果、細菌の繁殖の有無、感染症の有無などが表と共に書かれている。

そして最後の一文は、「これらの結果から、風土病の原因は不明である」と締めくくられていた。

それらの写真も撮影する。

最後に室内を見回し、棚に置かれていた絵画を一枚一枚撮影した。

殆《ほとん》どが村の景色を描いたもので、名作とはいえなかったが、半ば趣味、半ば何かの参考になればと思ったからである。

ロベルトは閲覧が終了したと職員に告げ、村役場を後にした。

※　※　※

一方、平賀は台車に蛍光X線分析装置の一式を載せ、教会を訪ねていた。

蛍光X線分析装置の原理は簡単だ。装置の内部にあるX線管が電子を高電圧で加速し、金属の陽極に衝突させて強いX線を発生させる。

それを対象の物体に照射すると、元素ごとに固有の蛍光X線が発生し、検出器がそれを検出する。そのエネルギーとスペクトルの強度から、対象に含まれる元素の組成や濃度分析を行うというものだ。

　例えば、ある元素Aを含む金属にX線を照射すれば、元素Aの蛍光X線が発生する。そしてこの蛍光X線の強度は、元素Aの量によって変化する。

　つまり対象の物体に含まれる元素Aの量が多いほど、Aの蛍光X線の強度は高くなるので、対象に元素Aがどれくらい含まれているかが分かるという訳だ。

　平賀はこのX線照射を聖剣の左右から行った。

　得られたデータをノートパソコンに記録する。

　このデータと、シン博士に頼んだ、年代別のバレンシアのロングソードの金属比の資料とを照らし合わせれば、聖剣の年代特定が可能になる筈《はず》だ。

　平賀は測定を終えると、大型のルーペで聖剣を舐《な》めるように観察し、再び宿に戻った。

　そして博士のメールを待ちながら、これまで得た証言やアンケート、動画などの資料をじっくりと見返したのだった。

3

　翌朝。三人の神父が朝食後のコーヒーを飲んでいると、アリリオ司祭がやって来た。手には大きな袋を持っている。

「お早うございます、皆様。お迎えに来ましたよ、ロベルト神父」

そう挨拶《あいさつ》した後、アリリオ司祭は平賀に袋を差し出した。

「ご用命の紙やすりです」

平賀は袋の中を確認し、笑顔になった。

「有り難うございます。それでは岩を磨きたいので、教会の鍵《かぎ》を貸して下さい」

平賀の言葉をロベルトが訳して告げると、アリリオ司祭は渋々といった様子で鍵を差し出した。

「どうかくれぐれも慎重にお願いします」

「分かりました」

「では、私は村の家々を回ってくるとしよう」

アルバーノが立ち上がる。

「僕はバルセロナに出発だ」

ロベルトは宿を出て、アリリオ司祭の車の助手席に乗り込んだ。

小さな車が発進する。

「ところで、ロベルト神父は何故、バルセロナまで遠出を？」

「バルセロナの知り合いが、サン・ビセンテと聖剣に纏《まつ》わる資料を持っているようなんですよ」

「おお、それは素晴らしい。そういうものは、この村にもありませんからな。それが確認されれば、奇跡認定が下りるのですか？」

「まだ調査は途中ですが、大きな後押しとなるかも知れないですね」

ロベルトの言葉に、アリリオ司祭は大きく微笑んだ。


車は順調にバレンシア・ホアキン・ソロジャ駅に着き、ロベルトは高速列車で一路バルセロナへと向かった。


バルセロナ・サンツ駅に到着したのは、午後二時半だ。

列車を乗り換え、カタルーニャ広場駅で下車する。

広場には、巨大な中央スペースとそれを取り囲む庭園があり、大勢の観光客が行き交っていた。大きな二つの噴水の周りには、沢山の鳩がいる。

広場周辺には、デパートやホテル、レストラン、銀行などが建ち並んでいて、まさにバルセロナの中心といった感じだ。

そこから南へ向かい、大道芸を横目で見ながらランブラス通りの遊歩道を歩いて行くと、足元にミロのモザイクがある。大きな円形のモザイクタイル作品だ。

近くには市場の入り口が見えており、人でごった返している。

大通りを左折し、中世の建物が多く残る通りを進む。

狭い街路の両脇には小さなショップやレストランが並び、前方にゴシック様式の荘厳なサンタ・エウラリア大聖堂が聳《そび》えている。

ロベルトがスマホで自分の位置を確認しながら、入り組んだ裏路地を歩いていくと、目当ての赤いネオン看板が見えてきた。

『稀覯本《きこうぼん》専門店、セルバンテス』

四階建てのビルの玄関扉をそっと押して入る。

壁に作り付けられた本棚には、年代別、地域別、ジャンル別に整理された本がビッシリと並び、いかにもマニアといった風体の客達がそれらを物色している。

この店の売り物は全てコピー本であり、装丁も簡素であるが、それでも値段はそこそこ高い。

ロベルトはカウンターに立っている、眼光の鋭い店員に近付いた。

「こんにちは。僕はバチカンの神父で、ロベルト・ニコラスです。社長のベルナルド・セルバンテス氏と約束をしているのですが」

すると店員は、硬かった表情を緩ませた。

「はい。お伺いしています、神父様。こちらへどうぞ」

店員は部屋の奥の扉を鍵で開けた。

「こちらの階段で、四階へ上がって下さい。そちらにセルバンテス社長のオフィスがあります」

「有り難うございます」

ロベルトは軽く会釈して、やや急な階段を上って行った。

階を上がる毎に、展示されている稀覯本の質が高くなっていくのを、紙の匂いや、インクの匂いで感じることが出来る。

軽い速足で四階まで上がったロベルトは、社長室の前に立った。

格子状の鉄柵《てっさく》にすりガラスがはめ込まれたドアをノックする。

「ロベルト・ニコラスです。セルバンテス社長はおられますか？」

「少々お待ち下さい」

中から若い女性の声が聞こえ、ドアが開かれた。

スーツ姿の秘書らしき女性が立っている。

「どうぞ」

女性はロベルトに会釈して、自分のデスクを通り過ぎ、奥の扉を開いた。

そこは恐ろしく素晴らしい部屋であった。

四方の壁が天井まで全て本棚になっていて、マニア垂涎《すいぜん》の稀覯本が詰め込まれている。

そして其処此処《そこここ》に脚立が置かれていた。

バチカンの図書館と同じ匂いを感じる。

部屋の中央には、ソファに座るベルナルド・セルバンテスの姿があった。

頭を坊主に剃《そ》って口髭《くちひげ》を蓄え、銀縁眼鏡をかけ、落ちついた深緑色の格子柄のスーツを着こなした、哲学者風の老紳士だ。

モニタ越しでは何度も会話をしてきたが、直接会うのは二度目である。

ベルナルドはステッキをついてソファから立ち上がり、ロベルトに近付いてハグをした。

「待っていたよ、ロベルト神父。こうして会うのは、稀覯本仲間のパーティ以来だね」

「はい。お変わりありませんね、ベルナルドさん。この度は貴重な情報を下さり、本当に有り難うございます」

ベルナルドは、うむと頷《うなず》くと、秘書の女性に向かって「私が呼ぶまで席を外していなさい」と命じた。

女性は一礼をして、部屋から出て行った。

ベルナルドがジェスチャーでロベルトに席を勧める。

ロベルトは彼の向かいに座った。

二人の間にあるガラスのテーブルには、四冊の本が置いてある。

『サン・ビセンテ物語』と『バレンシア州、教会史』の原本とコピー本だ。

「こちらは木版印刷なのですね。まさに美術品です」

ロベルトは原本を見て、感嘆の吐息を吐いた。

「そうだとも。しかし、流石に原本を渡すという訳にはいかんからな。コピー本の方を進呈するよ」

「あの……大変失礼ですが、お幾らほどでしょうか」

恐る恐る訊《たず》ねたロベルトに、ベルナルドは大笑いをした。

「いやいや、今回は商売抜きだ。バチカンの調査に私も協力したいと思ってね」

「有り難うございます。お言葉に甘えさせて頂きます」

　ロベルトは深く頭を下げて、『サン・ビセンテ物語』を手に取った。

　表紙の下部には、作者パローマ・アスケリノとあり、奥付には、「初版　一四四三年七月五日　グラシアン工房発行」とある。

　パラパラと頁を捲《めく》ったロベルトに、ベルナルドが話しかけた。

「メールにも書いたが、作者のパローマ・アスケリノは放浪詩人であり、舞台監督でもあった。一四二〇年頃から一四四五年頃という僅《わず》か二十五年間に、騎士物語や聖人の物語を量産して、バレンシアを中心に活躍した人物だ。

　特に『サン・ビセンテ物語』は、舞台にもなって大成功したそうだぞ。

　その舞台の特徴は、奇術的なトリックをふんだんに用いて、ビセンテの起こした奇跡を観客達の目の前で再現したことだ。

　例えば、グラスの中の透明な水を赤いワインに変えたり、調理された赤ん坊の死体を、一瞬にして、生きた赤ん坊にしてみせたりとね。同じ舞台がイタリアでも上演されていたようだ」

「成る程、それは流行しそうですね。ですが、どこでそんな情報を？」

「当時、その舞台を見て感想を書き綴《つづ》った、さる貴族が残した手記からだよ」

　ベルナルドは含みを持った声で答えた。

　彼ほどの収集能力も財力もある人物であれば、それも可能だろう、とロベルトは納得した。

「この本の発行年は、サン・ビセンテの死没から二十四年後ということになりますが、それ以前に、サン・ビセンテについて書かれた書物等はあるのでしょうか？」

「ふむ。ビセンテはフランスやイタリアなどを説教して回った訳だが、カタルーニャ語やラテン語で語られたおよそ三百編の説教記録が、同行者によって残されていて、今ではそれがカタルーニャ語文学の貴重な資料となっている。

それ以外の情報については、私は寡聞にして知らないな。

ビセンテは大衆に非常に人気があったが、当時の大衆に文字の読み書きが出来た者は、ほぼ居なかったから、ビセンテの起こした奇跡などは、耳を通して広まったと考えるべきだろう」

ベルナルドはそう言うと、テーブルに置かれていた噛《か》み煙草を口に入れた。

「そして作者のパローマ・アスケリノは、各地に伝わる口伝を纏《まと》めて一冊にしたという訳ですね」

「恐らくな。歴史的に確かなことは、ビセンテがボルジア家の子息、アルフォンソ・デ・ボルハ、すなわち後の法王カリストゥス三世を見出《みいだ》し、将来の栄達を予言して、その進路に大きな影響を与えたことだ。その功績から、ビセンテは死後三十六年目に、カリストゥス三世によって、聖人であることを認められた」

「ええ、そうですね」

「まあ、詳しく読んでみてくれ。あとはこの『バレンシア州、教会史』だ」

ベルナルドは、本に挟まれた栞《しおり》のある頁をロベルトに見せた。

「ここに、プエプロデ・モンタナ村にサン・ビセンテ・エスパダ教会建設を促す陳情書の内容等が書かれている」

ロベルトがその頁に目を落とすと、最初に飛び込んできたのは、バレンシア語で書かれた、教会復興委員会に向けた陳情書である。

『拝啓、委員会におかれましては、現在、元モスクであった場所に積極的に教会を建設していく方針であられることを聞き及んでおります。

そこで、私が強く教会建立をお勧めしたいのは、バレンシア西部の山岳地帯にありますプエプロデ・モンタナ村です。

委員会の皆様もご存知の通り、そこには聖人ビセンテが岩に突き刺した、誰にも抜けない有名な聖剣があり、更には一三二四年にイスラムの砦《とりで》を落とした将軍と騎士達が、輝く十字架を見た聖なる場所でもございます。

聖人ビセンテは現法王にも所縁《ゆかり》のあるお方。

是非、その場所に、聖剣を守る教会を建て、巡礼地の一つとしてキリスト教徒、一人一人に知らしめる必要があることを、ここに陳情致します。

一四五六年八月二日　　セブリアン・シスネロス司教』

その陳情書の後には、名のある貴族や大商人の名前が連なっていた。

書かれた年は、ビセンテが列聖された翌年である。

同様の旨の陳情書は他にもあった。

プエプロデ・モンタナ村が日照りで悩んでいた時、聖剣に祈ったら雨が降ったという奇跡について、これを認め、村に教会を建てて欲しいという、村人達からの陳情である。

「サン・ビセンテ・エスパダ教会は、スペインでは有名な巡礼地なのですか？」

ロベルトの率直な問いかけに、ベルナルドは腕組みをした。

「有り体《てい》に言ってしまえば、さほどメジャーではなかったな。バレンシア地方では人気だったのだろうがね。

何しろ、サン・ビセンテを列聖したカリストゥス三世の人気がないんだ」

「ええ。カリストゥス三世といえば、身内のボルジア家贔屓《びいき》で有名で、妹の息子であるロドリゴ・ボルジア、つまり後のアレクサンデル六世や姉の息子などを枢機卿《すうききょう》に登用したり、ロドリゴの弟を教会軍総司令官に任命したりで、民衆の反感を買っていました」

「左様。自身の出世を予言したという理由で、同じバレンシア出身のサン・ビセンテを列聖したというのも、何やら嫌らしい話であるし、その性格はかなり好戦的だった。

法王に即位すると直ちに、キリスト教諸国に向けて、対オスマン・トルコ十字軍の勅書を発し、本来十字軍に充てるべき費用を教会の修復や芸術に費やしたとして、先代法王を非難したりもした。

独自の艦隊を編制し、対オスマン・トルコ戦で活躍したアルバニアの英雄スカンデルベグを法王軍の総司令官に抜擢《ばってき》するなどの采配《さいはい》も行ったが、大した戦果はなかったし、それどころか、戦費補填《ほてん》の為に臨時税を徴収したドイツ人民の反発を招く結果ともなった」

「そうですね。法王の勅書が原因でナポリとも対立しましたし、ハンガリーの内乱を招いたことや、ボルジア家への不満を募らせたローマ市民による暴動のきっかけになったことでも有名です」

「即位から僅か三年で逝去したというのに、忙しいことだ。そしてボルジア家出身の法王の悪評は、後にアレクサンデル六世へと引き継がれる訳だ」

ベルナルドは皮肉な笑みを浮かべて、話を継いだ。

「単純な話、カリストゥス三世の残した悪評の為に、後のバチカンはサン・ビセンテに対しても懐疑的になったのだろう。だから巡礼地としての広報活動に力を入れなかった。

それにスペインの巡礼地としては、サンティアゴ・デ・コンポステーラの巡礼路という世界的に有名な道がある。その名に押されて、サン・ビセンテ・エスパダ教会の印象は薄いものだったよ。

だが、最近は事情が全く違う。聖剣の預言の奇跡は、スペイン中の話題だ。今までその存在を知らなかった者にまで、いや知らなかった者にこそ、爆発的に広がっている」

ベルナルドは、嚙み煙草をロベルトに「いらないか?」というように差し出したが、ロベルトは首を振って遠慮を示した。

「バチカンの神父は、煙草は嗜《たしな》まないのかね?」

「そういうこともありませんが、僕は嗜まないだけです。それにしても、プエプロデ・モンタナ村には随分と長い間、教会が無かったのですね」

「そうだな。恐らく村人は遠くの教会まで行って洗礼を受けたのだろう」

「あの村の付近で、その頃、現存していた教会はというと……」

ロベルトはスマホで情報を漁《あさ》った。すると、山の麓《ふもと》に一つの古い教会が見つかった。

「教会記録を見に行くつもりかね？」

「はい、明日にでも」

「それはいい考えだ。興味深い情報があったら、私にも教えてくれ」

「ええ、分かりました」

ロベルトとベルナルドの会話は尽きなかったが、今日中に村に戻る為には、そう長居は出来ない。ロベルトは話の切れ目で腕時計を見た。

「そろそろ帰る時間かね？」

「遅くとも六時の列車に乗るつもりです」

「では、駅まで送って行こう。そのついでに、サグラダ・ファミリア（聖なる家族）聖堂を見ていかないか？　バルセロナに来て、あのバシリカを見ないと損をするよ」

「ええ、喜んで」

ロベルトはベルナルドから貰《もら》った二冊の本を鞄《かばん》に入れ、立ち上がった。

ベルナルドは先程の秘書を呼び、「暫《しばら》く散歩をするから」と留守番を言いつけている。

二人は店を出て、タクシーを拾った。

一旦《いったん》カタルーニャ広場まで戻り、更に北西へ進むと、バルセロナのシャンゼリゼといわれるグラシア通りである。

高級ブランドの大型店舗、五つ星ホテルなど、重厚で上品な建物が、緑の街路樹の向こうに建ち並んでいる。

その中に不意に現れるのが、建築家アントニ・ガウディや彼のライバル達が作った、カタルーニャ独特の建築物だ。

スペインにはレコンキスタ（国土回復運動）の後、残留イスラム教徒の建築様式とキリスト教建築様式などが融合したムデハル様式というスタイルがあったが、そこに華やかな装飾性を持つアールヌーヴォー様式の影響が加わり、さらにカタルーニャ地方の民族主義的伝統を見直そうという文芸復興運動が後押しとなって、モデルニスモと呼ばれる独自の建築様式が生まれたのである。

カラフルで愛らしい三角屋根のカサ・アマトリェール、ファンタジックな彩りと曲線が目を引くカサ・バトリョ、冠のような塔が特徴的でエレガントなカサ・リェオ・モレラ、波打つような曲線を大胆な石張りで表現したカサ・ミラなど、いずれも非常に個性的な建物だ。

ローマ育ちで、芸術は王道派を自覚するロベルトでも、思わず目を奪われる。

タクシーが交差点を右に折れた。

少し走ると、前方にサグラダ・ファミリアの巨大な鐘楼と、工事のクレーンが見えて来る。

サグラダ・ファミリアは、まだ駆け出しの建築家だったガウディが三十一歳で手掛け始めて以降生涯をかけて取り組み、彼の死後百年近い今もなお建設が続いている聖堂だ。建設と並行して、既存部の修復も行われている。

その前に着くと、ベルナルドは運転手に、「少しの間、車を停めてくれ」と命じた。

そうして見上げたサグラダ・ファミリアは、圧倒的な存在感を放っていた。

石造りのファサードは三つの尖頭《せんとう》アーチからなっており、中央のアーチには受胎告知、キリストの生誕、祝福をする天使、東方の三博士などが彫刻され、左のアーチには嬰児《えいじ》虐殺とエジプトへの逃避、右のアーチには聖エリザベトを訪問する聖母マリア、法律学者と議論するイエスなどが彫られている。

そしてそれらの背景の至る所に、蔦《つた》や植物などのモチーフが執拗《しつよう》に、有機的な曲線で刻まれている為に、全体を見ると溶けた蠟燭《ろうそく》のような印象を受ける。

柱の土台には、不変の象徴である亀、林檎《りんご》を咥《くわ》えた蛇、変化の象徴であるカメレオンの姿があった。

天高く聳《そび》える壮大な鐘楼は、透かし彫りを思わせる特徴的なデザインで、抽象的な幾何学模様のようにも、巨大な蟻塚か鍾乳洞《しょうにゅうどう》のようにも感じられる。

その頂上には、彩色モザイクで作られた様々なモチーフが飾られていた。

「この教会はね、二〇二六年に完成予定とされているんだが、今のところ、完成はまだ先に延びそうなのだよ。だが、私はそれを良いことだと思っているんだ」

ベルナルドが鐘楼を見上げながら言った。

「何故ですか？」

「君も知っているだろうが、ガウディは設計段階で模型を重要視し、設計図をあまり描かなかった。そして志半ばで不慮の死を遂げた。

しかも、彼の死後に起こったスペイン内戦によって、それらの設計図も模型も、弟子達が作成した資料も殆《ほとん》どが焼失した。

だから残された数少ない資料や職人の口伝などを手掛かりに、その時代時代の建築家がガウディの設計思想を推測するといった形で、建設が続いている。

私はね、もしガウディの完成図が残っていたとしたら、この教会はもっと簡素で小さな建物に出来上がっていたと思うのだよ。

しかし実際は、ガウディの残した素材に対し、多くの才能を持った人々が、本当はこうではなかったのかと想像しながら、造り続けている。

人の想像力というのは不思議なものだ。何かに触発されると、大きく膨らんでいく。

つまりだね、新しい世代の職人や芸術家達が、『こうでなければ、天才ガウディの作品として世に出せない』と感じて造ったものの方が、ガウディ自身が想定していたものより、遙《はる》かにドラマチックで素晴らしいものとなっているのでは、と思ってしまうのだよ。

伝承や歴史書籍の類《たぐ》いにも、同じことが言えると思わないかい？」

「確かにそうですね。民俗学などを齧《かじ》っていると、人間の思考や空想力の広大さに驚かされたりします」

「そうだね。ところで、このサグラダ・ファミリアが完成したら、どうなるか知っているかい？」

「どうなるんですか？」

「外壁にまで豪華な着色をしてしまうそうなんだ。私はこのままの裸のサグラダ・ファミリアの方が趣があっていいと思うのだがね。服を着た姿は、頭の中で様々に想像できる。その方が、余程ロマンチックだと思わないかね？」

「そうかも知れませんね。ミロのビーナスも両手が欠けているから、あんなに美しく感じられるのではと思う時があります」

「ふむ。気が合ったね」

ベルナルドはロベルトに握手を求めて手を差し出した。

ロベルトは、その手を固く握り返した。

「さて、そろそろ駅に向かうとするか」

「はい。今日は色々なお話ができて楽しかったです。貴重な本まで頂いて」

「その代わり、今度、難解な翻訳を頼むだろうがね」

ベルナルドは、口髭《くちひげ》を片手で摘《つ》まんで微笑んだ。

4

帰りの高速列車の中で、ロベルトは『サン・ビセンテ物語』を読み耽《ふけ》っていた。

物語はビセンテ少年がバレンシアの町を離れ、プエプロデ・モンタナ村へやって来るところから始まった。

その年、町で黒死病が大流行した為、病弱だった息子への感染を恐れた父親が、知り合いの伝手《つて》を頼って、息子を村に預けたのだ。

ビセンテ少年はそこで一人の引退した老騎士と出会い、自分もキリスト教の守護者である騎士になることを強く願って、老騎士に稽古《けいこ》をつけてくれと頼み込む。

老騎士はビセンテに使い古した剣を与えて、二人はいつも山奥にある森で稽古をしていた。

だが、老騎士は病で死んでしまい、自分の剣をビセンテに託した。

老騎士亡き後も森で稽古をしていたビセンテ少年だったが、ある日、自分の上空に輝くものがあるのに気が付いた。

ビセンテ少年が驚きながら目を凝らすと、そこには黄金色に輝きを放つ大天使ミカエルの姿があった。

ビセンテ少年は、畏怖《いふ》の念を感じて思わず跪《ひざまず》いた。

すると、天使はこう話しかけてきた。

『幼き者よ。汝《なんじ》の名は、神の名簿に書かれている。

貴方《あなた》は、騎士になる者ではなく、神の伝道師となる者だ。

命を奪う者であるより、命を助ける者になるのだ。

今すぐ、その剣を目の前の岩に突き刺し、手から離しなさい。

そして汝は伝道師となり、キリストの御業《みわざ》を伝えよ』

それに対してビセンテ少年は、こう答える。

「如何《いか》にして剣で岩を穿《うが》つことが出来ましょうか？」

天使は答えた。

『神の名を以《もっ》てして出来ぬことは何もない。汝の小さき手でも、剣を岩に刺すことは出来るだろう』

ビセンテ少年が、覚悟を決めて剣を岩に差し込むと、それは嘘のように岩を貫き、そこに一つの十字架が生まれた。

そして目の前で起こったこの奇跡が、彼に伝道師となる決意を与えたのだった。

そこで章が変わり、十七歳になったビセンテが、ドミニコ会に入会して聖職者を目指して勉学に励む場面が綴《つづ》られている。

やがて司祭に叙階《じょかい》されると、バレンシアからスペイン各地に赴き説教を行い始める。

その説教の数々と、熱狂する民衆の姿、ビセンテが起こした奇跡がドラマチックに描かれていた。

平易で分かりやすい文体でありながら、要所要所に気を引く仕掛けがあって、頁を捲《めく》る手が止まらない。流石にヒット作というところだ。さぞ舞台映えもするだろうと、ロベルトは思った。

それにしても、作者の言葉の選び方や文章のリズム、独特な言い回しにどこか覚えがある気がする。

そう、作品というものは、何らかの作家独自の個性を持っている。

それは隠そうとしても隠せないもので、もしこの作家が別の本を書いていたとしたら、分かるのだ。

ロベルトは、気になる部分に貼っていた付箋《ふせん》の箇所を改めて読み返した。

その内、彼の頭に閃《ひらめ》きがあった。

(そうだ、『キュリアルとグエルフ』じゃないか?)

『キュリアルとグエルフ』とは、一四三二年から一四六八年の間に出版され流行した、騎士物語を代表する名作である。

しかしながら、不思議なことにその作者は不明、または無名とされている作品だ。

(同じ作者なら実に興味深いことだけど……)

ふと気付くと、列車はもうバレンシア・ホアキン・ソロジャ駅に着くところだ。

慌てて本を閉じ、立ち上がる。

駅前には、アリリオ司祭が迎えに来てくれていた。バルセロナを発《た》つ際、到着時刻を伝えて迎えをお願いしていたのだ。

「すいません、遅い時間に」

「いいえ、バチカンの調査の手助けなら、これぐらいの事、何でもありませんよ」

アリリオ司祭は、助手席のドアを開けた。

ロベルトが乗り込む。

振り返ると、ライトアップされた駅舎が美しい。通りの人影はまばらで、ぽつぽつと人家の灯《ひ》が、蛍火のように浮かんでいる。

アリリオ司祭がエンジンをかけると、ヘッドライトの灯《あか》りがアスファルトの道を照らした。

車は静かに走り出した。

「バルセロナで何か、お分かりになったことはありますか?」

「しっかりした結論は出ていませんが、十五世紀に書かれた書物の中に、サン・ビセンテ・エスパダ教会に纏《まつ》わる話が書かれていることが分かりました」

「おお、それは素晴らしい。教会の奇跡が認められれば、本当に良いのですけどね」

「それは、神のみぞ知ることです。ところで、平賀神父の方は、どうしていました?」

ロベルトの問いかけに、アリリオ司祭は、困惑した表情をした。

「それがですね……。私が教会を出る時にも、まだ岩を磨いていらして……」

「朝から、ずっとですか！」

「そうなんです。余りに真剣に熱心に磨いてらっしゃるものですから、声もかけづらく、一応そのままにして、貴方を迎えに来たのです。まだ磨いておられるかも知れません」

（嘘だろう……）

ロベルトは、くらりと眩暈《めまい》を覚えた。

「では、僕も教会まで乗せて行ってもらえますか？」

「ええ、当然です」

雑談を交わすうちに、車が山間《やまあい》の坂道に差し掛かる。ヘッドライトに照らされる道は本当に狭く、何度もヒヤリとさせられた。

アリリオ司祭にとっては、慣れた道であろうが、急カーブを曲がる時に、目の前に現れる崖《がけ》にドキリとしてしまう。

そしてようやく村の中に入っていくと、家々はすっかり寝静まっていた。

その為か、エンジン音は少しばかり不穏な響きを持っている。

やがて教会の前に車は停まった。

アリリオ司祭と共に教会に入ったロベルトは、鈍く輝く聖剣の傍で響く、シャカシャカという音を耳にした。

見ると、少しだけ灯りを残した教会の中、平賀が床に突っ伏す様にして、腕を動かしている。手に握られているのはサンドペーパーだ。

やはり、まだ岩を磨いていたのである。

平賀は、ロベルトがいる事になど気付かない様子で、岩を磨いては、虫眼鏡で岩の表面を観察していた。

そして又、サンドペーパーを握る。まだまだ磨くつもりなのだろう。

ロベルトは平賀の前に回って、肩に手を置いた。

「平賀、平賀、もう夜中だよ」

ロベルトの呼びかけと同時に、平賀の動きがピタリと止まり、ゆっくりと平賀がロベルトを見上げた。

そして、不思議そうに瞳《ひとみ》を瞬《しばた》いた。

「ロベルト。貴方はバルセロナに行っていたのでは？」

「行って、もう帰って来た。今は夜中の十一時半だよ」

平賀は驚いた顔をした。

「いつの間にそんなに時間が」

「夢中で岩を磨いている間にだよ。ほら、今日はもう遅い。君がずっとそんな調子だから、アリリオ司祭も、教会が閉められずに困っていらっしゃる。今日はこのぐらいにしておかないと」

「そうですね。それは申し訳ありませんでした。では直ぐに帰り支度をします」

そう言うと、平賀は溜《た》まった岩の削りカスを刷毛《はけ》で集めてビニール袋の中に収めた。

そして辺りに散らかった草臥《くたび》れたサンドペーパーを、くしゃくしゃと一つに纏《まと》め、ゴミ箱の中へと捨てた。

「準備はいいかい？」

「はい」

「じゃあ、宿に帰ろう」

平賀とロベルトはアリリオ司祭に礼を言い、道を下って宿に向かった。

宿に着くと、平賀はようやく自分の体の不調に気付いた様子で、二の腕を無意識のうちにマッサージし始めた。

アルバーノはリビングの椅子に腰かけていて、紙の束がその前に置いてある。

「ようやく帰って来たのか。私の方も風土病の聴き取りを終えて、レポートを纏めたところだ」

「これが調査の報告書ですか？」

平賀がアルバーノの前に置かれている紙の束を指さすと、アルバーノはこくりと頷《うなず》いた。

「お疲れ様です。本当に助かります」

「平賀だって、一日中岩を磨いていたら、腕が痛いだろう？」

「ええ、そうですね。そうかも知れません。でも少しです」

そう言うと、平賀は成分分析器に、集めた岩の削り粉を入れた。

平賀の指が、解析開始のスイッチを押す。

平賀はそのまま薄い布のようになって、ぐったりと椅子の背に凭《もた》れた。

「皆さん、簡単な夜食でも食べませんか」

ロベルトはキッチンに入って、冷蔵庫を開けた。

冷蔵庫の中に詰められたタッパーを確認し、その中から肉と豆のスープを取り出す。豆、ジャガイモ、アザミ、ベーコン、タマネギ、血のソーセージ等が入っている物だ。

それを深皿に入れて、ラップをかけ、電子レンジで温める。

温まったものを三人分の皿に取り分け、パンとスプーンを添えて、リビングに運んだ。

平賀が立ち上がってテーブルに来る。流石に腹が減ったのだろう。無言でスプーンを取って、スープを飲み始めた。その指先が震えている。

岩を磨くのに、相当力を使ったせいだろう。

「ロベルト、バルセロナで何か収穫はありましたか？」

「そうだね。教会のことや、聖剣に纏わる伝承が書かれた本を頂いたよ。『サン・ビセンテ物語』という十五世紀に書かれた書物に、サン・ビセンテと聖剣に纏わる記述があった。それから、『バレンシア州、教会史』という教会の記録書に、サン・ビセンテ・エスパダ教会の建立を促す陳情書が載っていた。

セブリアン・シスネロス司教という人物が、教会復興委員会に対して起こした陳情書なのだけれど、村にはサン・ビセンテが岩に突き刺した有名な聖剣があり、一三二四年にイスラムの砦《とりで》を落とした将軍と騎士達が、光輝く十字架を見た聖なる場所でもあるから、ここに聖剣を守る教会を建て、巡礼地の一つとして、キリスト教徒一人一人に知らしめる必要があると、陳情している」

「やはり聖剣の由来は、昔から言い伝えられていたんですね」

「そうだね。これらを手掛かりに、色々と調べていこうと思っている」

「それは良かったです」

「サグラダ・ファミリアも一寸《ちよつと》だけど、見られたしね」

「直接見ると、素晴らしい教会なのでしょうね」

「そうだねえ。壮観だったよ。平賀も連れて行ければ良かったんだが、稀覯本屋《きこうぼんや》というのは秘密好きで、なかなか仲間以外の人間とは打ち解けないからね」

「私は大丈夫です。岩を磨く仕事がありましたから」

平賀がスープの最後の一口を飲んで、口をティッシュで拭《ふ》いた。

「で、岩を磨いて何か分かったかい？」

「それはこれからです」

そう言うと、平賀は成分分析器をちらりと見て立ち上がり、パソコンを開いた。

「あっ。シン博士からメールが届いています」

それをじっと読んでいた平賀が顔を上げる。

「シン博士の送って下さった資料と、蛍光X線を測定した結果から、あの聖剣は一三二〇年代から一三七〇年代に使われていたもので間違いないと判明しました」

「成る程、では時期はあっているんだね」

「ええ、間違いありません」

三人がそれぞれの調査の過程や結果を話していると、成分分析器が解析を終えたランプを点滅させた。

平賀は立ち上がり、その解析表をじっと眺めている。

「結果は、どうだい？」

「あの岩の成分は、今のところ、石灰質角礫岩と砂・粘土から構成されています。中に植物の根と思われる有機物の存在も確認されますね」

「つまりどういうことだね？」

アルバーノが訊《たず》ねた。

「礫というのは、直径二ミリ以上の尖《とが》った岩石の欠片《かけら》で、造岩鉱物の集合体ということになります。石灰質角礫岩は、雨水などに溶け出した石灰分が沈着して礫の間をつなぐセメント役を果たすのです。それらが砂や粘土と混ざりあって踏み固められると、岩が形成されます」

ロベルトには、平賀が満足そうにしている意味が分からなかった。

「まあ、確かに岩だったからね」

「そうです。踏み固められた岩です。教会を建設する際に、土壌をしっかりさせるため、踏み固められたのかも知れません」

「教会を作る時に、聖剣を岩に突き立てたように見せたという訳かな？」

アルバーノの推測に、ロベルトは首を横に振った。

「そうではないと思います。教会建設の陳情があったのは、サン・ビセンテが列聖された翌年の一四五六年ですが、既に一四一五年にこの村を訪れた冒険家が、岩に刺さった抜けない剣について記述しています」

「それではどうなる？　神の力を宿した聖剣として、あっさり認める訳か？」

アルバーノが鋭い口調で返した。

「私は岩をもっと磨いてみます。もっと磨けば、別の構造が顔を出すかも知れません」

平賀がキッパリと言った。

「まだ磨くつもりなのか……」

ロベルトは呆気《あっけ》に取られた。

「はい」

「平賀、手で磨く以外の方法はないのかい？　幾ら何でも、腕が持たないぞ」

すると平賀は、「あっ」と叫んで手を打った。

「そう言われればそうですね。サンドペーパーを装着させて研磨する、電動サンダーという工具があります」

「じゃあ、それを村の大工から借りたらどうだろうか？」

「その手がありました。有り難うございます、ロベルト神父」

平賀はパァッと顔を輝かせた。

(全く天才の癖をして、おかしなところが抜けているのだから)

ロベルトは、不謹慎だが、せっせと岩を磨いていた彼の鬼気迫る姿を思い出し、噴き出しそうになりながら、平賀の肩をトンと叩《たた》いた。

「さてと。私は証言者達の動向をチェックしてくる」

アルバーノはそう言って立ち上がり、二階に上がって行った。

5

翌朝、平賀とロベルトは教会に行き、村の大工から電動サンダーを借りたい旨をアリリオ司祭に伝えた。

アリリオ司祭が大工に電話をかけ、教会を出て行く。

腕まくりをして岩を磨き始めた平賀を残し、ロベルトも教会を後にした。

これから向かうのは、サン・ビセンテ・エスパダ教会の建立以前に、恐らく村人達が通っていただろう、古い教会だ。それは山の麓《ふもと》の町の中心部にあった。

長い道のりを歩き、辿《たど》り着いたその教会は、サン・ビセンテ・エスパダ教会の三倍はありそうな大きさである。

大きな薔薇《ばら》窓とステンドグラスが美しく、尖頭《せんとう》アーチがある。

そして同時に、幾何学模様が際立ったタイルに煉瓦《れんが》細工、木彫りや石膏《せっこう》彫刻、装飾用の金属が目立っている。イスラム教、キリスト教、ユダヤ教の文化が共存していたことから生まれた、スペイン独特のムデハル様式というものだ。

玄関扉を潜ると、上に延びていくような高い天井があり、神の象徴である光を幻想的に取り込んだ明るい内部が姿を現した。

ロベルトは通路を掃いていたボランティアらしき女性に、パスポートを示して身分を名乗った。

「まあ！　バチカンの神父様でいらっしゃいますの！」

女性は驚いた声を上げ、「それで何の御用でしょう？」と囁《ささや》くように小さな声で訊ねてきた。

「実は、こちらの教会記録を閲覧させて頂きたいのです。古い時代の山間《やまあい》の村人たちの洗礼記録などがないかと思いまして」

「ああ、山の上の方々のですね。一寸、お待ち下さい。神父様を呼んで参ります」

女性は頬を赤らめて、教会の祭壇の裏へと消えた。

それから暫《しばら》くすると、大柄で太った三十代半ばの司祭が現れた。

「バチカンの御使者というのは、貴方《あなた》ですね。噂は聞き及んでおりますよ。私はここの主任司祭を務めます、クストディオ・サントスです」

「初めまして。僕は、ロベルト・ニコラスです」

二人は固い握手を交わした。

「それで、古い時代の洗礼記録をお探しだとか？」

「ええ、プエプロデ・モンタナ村にまだ教会が無かった頃、村の方々はこちらの教会で洗礼を受けていたのではないかと思いまして」

「それはご慧眼《けいがん》ですね。確かにこの辺りに古い教会はなく、周辺のカソリックの洗礼は、皆、うちで行っていたと聞いています」

「その資料は、残っていますか？」

「ええ、残っていますよ。うちはデータ化もしているので、閲覧するのは楽でしょう」

「データ化ですか？」

「そうなのです。教会記録が多くなりすぎて、書庫に収まり切らなくなったものですから、古い順にデータ化して、原本は近くの空き家に保管してあるんです」

「それは有り難い。閲覧の許可を頂けますか？」

「勿論《もちろん》です。どうぞ」

ロベルトは、クストディィオ司祭に導かれるままに、祭壇の裏手に回り、照明のついていない小部屋に入った。

木製の椅子とテーブル、その上に置かれたパソコンだけがある部屋だ。

「ここは元々、異教徒を一時、拘束しておく為の部屋だったのですが、今はこうしてデータ保管室として使っているんです」

そう言うと、クストディオ司祭はロベルトに椅子を勧め、横からパソコンを起動させた。

「いつ頃の洗礼記録をお探しでしょう？」

「プエプロデ・モンタナ村が出来てから、サン・ビセンテ・エスパダ教会が出来るまで、というところでしょうか」

「なら、この辺りでしょうね」

クストディオ司祭は、キーボードを器用に打って、画面を表示した。
十四、五世紀にこの教会で洗礼を受けた者のフルネームと住所、父母の名がずらりと表示される。
「スクロールしていけば、年代順に出てきますから」

「分かりました」

「ところで、ロベルト神父は、サン・ビセンテ・エスパダ教会の奇跡のことをお調べで？」

「はい、そうです」

「やはり奇跡が起こっているとお考えですか？」

「それはまだ調査中で、何とも言えません」

「そうですか……。いや、我がスペインから奇跡認定される教会が、一つでも多く出ることとは良いことですが……」

クストディオ司祭は、言葉を濁した。

無理もない。近くに自分の教会より権威のある教会が生まれれば、自然と信者がそちらの方へと流れて行ってしまうだろう。

潤沢な予算で経営してきただろう、この教会の管理者にとっては、頭の痛い問題だ。

ともあれ、今はそんなことを考えている暇はない。

ロベルトは、洗礼を受けた人間の名を一人一人確認していった。

プエプロデ・モンタナ村の人物はそこそこいたが、残念ながら、『サン・ビセンテ物語』の作者パローマ・アスケリノの名は、見つからなかった。

ただ、洗礼者の名に、ノルマンディ系の名前が多いのが印象的だ。恐らく入植者なのだろう。

ことに、オルセンの苗字《みょうじ》を持つ者は三家あり、それぞれが子ども七人から十一人と多産である。

それらの子どもが、古くから村に住んでいた人達と子をもうけ、プエプロデ・モンタナ村が発展していく様子が、漠然と読み取れる。「ここの村は皆、親戚《しんせき》のようなものだから」という村人の言葉にも納得だ。

「お探しのものはありましたか？」

クストディオ司祭が話しかけてきた。

「実はプエプロデ・モンタナ村出身の、パローマ・アスケリノという人物の痕跡《こんせき》を探しているのですが、ありませんね」

「パローマ・アスケリノ？　それは一体、どういう人物なのです？」

「プエプロデ・モンタナ村出身の放浪詩人で、舞台監督でもあった人物です。十五世紀初頭から半ば頃までバレンシアを中心に活動し、騎士や聖人の物語などを書き残しています。『サン・ビセンテ物語』を舞台にしたものは、かなりの評判だったそうです」

「はて……。私は聞いたことがありませんね」

「そうですか」

「プエプロデ・モンタナ村の方で訊《たず》ねてみられては？」

「ええ、そうしてみます」

その後、ロベルトは村人の弔いの記録を読み進めた。

死因に風土病と書かれた記載は見当たらない。

まだ風土病という認識が無かったからなのか、その時代に風土病自体が無かったからなのかは分からない。

ロベルトは資料の内容をメモして頭を整理させつつ、司祭に挨拶《あいさつ》をした。

「今日は有り難うございました」

二人は握手を交わし、ロベルトは教会を出た。

パローマ・アスケリノの記録がなかったのは残念であるし、当時は有名だっただろう彼の話を司祭が伝え聞いていないのも少し不思議だが、彼のバレンシアでの活躍が、故郷にまで届いていなかったという可能性もある。

次はプエプロデ・モンタナ村で、アスケリノ家を訪ねるしかないだろう。

ロベルトは、教会に辿り着いた長い道のりを再び徒歩で折り返した。

※　※　※

その頃、教会に届いた電動サンダーで岩を磨いていた平賀は、少しずつ岩の表面が削れて、横縞《よこじま》模様が現れたことに気が付いた。

(いよいよ出てきましたか……。さあ、貴方の秘密を見せて貰《もら》いますよ)

平賀は、使っていた一番粗いサンドペーパーを工具から外し、より目の細かいサンドペーパーに入れ替えた。

八十センチ四方の岩を、まんべんなくサンドペーパーで削っていく。

およそ六ミリほど削ったところで、岩はようやくその全容を現した。

まず、剣の片側には、横の縞模様が浮き出てきた。

反対側には、斜めの縞模様が現れた。

平賀は、じっとその縞模様を観察した。

斜めの縞模様の具合は、横縞模様と一致するが、連続性が全くない。

平賀は、それらを確認して、さらにサンドペーパーをかけていった。

二時間ばかりその作業を続けると、聖剣の突き刺さった岩は、まるで宝石のようにピカピカになった。

平賀は定規を取り出して、各縞模様の厚さを測ってメモしていった。

次はノミの出番である。

小型のノミとハンマーで、縞模様毎に小さな破片を削り取っていく。

そしてそれらの破片を、番号を書いたビニール袋に入れた。

それらを分析すべく宿に戻ると、郵便受けに封書が入っていた。

差出人は難聴の証言者ベタニア・ミラージェスと、気管支喘息《ぜんそく》の持病を持つチュイ・ベニテスである。

平賀はまずチュイの封筒を開いた。

気管支喘息の医師の所見と処方薬、入院記録と行った点滴、吸入などの治療記録が記されている。

次にベタニアの封書を開くと、入っていたのは、彼女の耳の構造をレントゲンで撮った写真であった。

ベタニアの耳は、中耳の骨に問題があった。非常に細いのである。

この骨は、空気振動を内耳に伝える為の重要な骨で、それがここまで細いとなると、難聴になるのは当然である。

二人共、詐病でないことは明らかであった。

となれば、ますます聖剣の奇跡は本物である可能性が高い。

平賀は宿に入り、資料の山に二人の封書を置いた。

それから平賀が手を付けた作業は、番号を振られたビニール袋の中から、削り取った鉱石を出し、顕微鏡で確認することであった。

一つ一つを念入りに確認していく。

それが終わると、次は成分分析器に、順番に入れていく。

成分分析器が全ての分析を終えるのには時間を要する為、平賀はアルバーノの風土病に関する報告書に目を通すことにした。

時間は瞬く間に経っていく。

成分分析器の結果と顕微鏡での観察結果を合わせながら、平賀は削り取った鉱石の種類分けを行った。

まず、聖剣の片側に現れた横縞模様は、聖剣に近い層から、火山灰が固まった凝灰岩《ぎょうかいがん》。

次いで、火山灰や礫《れき》が固まった鉱石。

次に、結晶片岩《けっしょうへんがん》。これは、プレートの運動で地下深く沈み込んだ岩石が、圧力によって変化した地層だろう。

最後は、大半がチャートと呼ばれる岩石だった。

チャートは、放散虫《ほうさんちゅう》という原生生物などが堆積したものである。放散虫は主として海のプランクトンとして出現する単細胞生物で、珪酸《けいさん》質などからなる骨格を持ち、そのため微《び》化石《かせき》としても発見される。

次に、聖剣の反対片側に現れた斜めの縞模様の構成は、まず、やはり凝灰岩。

続けて、火山灰や礫が固まった鉱石。次に、結晶片岩。そしてチャートだった。

平賀は、こうした岩石の構成要素を、パソコンに図面として描き込んだ。

そして、大きく首を捻《ひね》ったのだった。

平賀の頭の中で、様々な思考と記憶が、繋《つな》がったり、解《ほど》けたりを繰り返す。

そして、彼の頭をハッと過《よ》ぎったのは、光の十字架の出現の物語だった。

二人の将軍と騎士達が、イスラムの砦《とりで》の下から光る十字架を見たと言う言い伝えだ。

ロベルトの描いた地図によれば、イスラムの砦は教会の背後の崖《がけ》にあった筈《はず》だ。

電流が走ったような感覚を覚え、平賀はむっくりと立ち上がった。

(真相を突き止める為に、動かなければ)

平賀は宿を出て、教会まで走って行った。

そして祭壇を拭《ふ》いていたアリリオ司祭に、勢いよく声をかけた。

「アリリオ司祭、山登りの道具を手配できませんか！」

司祭は驚いた顔で、平賀を見ている。

(そうでした。言葉が余り通じないんでした)

そこで平賀はメモ用紙とペンを手に取り、そこになるべく詳細に、自分が必要としているものを絵で描いていった。

それらを示すと、アリリオ司祭は首を傾げながらも、理解したようである。

「少しお待ち下さい」

アリリオ司祭は何処かに電話をかけ始めた。

暫《しばら》くすると、教会に男が入って来て、ヘルメットやピッケル、命綱のセットなどを平賀に差し出した。

「有り難うございます」

平賀がペコリと礼をする。

「この神父さん、山に登るつもりかい？」

「そのようなんです」

「なんでまた？」

「さて、私には全く分かりません。とにかく調査のお手伝いですから、言われた物は用意しませんと……。しかし、見るからに華奢《きゃしゃ》な方なのに、山登りなどして事故を起こさないか心配です」

「アリリオ司祭様も大変ですね」

男とアリリオ司祭は、そんな言葉を交わしていたが、平賀の耳には届かない。

平賀は早速、ヘルメットを被《かぶ》り、ピッケルと命綱のセットを手に取ると教会を出た。

その背後に聳《そび》え立つ断崖《だんがい》を見詰める。

平賀の目には一切の恐怖や不安は無かった。

調査の為なら、そういう感覚が全て鈍ってしまうのが平賀である。

平賀は自分の頭上に杭《くい》を打ち、命綱で体を固定すると、ピッケルを使って崖を登り始めた。

崖といっても只《ただ》の崖ではない。

鬱蒼《うっそう》と木が生えていて、視界は極めて不良である。

それでも平賀は、一歩、一歩、ピッケルと命綱を頼りに、崖を登っていった。

6

一方、村に辿《たど》り着いたロベルトは、通りかかった老人に訊《たず》ねた。

「すみません。アスケリノというお宅を探しているのですが」

「これはこれは神父様。アスケリノですか？　ああ、この村に一軒ありますね」

「すみませんが、行き道を教えて貰《もら》えないでしょうか」

「はいはい。地図でも描きましょう」

「お願いします」

ロベルトはメモ帳とペンを老人に差し出した。

老人は至ってシンプルな地図を描いた。町の構造がシンプルなので、それも当然だが、まるで一筆書きのような地図だ。

しかしながら、村役場とレストランの配置から、どの辺りかは読み取れた。

ロベルトは足早に、地図に記されたアスケリノ家へと向かった。

辿り着いたのは、何処にでもある、角砂糖のような白い建物である。

郵便受けにアスケリノの文字が確認できたので、間違いはない。

ロベルトは、玄関をノックした。

「はーい。どなたでしょう?」

女性の声が聞こえ、三十代ぐらいの女性が男の子を抱きながら現れた。

「あら、バチカンの神父様。うちに御用ですか?」

「はい。少しだけお尋ねしたいことがありまして」

「何でしょう?」

「突然ですが、パローマ・アスケリノという名をご存知でしょうか?」

「パローマ・アスケリノ? さあ、聞いたことが無いですね。その方がうちと関係があると?」

「パローマ・アスケリノは十五世紀の作家です。もしかして、ご先祖にそのような人がいたという話は伝わっていませんか?」

「お待ち下さい。うちの祖父に聞けば何か分かるかもしれません。村の生き字引って言われていますから。どうぞおあがりになって下さい」

ロベルトは女性に案内されて家の中へ入った。

この辺りの人家は、一度家の中に入ると入り口からは想像できない広々とした空間が広がっているのが特徴だ。

エントランスや窓側には鉄格子があるのもこの土地ならではだ。玄関には、家が建てられた年のプレートが飾られていた。

家は縦長で、中間部と一番奥にパティオが見えた。そのパティオから自然光が柔らかく入ってくる。

南イタリアとこの土地の気候はほぼ同じなのに、イタリアは家全体が暗く、太陽をなるべく取り入れないように工夫された作りをしている。気候が似ていても、土地が変われば全く価値観が違うのだ。

大量の絵画が飾られたリビングには、パイプを咥《くわ》えた男性が座っていた。

九十歳にもなろうかという老人である。

「お祖父《じい》ちゃん、神父様が訊ねたいことがあるらしいわよ」

そう言われた老人は、ロベルトの顔を見ると、慌てた様子でパイプを置いた。

「これはこれは、神父様。一体、何ですかな?」

ロベルトは女性に促されて椅子に腰かけながら訊ねた。

「パローマ・アスケリノという、この村出身の十五世紀の作家を調べているのですが、ご存知ありませんか?」

「パローマ・アスケリノ?　うーん、分かりませんなあ。うちの家系にそんな人物がいたという話は聞いたことがありません」

「そうですか……」

「アスケリノ家は、先代まで二軒ありましてね。もう一軒は残念ながら、私の伯父《おじ》の代で血が途絶えてしまいましたが、そこでも作家のような人がいたという話は聞きませんな」

老人は首を捻《ひね》りながらそう答え、話を継いだ。

「当家は昔、代々民宿をしていたんですよ」

「民宿ですか？」

「ええ、最初は自分の山小屋に『アスケリノの巣箱』と名づけて、たまに訪れる旅の登山客を泊めていたそうです。当時は小屋で伝書鳩を飼っておりましてね、宿泊客が手紙を届けたい時に、伝書鳩で村に近い都会の郵便局に送っていたからなんです。

村が今のように整地され、聖剣の話が知られるようになると、巡礼者がやって来るようになり、一時は三つの宿を所有していました。

サン・ビセンテ・エスパダ教会が建立されてからは、貴族のお偉いさんや、神父様もよく訪れていたという話です。その頃は、うちは裕福だったんですよ」

鳩はスペイン語で、パロームである。パローマ・アスケリノとは『アスケリノの鳩』といった意味だろうか。

「それは興味深いお話ですね。その宿の方は、どうなさったのですか？」

「三百年くらい前に、二つは売ったと聞いています。家業が傾いてね」

「宿だったもう一つの家は？」

「売れ残ったので、宿だった当時のものを放り込んで、物置にしていますよ」

「宿泊客の宿帳のようなものは、残っていないのでしょうか」

「さて、どうですかな。開かない金庫ならありますが」

「その金庫、見せて頂けませんか？」

「構いませんよ。おい、ブリセイダ、神父様を物置にご案内しなさい」

老人は子どもを抱えた女性に向かって言った。

「すみません、ご足労をおかけして」

「いえいえ、大丈夫ですよ」

ブリセイダは子どもを下ろし、「一寸《ちょっと》、物置の鍵《かぎ》を持って来ますね」と言って姿を消した。

暫くして、オイルランプを手に戻ってきたブリセイダと共に、ロベルトは物置とやらに向かった。

物置といっても、外観は他の家と同じようなものである。

しかし、ブリセイダが扉を開けると、途端にかび臭い空気が漂ってきた。

中に踏み込むと、長年積み重なった埃《ほこり》が床や家具の上に層をなしている。

ロベルトはブリセイダに案内されて、一階から三階をざっと見て回った。

長年溜《た》まった汚れと劣化はあるものの、レトロなシャンデリアや絵画の数々、当時としては高級な家具類には、それなりの身分の人を泊める工夫が感じられる。バスルームは一階毎にあり、装飾タイルで彩られていた。

「ところで、金庫はどちらに？」

「一階の東南の角で据え置き型になっているんです」

そう言われて再び階段を降りていく。

一階の奥の部屋には、真鍮製《しんちゅう》と思われる高さ一メートルほどの金庫が置かれていた。勿論《もちろん》、その金庫にも埃が降り積もっている。

金庫の形状は至ってシンプルである。

観音開きの扉に大きな錠がついた、極めて古いタイプの金庫だ。

ロベルトは、錠前の穴を覗《のぞ》き見た。

穴が真っ直ぐ奥まで続き、内部にウォードと呼ばれる障害が設置されているようだ。

ウォード錠は全ての鍵の元になっているもので、中世まで使用されていた。

古い金庫のアンティーク感や鍵のレトロな装飾は、今もインテリアファンに人気であるが、何しろ構造が単純である為、実用には適さない。

ウォード錠の致命的な弱点は、円筒の軸に長方形の歯がついたスケルトンキーと呼ばれる鍵で解錠できてしまうことだ。

（スケルトンキーなら、何サイズか持参しているな）

ロベルトは心躍らせ、ブリセイダを振り返った。

「近いうちに、この金庫を開けさせてもらって宜《よろ》しいですか？」

「えっ、そんなことが出来るんですか？」

「ええ、恐らく。ですが、それには許可を頂かないと」

「それは大丈夫だと思います。実のところ、お祖父さんも中に何が入っているのか、知りたがっていましたから」

「では、また電話をしてお伺いします」

「分かりました」

ロベルトは、ブリセイダに礼を言い、一旦《いったん》、宿に戻ることにした。

旅行鞄《かばん》の中から、解錠道具を取り出す。

スケルトンキーの一式。錆《さび》取りスプレー。鍵穴に差し込んで、余計な汚れを掻《か》き出す掃除棒。それらを手提げ袋に入れ、ロベルトは時計を見た。もう午後八時を過ぎている。

今からアスケリノ家を訪問するのは難しそうだ。

ロベルトが自室を出ると、客間の扉から灯《あか》りが漏れ、人の気配がある。アルバーノが中に籠《こ》もって作業しているのだろう。

だが平賀の姿は、部屋にもリビングにもない。

まだ岩を磨いているのだろうか。

ロベルトは心配になり、教会へ向かった。

教会の扉は開いていたが、そこにも平賀の姿はない。その代わり、聖剣の突き刺さった岩が、まるで鏡面のようにぴかぴかに磨き上げられていた。

ロベルトは執務室の扉をノックした。

「どうぞ」と、アリリオ司祭の声がする。

扉を開くと、アリリオ司祭が浮かない顔をして座っている。

「アリリオ司祭、平賀神父がいないのですが、何処へ行ったかご存知ないですか？」

「おおっ、ロベルト神父。それがですね、山登りの道具を一式所望されてから、教会の裏の崖《がけ》を登って行かれたのです。私も心配で、お帰りをお待ちしているところでした」

「裏の崖を？」

はい、とアリリオ司祭が困り顔で頷《うなず》く。

「様子を見に行きたいので、懐中電灯があれば、貸して頂けませんか」

「それなら、これを」

アリリオ司祭は、机の引き出しから取り出した懐中電灯をロベルトに渡した。

ロベルトはそれを持って教会を出ると、裏手に回り、懐中電灯で崖を照らした。

木が生い茂っていてよく分からないが、崖の中間地点辺りで、何かが動いている。

小さな電灯らしき光も見えた。

恐らく平賀だろう。

「おーい、平賀ー！」

ロベルトは力の限り叫んで、懐中電灯の光を点滅させた。

それに気付いたのか、平賀らしき物体は、少しずつ崖を下り始めた。

本当に、ひやひやする。

ロベルトが、気を揉《も》みながら待っていると、木々がざわざわと動いて、その間からヘルメットを被《かぶ》りピッケルを持った、汚れ切った平賀が現れた。

ロベルトは、平賀の許《もと》に駆け付けた。

「平賀、何をやっているんだ」

思わず強い口調で言ったロベルトだったが、平賀はケロリと答えた。

「何をって、調査に決まっているじゃありませんか」

「こんな急な崖を登るなんて危ないだろう」

それが過保護に聞こえたのか、平賀は眉間《みけん》に皺《しわ》を寄せた。

「別に危なくなんてありませんよ。私は立派な成人男性です。崖登りくらい出来ますとも。子どもの様な扱いは止めて下さい」

「だが、夜中に登るのは安全とは言えないぞ」

「確かに、時間は悪かったです。暗くて調査がし辛《づら》い為、成果はありませんでした。明日、明るいうちにもう一度、登ろうと思います」

「まだやる気なのかい？」

「ええ。でないと調査が進みませんので」

毅然《きぜん》と平賀が答えたので、ロベルトは崖登りに反対することは諦《あきら》めた。平賀は頑固で、一度定めた目標を決して諦めないのだ。

「とにかくだ。安全対策は充分にしてくれよ」

「分かっています。怪我をしたり、死んだりするつもりはありません。ロベルトこそ大袈裟《おおげさ》です。何もエベレストに登ろうという訳ではないのですから」

そう言われると、ロベルトはぐうの音も出なかった。

「ところで、私の収穫はありませんでしたが、貴方《あなた》はどうだったのです？」

「僕は、そうだな。一日中、パローマ・アスケリノを探していた。調査の報告は、君のパソコンに送っておくよ。明日はここで昔、宿屋をしていたというアスケリノ家の古い金庫を開けてみようと思うんだ」

「ロベルト……」

ロベルトの顔を、平賀がじっと見た。

「何だい？」

「貴方は、私が奇行をしているように言いますが、貴方だって同じようなものですよ」

「だけど僕の場合は、身の危険なんてないぞ」

「私にだってありません」

「分かったよ。しかし酷《ひど》い恰好《かっこう》だな……」

全身に土埃と葉っぱをくっつけた平賀を、ロベルトは呆《あき》れた目で見た。

「宿に帰って、シャワーを浴びよう」

「そうですね。やはり山登り用の服装をしていくべきだったでしょうか？」

「当然だよ。服は僕が急いで手配するから、崖登りはそれからにしてくれ給え」

「分かりました」

二人は教会で肝を冷やしていたアリリオ司祭に謝罪して、宿に帰ったのであった。

第五章　カルメン姉妹の悲劇

1

平賀がシャワーと着替えを済ませる間、ロベルトは夕食の準備にかかった。

冷蔵庫にはまだ村人達の差し入れが残っている。

その中から、サーモンのソテーとソーセージを取り出してフライパンで温め、野菜を切り、オーブンで焼いたパンに挟んでホットサンドを作った。それに、一口大にカットしたチーズとミニトマトを串《くし》に刺したピンチョスを添える。

崖登りをしていた平賀には、もっと沢山食べて欲しいところだが、彼は胃弱な上、食事を面倒がるので仕方がない。

自分用には同じ材料で大皿に、ワンプレートの盛り合わせを作った。自分も麓《ふもと》の町との往復で疲れていたのだ。

リビングの奥のテーブルにそれらを並べ、ミルクたっぷりのエスプレッソを淹《い》れる。

椅子に座り、何気なくスマホをチェックしていると、思わぬニュースが目に飛び込んできた。

「これは……」

ロベルトが床に追いやられたテレビを点《つ》けたところで、平賀がリビングに入って来る。

「平賀、大変だ。ニュースを見てくれ」

「何です？」

「サラゴサで大停電が起こっているんだ」

「何ですって、やはり預言が当たったのですね」

「三日前の預言が、もう当たるとは」

ロベルトがチャンネルをニュースに合わせると、『サラゴサ市で大停電。聖剣の預言、再び現実に！』という大きな見出しが入った番組が放送されていた。

女性と男性の司会者が画面の中央に立ち、女性司会者が興奮気味に喋《しゃべ》っている。

『皆さん、サン・ビセンテ・エスパダ教会の聖剣の預言のことは知っていますよね。三日前、そこで新しい預言が下りました。しかもその場には、バチカンの神父様方も来られていたんです。

こちらがその教会の映像です』

女性司会者の言葉が終わると、男性司会者が口を開いた。

『実に驚くべき映像ですので、よくご覧下さい』

テレビに映ったのは、平賀とロベルトの姿である。

「どうして僕達までテレビに出ているんだ」

「ユーチューバーの彼らが提供したんじゃないでしょうか？」

平賀がホットサンドを頰張りながら言った。

ロベルトの顔がアップになると、女性司会者の声が入った。

『ケ・ボニート！　なんて素敵な神父様なんでしょう。流石はバチカンの神父様、麗しい上にとっても賢そう。神父様でなければ、私が誘惑しちゃいたいくらい』

次に、平賀の顔がアップになる。

『この東洋系の神父様も可愛らしいわ。お家《うち》に連れて帰りたいぐらい』

そこで男性司会者の咳払《せきばら》いが入った。

『神父様方に失礼を言うもんじゃないよ。

それより皆様、こちらの聖剣をご覧下さい。聖ビセンテによって岩に突き立てられ、誰も抜くことが出来ないという伝説の聖剣です。

そして、その聖剣によって語られた預言がこちらです』

画面はスタジオに戻り、男性司会者がパネルを中央に置いた。

パネルには、預言の言葉が書かれている。


『私は貴方がたの主。私はまた来た、一つの預言をもたらす為に。

ここより北。赤地に金色のライオンの旗が振られる場所で、街の灯《ひ》が失われるだろう。

これは上の者が下の者を養わないが故の私の罰である。

貴方がたは、真なる義人を待たねばならない。

その者は、もう来ている。

白銀の騎士はグリフォンに乗っている。

彼を選ぶことによって、貴方がたは救われるだろう』

預言の二行目は赤い文字で書かれていた。

『皆さんに注目して欲しいのはここよ』

女性司会者は、赤い文字の箇所を指差した。

『先程、サラゴサ市で十万戸規模の大停電が起こり、今も街は闇に包まれています。そのサラゴサ市の市旗がなんと、赤地に金色のライオンなんです。しかもサラゴサ市の場所は、サン・ビセンテ・エスパダ教会のほぼ真北。街の灯が失われるなんて、まさに大停電のことを示しているとしか考えられません』

パネルを持った男性司会者が、神妙に頷《うなず》いた。

『市は今、大混乱に陥っていて、通信手段は携帯電話だけです。ようやく繋《つな》がった市民の声をお聞かせしましょう。応《こた》えてくれるのは、シプリアノ・アバスカルさんです』

女性司会者が画面に向かって話しかけた。

『シプリアノさん、そちらの様子はどうですか？』

続いて、雑音のある電話音声が聞こえてくる。

『真っ暗です。街には何の灯《あか》りもありません。料理も出来ないし、テレビも見られないんです。皆、何事かと不安に感じています』

『ご近所の方はどうされています？』

『取りあえず、隣近所で連絡し合って、電池式のラジオなんかで今の状況を確認しているような具合です。子ども達は不安がって泣いています。赤ん坊にミルクも作れない状況なんです』

『それは大変。今、何か必要なものはありますか？』

『とにかく電力です。発電機などがあれば、少しは不安が和らぐでしょう』

『消防署や軍が動き出す様子は？』

『今のところ姿はありません。もしかすると動いてくれているのかも知れませんが、暗くて外の様子が分からないんです』

『混乱時を狙った犯罪などにも注意が必要ですね』

『ええ、本当にそうなんです。何が起こっているのか、何が起こるのか、気が気ではないんです。この電話もバッテリーが切れたら使えませんし……』

するとと、画面の右手から、原稿を手にしたアシスタントらしき人物が現れ、男性司会者に手渡した。

　男性司会者はそれを見て、読み上げ始めた。

『停電の原因は、配電施設の破損だと確認されたという情報が入って来ました。

施設を機能させる為の工事は、明日の朝から始められるようですが、破損の規模は不明で、長い場合は二十日程度の停電が予想されるようです。

なお、配電施設で働いていた職員が、時間を空けて三度程、爆発音のようなものを聞いたと証言しています』

『聞こえましたか？　シプリアノさん』

女性司会者が再び声をかけると、シプリアノは悲鳴の様な声を上げた。

『長くて二十日だなんて、こんな生活、二十日間も持ちませんよ……』

『元気を出して下さい。私達もテレビを通じて、ボランティアや政府の支援を要請しますからね』

『お願いします』

『大変な中、取材に応えて頂き、有り難うございました』

男性司会者の言葉と同時に、電話の音声は途切れた。

『いや、もう本当に大変ですね』

『そうですね。赤ちゃん達も無事でいてくれたらいいんですが』

『兎《と》に角《かく》、明日の朝を待たないと何も分からないということですから、住民の皆さんは大変でしょうが、少し我慢をして頂くしかありません』

男性司会者は神妙に言って、言葉を継いだ。

『さて。もう一度、預言の話に戻りますが、こんなにも的中するとは、これはやはり神の啓示なんでしょうか』

『そうよ。そうとしか思えないわ！』

女性司会者が叫んだ。

『そうなると、預言の後半部分も気になりますが』

『ええ。「貴方《あなた》がたは、真なる義人を待たねばならない。その者は、もう来ている。白銀の騎士はグリフォンに乗っている。彼を選ぶことによって、貴方がたは救われるだろう」という部分ですよね。

つまり私達を救う救世主が現れるということでしょう？』

『ええ、それは一体何者なのか、気になりますね』

『グリフォンに乗った白銀の騎士なんて、まるでファンタジーの世界よね』

『どうなのでしょう？　それもまた、赤地に金色のライオンと同じような象徴的な隠喩《いんゆ》かも知れませんよ』

『そうですね。気になることは色々ありますが、これから聖剣の証言者として選ばれた方々の話をお伝えしますので、引き続き、番組をご覧下さい』

そこからＣＭになった。

「ロベルト、詳しく通訳して貰《もら》えますか？」

平賀が疑問に感じた部分を伝えると、ロベルトはそれに答えた。

「配電施設の破損が大停電の原因ですか……」

「うん。施設の従業員の話では、爆発のような音が三度聞こえたと言っていた」

「原因には興味があります」

「そうだね。明日には分かっているだろう」

「また新しい情報があったら教えて下さい」

ロベルトが頷いたところで、再び番組が始まった。

『さて、お待たせしました。皆さん、私達が独自取材した証言者達のお話です』

驚いたことに、番組にはチュイ・ベニテスを始めとする五名の証言者が、顔出しをして出演していた。

そして彼らが経験したり、見聞きしたりした奇跡的なことを口々に語っていく。

それは平賀とロベルトが聴取した内容と概ね同じであったが、中には誇張して語っている者もいた。

番組を見ている多くの国民は、きっと興奮しているに違いない。

「これは反響が大きいだろうね」

「無理もありませんね。これだけのことが起こっているのですから」

「もう少し静かに調査を続けたかったんだが……。調査に支障が出ないか心配だよ。アリオ司祭にお願いして、調査中は教会への出入りを制限して貰うべきかな」

「そうですね。いっそ立て看板でも置きましょうか」

「うむ……。強制は出来ないだろうけど……」

平賀とロベルトは考え込んだ。

その時である。

玄関の扉が激しくノックされた。

「こんな時間に何だろう?」

ロベルトが扉を開くと、真っ青な顔をしたアリリオ司祭とウンベルトが立っていた。

「どうかされましたか?」

「たっ、大変な……大変な事態が起きたんです。ベニータとカルメンが部屋で死んでいると、ウンベルトが言うのです」

アリリオ司祭は声を震わせた。

「えっ、本当ですか?」

思わず問い返したロベルトに、ウンベルトは小さく何度も頷いた。

「……さっき俺が帰宅すると、もう……」

只《ただ》ならぬ様子に、平賀も玄関に駆け寄って来る。

「ロベルト、何があったんです?」

「ベニータとカルメン姉妹が部屋で死んでいるそうだ」

「何ですって!」

「神に祝福された証言者の一人が死ぬなんて、あり得るのでしょうか……。私にはもう、何をどうすればいいか分からなくて」

アリリオ司祭がロザリオを握りしめた。

「兎に角、二人の様子を確認させて下さい。案内して貰えませんか？」

ロベルトの言葉に、ウンベルトは唇を震わせた。

「はい。うちの家です。こちらです」

平賀とロベルトは、互いに目配せして頷《うなず》き、ウンベルトが背中を丸めて案内するままに、彼の自宅に向かったのだった。

2

ウンベルトは家に着くと、ポケットから鍵《かぎ》を取り出し、玄関の鍵穴に差し込んだ。

キーッと不穏な音を立てながら玄関が開く。家の電気は点《つ》け放しであった。

ロベルトはスマホを取り出し、動画を撮影し始めた。後で警察に渡す証拠の為である。

「ウンベルトさんが先程帰宅した時、電気は点いたままでしたか？」

ロベルトの問いに、ウンベルトが無言で頷く。

「では、貴方が帰宅して、妻であるベニータさんとその姉であるカルメンさんを発見した時の通りに動いて下さい」

「は、はい」

ウンベルトは一階のキッチンで作り置きのアイスコーヒーを飲む振りをした後、階段で二階へ上がった。

その後にロベルト、そして平賀。最後にアリリオ司祭が続く。

「リビングに妻の姿が無かったので、すぐに彼女の部屋に行って……」

ウンベルトはそこまで言うと、震える指先でドアを示して立ち止まった。

平賀はベニータの部屋の前に立ち、ポケットからビニールの手袋を取り出して着用した。

自分の指紋をつけて、現場を荒らさないためだ。

靴の上からもビニール袋を履き、平賀がドアのノブに手をかけて回す。

ドアはカチャッと開いた。

電気は点いている。

ベッドとクローゼットがある部屋の中央で、二人の女は重なり合って倒れていた。

クローゼットの扉は開いたままで、何枚かの服がベッドの上に出ている。

平賀が二人の女性にそっと歩み寄ると、カルメンの上にベニータが重なっていることが確認された。

二人とも右手を胸の辺りに当てていた。苦悶《くもん》の表情を浮かべた顔には、引っかき傷のようなものがある。着衣のボタンが幾つか外れている。

床を見ると、長い髪が数本、遺体のすぐそばに落ちている。

ベニータとカルメンの手指にも、髪が絡まっている。

平賀は二人の死亡を確認し、遺体をじっと観察した。

「見た所では、死因に繋《つな》がるような大きな外傷や、首を絞められた痕《あと》や、出血は確認できませんね」

平賀は呟《つぶや》いた。

それから彼は部屋を見回し、部屋に一つだけある窓に向かった。

そこで窓に鍵が掛かっていることを確認する。

「ウンベルトさん、窓の鍵と玄関の鍵は、貴方の帰宅時に掛かっていましたか？」

イタリア語で訊《たず》ねた平賀の言葉に、ロベルトが補足を加える。

「玄関の鍵は掛かっていました。窓にも手は触れてません」

ウンベルトは答えた。

「玄関も窓も閉まっていたか。二人の死亡が確認できた以上、まずは警察に連絡だ」

ロベルトの言葉にアリリオ司祭は頷き、スマホで緊急電話をかけた。

「警察って……。まさか俺が二人を殺した犯人だと疑われやしませんかね」

ウンベルトが小声で言った。

「本当にそうでないなら、主がお助け下さいます。それにご遺体をこのまま放っておくわけにもいかないでしょう」

「え、ええ。分かりました……」

ウンベルトは観念した様子で項垂《うなだ》れた。

「ところで平賀。犯人はどうやってこの家に侵入したんだろう？」

「分かりません。他の部屋の窓が開いていたとか？」

「確認させて貰《もら》おう」

ロベルトがウンベルトに他の部屋を見たいと伝えると、ウンベルトは頷いた。

隣室は、随分ガランとしていた。

ベッドと姿見があり、床に旅行鞄《かばん》が四つ置かれている。

旅行鞄の三つは口が開いていて、そこからドライヤーや衣服が中に詰められているのが見えた。

「ここはカルメンに使って貰っていた部屋なんです」

ウンベルトが頭を抱えながら言った。

平賀は部屋の窓の鍵をチェックしている。

「やはり鍵が掛かっていますね」

「そうか。ここはカルメンさんが滞在していた部屋らしいよ」

「そうですか。他もチェックしましょう」

平賀はそう言うと、二階の部屋の戸締りを入念にチェックしていき、最後には一階の窓のチェックをした。

「窓から誰かが侵入したような形跡はありませんね」

平賀が厳しい顔で言った。

「ということは、密室殺人かい？」

「殺人であれば、そういうことになるでしょう」

「ひとまず警察を待とう」

ロベルトは、リビングの隅に蹲《うずくま》っていたウンベルトと、所在なげに辺りを彷徨《さまよ》っていたアリリオ司祭をソファに座らせた。自分と平賀もその正面に着席する。

「ウンベルトさん、貴方《あなた》がベニータさんとカルメンさんが生きている姿を最後に見たのはいつですか？」

ロベルトの問いに、ウンベルトはビクリと背筋を強張《こわば》らせた。

「生きている姿って言うか、声を聞いたのは、五時半ぐらいでした」

「声？」

「今日は店の定休日なので、ベニータは一日中家にいたんだと思います。俺はいつも通り畜産の仕事で羊達の世話をして、夕方五時半ぐらいに家に戻りました。そうしたら、二階から怒鳴り声が聞こえて来たんです」

「どんな声です？」

「よく覚えていませんが、確か……」

ウンベルトは額に手を当て、記憶を辿《たど》った。

『姉さん、私の服を勝手に着るのは止めて頂戴《ちょうだい》！』

『何よケチね。私は殆《ほとん》ど服を持ってきていないのよ。貸してくれてもいいでしょう！』

『持ってきた物で充分じゃない。日曜の教会でも私の服を着てたわよね！』

『ええ、それがどうしたって言うのよ。姉妹でしょう！』

『白々しいことを言わないで！　姉さんはいつだって、私の物を盗《と》っていくのよ！　子供の時からそうだわ！』

『誰が、あんたの何を盗ったって言うのよ！』

「二人とも、凄《すご》い勢いで怒鳴り合ってたんです。女が本気の喧嘩《けんか》なんかしている場所にいるなんて、俺は恐ろしくなったんです。神父様、分かりますでしょう？」

「え……ええ、まあ。それから？」

「俺は姉妹喧嘩に巻き込まれるのが嫌でしたし、時間が経てば二人とも落ち着くだろうと踏んで、そのまま家を出ました。それから従兄弟《いとこ》のバルドメロの家に行って、そこでベニータとカルメンのことを愚痴りながら、酒を飲んでいたんです」

「何時頃ぐらいまでです？」

「それこそさっきまでですよ。バルドメロが、いい加減喧嘩も収まっているだろうから、帰った方がいいって言うんで、半信半疑ながら家に戻ったんです。

そしたら家の中がしんとしていて。それでようやく喧嘩が収まったんだなと、ほっとしました。

キッチンで酔い覚ましのコーヒーを飲んで、ベニータの部屋に行くと、二人があんな風に倒れていて……。声を掛けても、揺さぶっても起きないし、とんでもないことが起こったとパニックになった俺は、司祭様の家に駆け込んだんです」

（そしてアリリオ司祭も、どうしていいか分からず、僕達のところに来たというわけか……）

それから一時間余りで、背広姿の二人の刑事と五名の制服警察官、鑑識達がやって来た。

「死体はどこにあるのですか？」

大きな声を上げた年長の刑事に、ウンベルトは「こちらです」と答えて、二階の部屋に案内していく。

その後を警官と鑑識達が追って行った。

年若い方の刑事はそのまま一階に残り、平賀とロベルトとアリリオ司祭の様子を窺《うかが》っている。

「死体発見。鑑識はすぐに動いてくれ！」

二階で声が響き、鑑識の人間達が現場へ入って行く。

フラッシュが焚《た》かれる閃光《せんこう》が、階段の壁に反射していた。

「さて。君達は近隣で聞き込みだ」

刑事に命じられた警官達が階段を下り、玄関から出て行く。

暫《しば》くすると、年長の刑事がウンベルトを伴って一階に降りてきた。

「早速、事情聴取を始めたいところですが、その前に伺いたい。なぜ神父様が三人も、ここにいらっしゃるんです？　ああ、申し遅れましたが、私共はこういう者です」

刑事二人は、目配せをし合って、刑事手帳をロベルト達に見せた。

第一課刑事チョコ・アラニス。同じく第一課刑事ダニエル・ゴドイとある。

ロベルトは会釈して、バチカンの身分証明書を二人に見せた。平賀もそれに続く。

「私はサン・ビセンテ・エスパダ教会の司祭で、アリリオ・ロジョラです。

死体を発見したウンベルトが、パニックになって私の家に来たので、事実を確かめる為にこの家を訪ねました。バチカンのお二人をお誘いしたのは私です」

「成る程、そういうことですか。つまり神父様方が来た時には既に、女性二人は亡くなっていたということですか」

年長のチョコ刑事が、確かめるように言った。

ロベルトは「ええ」と頷《うなず》き、スマホを差し出した。

「そうです。私達がこの家に着いた時から、動画を撮っています。こちらです」

「拝見しましょう」

二人の刑事がロベルトのスマホに注目する。ロベルトは撮っていた動画を流した。

チョコ刑事とダニエル刑事は、食い入るように動画を見ている。

「こんな死体が転がっている中で、戸締りのチェックですか……。随分、落ち着いてらっしゃいますね」

チョコ刑事が皮肉るように言った。

「僕達も彼女達に何が起こったのか、確かめようと思っただけです」

ロベルトの答えに、チョコ刑事は軽く頷いた。

「まあ、カソリックの神父様が事件に関係など、している訳がないとは思っていますよ。バチカンのお二人は確か、聖剣の奇跡の認定にいらしたのですよね」

「ええ、そうです。ただ全くの無関係という訳でもないのです」

「と仰《おつしや》いますと？」

「死亡した女性のうちカルメンさんは、聖剣の預言の証言者で、調査の対象者でもありました」

「ああ、十二人の証言者というやつですね？」

ダニエル刑事が、好奇心をそそられた顔で訊《たず》ねてきた。

「そうなのです。ですから僕達も貴方がたの捜査にご協力しますし、貴方がたも僕達の調査にご協力頂ければと思います」

「出来るだけのことはしましょう。何しろ法王様のお使いの方ですから」

チョコ刑事は真面目な顔で頷いた。

「では、連絡先を交換させて下さい」

「神父様とですか？」

「はい。今後又、お聞きしたいことも出てくるかと」

「分かりました」

ロベルトとチョコ刑事は、メールアドレスと電話番号を交換した。

そこに外から二人の警官が駆け込んで来た。

「隣人から、こんな証言が。姉妹で大喧嘩をして、大声が筒抜けだったそうです」

警官がメモを渡すと、二人の刑事は顔を顰《しか》めた。

メモには次のようにあった。


『姉さんはいつだって、私の物を盗っていくのよ！　子供の時からそうだわ！』

『誰が、あんたの何を盗ったって言うのよ！』

『分かってるのよ。ウンベルトに色目を使ってるの！』

『ウンベルト？　誰があんたの亭主なんかに色目を使っているっての！』

『ウンベルトは昔から、あんたが好きだったのよ。それを知ってて彼に取り入った癖に！　人の家に入り込んで、何しようっていうのよ！』

『なに、その被害妄想は。私だって、天の啓示がなけりゃ、こんなショボい田舎になんか戻ってくる訳ないだろう！　こんな僻《ひが》み根性の妹がいる所になんてね！』

『何ですって！』


「ほほう、これはこれは」

チョコ刑事は皮肉げに唇を持ち上げると、ウンベルトを見た。

「ウンベルトさん、貴方《あなた》、カルメンさんと浮気をしていたんだねえ」

「えっ……な、何のことです？」

ウンベルトはギョッと目を見開いた。

「近所の人から、こんな証言が得られたぞ」

チョコ刑事がメモをひらりと翳《かざ》す。ウンベルトの横から、ロベルトもメモを見た。

ウンベルトが首を激しく横に振る。

「ちっ、違います、とんでもない誤解です。そりゃあ……昔は俺もカルメンに惚《ほ》れてました。でも、俺だけじゃありません。村中の男がカルメンに惚れてたんです。でも俺が結婚したのはベニータです。今更、カルメンをどうこうなんて考えてませんでした」

「では喧嘩の原因は、ベニータさんの邪推だと？」

「ええ、ベニータは大人しそうに見えるけど、カルメンの妹だけあって、気の強い女です。一度、何かを思い込むと、絶対そうだと決めつける所がありました」

「まあ、その辺りは署でゆっくり聞くとしましょうか」

チョコ刑事が含みのある声で言った。

「俺は何もやってないんです、本当です！」

「だけど、どこからか外部の人間が入って来て、二人を殺したのなら、玄関と窓の鍵《かぎ》が閉まっていたのは不思議ですねえ」

ダニエル刑事の言葉に、チョコ刑事は鼻を鳴らした。

「亭主が犯人なら、後で窓の鍵を閉めて、玄関も閉めることぐらい簡単だがな」

「そんな……」

ウンベルトが絶句していると、鑑識の一人が二階から駆け寄ってきた。

「状況証拠は確保しました。これから遺体を運びます」

「ああ、そうしてくれ」

鑑識は機敏に身体を翻して外へ出ていく。

暫くすると担架が四人がかりで運ばれて来て、階段を上って行った。

やがて二人の遺体を乗せた担架が階下に下ろされ、運び出されて行く。

「殺人か殺人じゃないかは鑑識の結果と検視を待つとして、ウンベルトさん。貴方は死体の第一発見者だ。参考人として署まで来て貰《もら》う」

チョコ刑事の一言で、二人の警官がウンベルトの両腕を抱える。

「それでは神父様方も、ご退出願います。暫くは警察関係者以外、現場は立ち入り禁止としますので」

「分かりました。ですが、くれぐれも捜査は慎重にお願いします」

ロベルト達は外に出た。ウンベルトが悲し気な表情でパトカーに乗せられている。

ウンベルトの家の周りには、立ち入り厳禁と書かれたテープが張り巡らされ、警察官が二人、玄関に立った。

パトカーが発進する。

ロベルト達はそれを見送った後、それぞれの家と宿へ戻ったのだった。

宿に着いたロベルトは暗い溜息《ためいき》を吐きながら、ホットミルクを二つ淹《い》れた。

何かと親切にしてくれたベニータと、証言者でもあるカルメンがあのような死に方をするとは、到底予想していなかった。

アリリオ司祭は終始、混乱した様子であったし、平賀は一言も口を利かず、何かを考え込んでいる。

そんな平賀の前にホットミルクを置くと、彼は弾《はじ》かれたように顔を上げた。

「ど、どうしたんだ。驚かせたかい？」

「いえ。アルバーノ神父が纏《まと》めて下さった風土病の報告書を読み終わっていないことを思い出しました。今から読み進めてみます。ロベルトの報告書も早く私に送って下さいね」

「ああ、明日の昼には渡せると思うよ」

ロベルトは面食らいながら頷いた。

平賀がホットミルクを啜《すす》り、アルバーノの報告書を読んでいる。時折、パソコンに何かをメモしているようだ。

「平賀、まだ寝ないのかい？　疲れただろう」

「直ぐに終わりますから、貴方は先に寝て下さい」

（やれやれ、いつもこんな具合に言って、寝てないんだよな……）

だが、調査に熱中し始めた平賀のことは誰も止められない。

ロベルトは諦《あきら》めて寝室へ向かった。

3

ロベルトが朝起きると、やはり平賀の姿は隣室のベッドに無かった。

身支度を整えてリビングに行くと、平賀は報告書が広げられたテーブルに突っ伏して眠っている。

ロベルトはひとまず、平賀の要望であった報告書作りに取り掛かった。

眠っている平賀の向かいに座り、役所や山麓《さんろく》の町の教会で知ったこと、気付いたことなどをイタリア語にして、パソコンに打ち込んでいく。

撮影した資料などもパソコンに取り込み、説明文をつけた。

そんなことをする内に、すっかり時は経ち、十時過ぎになった。

ロベルトは出来上がった報告書を平賀にデータ送信した。

それから、食事の用意だ。

三人分のスクランブルエッグと、野菜たっぷりのホットドッグを作り、一齧《かじ》りする。

濃い目のコーヒーを入れ、砂糖たっぷりで飲む。

そろそろ平賀を起こそうかと考えていると、二階からアルバーノが降りてきた。

いつもの神父服ではない。

金持ちに見えそうな、パリッとしたスーツに、片手にはステッキ、もう片方の手にアタッシュケースを持っている。

「やあ、おはよう、ロベルト神父。いつも食事の支度を済まないね」

「いいえ。それより、その恰好《かっこう》は一体何です？」

「一寸《ちょっと》した用事で、二、三日出張して来るよ」

アルバーノはそう言うと、一人分の朝食のラップを捲《めく》って食べ始めた。

そして床のテレビの電源を点《つ》ける。

ニュースチャンネルは、サラゴサの大停電の話題で持ちきりだ。

ロベルトもアルバーノの隣で食事をしながら、テレビに着目した。

アルバーノがテレビのチャンネルを探り、詳しい情報が出そうな番組にチャンネルを合わせる。

画面に『サラゴサ市が大停電、一夜明けた今は』とテロップが流れた。

番組には、昨夜《ゆうべ》と同じ女性司会者が出ていた。人気者なのだろう。

『さて、サン・ビセンテの聖剣の預言通り、大停電が起こったサラゴサ市から、街の様子を中継でお届けします。ですがその前に……実は今朝、新たに驚くべきニュースが入ってきました。聖剣の証言者であるカルメン・ドラードさんが昨夜、滞在先の家族の家で遺体となって発見されたようです。警察によれば、詳しい状況は捜査中とのことです』

女性司会者は重々しく頭を下げた。

画面が中継先に切り替わると、若いアナウンサーが街頭インタビューを行っている。

『昨夜はいかがお過ごしでしたか？』

街を歩いている男性に、マイクが向けられた。

『いやもう最悪だよ。電気が止まったら、うちのマンションの水道まで止まってしまって、真っ暗な中でトイレも使えないし、今朝も缶詰を探したりで大変だ』

『今、欲しいものは何ですか？』

『とにかく電気なんだけど、まだ無理そうなら、ランプとガスコンロが欲しいかな。温かい料理が食べたいよ』

『今から、どちらに行かれるんですか？』

『ランプとガスコンロを買いに行くんだよ。さっき行った店は、もう品切れになっていた。買い占めが起こっているんだろうから、政府が配給してくれりゃあいいんだが』

じゃあ、という具合に男は手を上げて去っていく。

次は、乳児を連れた母親が歩いてきた。

再びマイクが向けられる。

『昨夜はどうお過ごしでしたか？』

『どうもこうも最悪よ。子どももいるのに、電気の無い生活は無理だわ』

『近くに避難所などはあるのでしょうか？』

『うちの場合、父と母がマドリードに住んでいるから、停電が解決するまでは、そこにいさせてもらうことになってるの』

『そうですか、避難場所が見つかって良かったですね』

『ええ、ラッキーだったわ』

次に画面は切り替わり、金融機関の事務所のようなところに飛んだ。

銀行の役員らしき人物が神妙な顔をして立っている。

『業務の方に支障は？』

『それはもう大変です。コンピュータも動かないし、スマホやクレジット決済も出来ません。大勢の方々が、銀行窓口で現金の受け取りを所望されるのですが、私共もそれに応《こた》えるには時間をかけて準備するしかないんです』

『その準備にはどの程度、時間がかかりますか？』

『それはまだ安直に答えることが出来ません。利用者の皆様には何とかご理解頂くしかないのです。市外に出れば電子決済も行えますので、買い物には市外に出かけることをお勧めします。お客様のご協力とご理解をお願いします』

再び街の様子が映された。

シャッターが閉まった銀行の前に大勢の人々が群れを成して、シャッターを叩《たた》いている。

道には車が渋滞している。市外に必需品を買いに行く人々や、レストランなどで食事を摂《と》ろうという人達が一斉に車を動かし始めたのだろう。

「大変な状態みたいだな」

アルバーノは眉《まゆ》を顰《ひそ》めて、気の毒そうに言った。

彼の人間らしい表情は初めて見る気がする。

画面は再びスタジオに戻り、女性司会者の顔が映る。

『ここで、緊急速報が入りました。

昨夜からの停電の原因である配電施設の損傷は、落雷によるものだと警察と消防局が結論を出しました。動画も届いていますね。昨夜、配電施設の辺りを偶然通りかかった視聴者の方からの動画です』

画面が変わり、配電施設と思われる建物が車窓から映されている。

空に稲光が走ったかと思うと、青く輝く雷光が、配電施設を直撃した。

爆音が上がり、微《かす》かな白い煙が配電施設から立ち上る。

そうして暫《しばら》くすると、再び稲光が光った。

ジグザグに走る鋭い光が、再び配電施設に落ちる。

撮影している人物が、驚きの声をあげているのが録音されている。

『施設内関係者が聞いたという三つの爆音は、全て落雷であったというのが、警察と消防の見解です。ああ、なんて恐ろしいことでしょう、同じ場所に三度も雷が落ちるなんて。雷は同じ場所には落ちないって言われているのに、やはり神の怒りということかしら』

女性司会者は、少し大げさな素振りで、手を合わせた。

「落雷ですか……」

ロベルトの耳元で声がしたので驚いて振り返ると、いつの間にか起きて来ていた平賀が、後ろからテレビを覗《のぞ》き込んでいる。

「停電は雷が原因と言ってましたね」

「ああ、そのようだよ。しかも同じ施設に三度も落ちたらしい。司会者は『雷は同じ場所には落ちない筈《はず》だ』なんて言ってるけど……」

「それは迷信ですよ。雷は条件さえ揃えば同じ場所に何度でも落ちます。一度雷が落ちたからその場所にはもう落ちない、などということはありませんし、そのような根拠はありません。また、当然のことながら、同じ日であっても、雷は何度でも落ちます」

「じゃあ、同じ日に同じ施設に雷が三度落ちても、それ程不思議ではないと？」

「いえ、その確率が極めて低いことは確かでしょう。昨夜のサラゴサの配電施設に、雷が落ち易い条件が揃っていたのかもしれません」

「そうだとしてもだ。預言は的中した」

アルバーノが、極めて真面目な顔で二人を見た。

「ええ、そうなりますね」

「ロベルト神父は以前、今回の預言はよくある類《たぐ》いの預言と違うと言っていたね」

「はい。僕は預言というものに対して、極めて懐疑的な人間です。

大抵の預言というものは抽象的な言い回しを使って、今後何十年もあれば起こりうるだろう出来事を語っているに過ぎないと結論付けています。

ですがサン・ビセンテの聖剣の預言は、預言の日からその出来事が起こる迄《まで》の時間が短く、表現も的を射ている。こんな預言は初めてといっても過言ではありません」

「つまり君は、奇跡認定をしてもいいという考えかな？」

アルバーノの問いに、ロベルトは平賀を見た。

「他の奇跡調査官なら、そうするでしょうね。平賀、君はどう思う？」

「私は調査を続けてみたいです。これが本物の奇跡ならば、サン・ビセンテの聖剣の力が、何処にどう宿っているのか、証言者達と私達にどんな個体的な差異があるのか、確認しなければ気が済みません」

「個体的差異というと？」

「例えばロベルト、貴方《あなた》の目のようなものです。貴方の目は紫外線を見ることが出来る特殊な能力を備えています。つまり証言者達にも、私達には音として聞き取れないものを聞く能力が、身体的に備わっているのかも知れません」

「成る程、それが君達の見解か」

アルバーノが神妙に頷《うなず》いた時、玄関の扉がノックされた。

「おっと、迎えの車が来たようだ。私は出掛けてくる」

アルバーノは立ち上がり、宿を出て行ってしまった。

「アルバーノ神父は、何処に行かれたのですか？」

平賀が訊《たず》ねる。

「分からないけど、彼なりの調査をしてくれているんだろう。彼も君と同類で、確証が得られるまでは語らないタイプのようだ。

ところで、僕の報告書は君にメールで送信しておいたよ」

「有り難うございます」

平賀がいそいそとパソコンの方へ行こうとする。

「一寸《ちょっと》待って。まず食事を摂ってからだよ」

「はい……」

平賀は叱られた子どものように悄然《しょうぜん》として椅子に座った。

「全部食べるか監視しておこうかな」

「ちゃんと食べます。この通り」

平賀はホットドッグに齧《かじ》りついた。

「冗談に決まっているじゃないか。君のペースで食べてくれればいいよ。僕にもこれから行く所があるからね」

ロベルトは宿を出て、教会に向かった。

4

サン・ビセンテ・エスパダ教会の前には、五十人ばかりの人垣が出来ていた。

ニュースで聖剣のことを知り、奇跡の聖剣をひと目見ようという人々のようだ。

ロベルトは教会前から、アリリオ司祭に電話をかけた。

『はい、アリリオです』

「ロベルトです。今、教会前に人だかりが出来ていますね」

『ええ。中も大混雑です。こんなことは初めてです。巡礼者がこのまま増えてくれると素晴らしい』

アリリオ司祭は嬉《うれ》しそうに答えた。

「実は大変申し上げ難《にく》いのですが、バチカンの調査中は念の為、部外者を無闇に教会に入れることは控えて頂きたいのです」

『えっ……』

「すみません。それほどお時間は頂きませんので」

『そういう決まりなのですか……。調査にはあと何日ほどかかりますか？』

「五日もあればと思います」

『……分かりました』

「無理に強制する権利は、バチカンにもありません。ですが、神聖なる調査にご協力頂ければとお願い致します」

『はい……。では入り口に注意書きをして、村人以外は暫く立ち入り禁止ということで』

アリリオ司祭は残念そうな声で答えた。

「有り難うございます。助かります」

『ところでロベルト神父。カルメンとベニータのことですが、これからどうなるのでしょう。村は二人の噂で持ちきりです』

「無理もありませんね。ウンベルトさんは？」

『まだ警察です。あんなことがあって、この奇跡に難癖がつけられなければいいのですが』

「全ては主の取り計らいです。憂いは忘れましょう」

『そっ、そうですね。ひとまず今から貼り紙を作って、玄関に貼ります』

「お願いします」

ロベルトが暫く待っていると、アリリオ司祭が大きな紙を持って現れた。

五日後まで教会への立ち入りを遠慮して頂くという旨が書かれている。

それを扉に貼ると、集まっていた人々から落胆の声が漏れた。

「これで宜《よろ》しいですか？」

アリリオ司祭がロベルトの傍らに立った。

「完璧《かんぺき》です。我々も調査に集中することが出来ます」

「教会内にいらっしゃる方々にも今から説明して、帰って頂きますから」

「お願いします。無理を言ってすみません」

ロベルトは司祭に深く頭を下げて、歩き出した。

アスケリノ家に向かって村の通りを行くと、村人達が至る所で立ち話をしている。

無論、聞こえてくるのは昨夜《ゆうべ》の事件の話である。

誰しもが不安なのだろうが、今は警察に任せるしかない。

ロベルトはアスケリノ家の玄関を叩《たた》いた。

子どもを抱えたブリセイダが現れる。

「これはこれはロベルト神父様、こんにちは」

「こんにちは、ブリセイダさん。今日は金庫を開けに来ました」

ロベルトは鍵《かぎ》開け道具を入れた鞄《かばん》を掲げてみせた。

「まあ、それでは物置の鍵とランプを持って参ります」

ロベルトはブリセイダと共に物置に向かった。

玄関を開くと、黴臭《かびくさ》い空気が漂ってくる。

二人は据え置き型になっている金庫の前に行った。

「上手《うま》く行くといいですわね、神父様」

「少し時間がかかるかも知れません」

「ええ、どうぞお好きなだけいらして下さい。私は家の方にいますので、何かあれば声を掛けて下さいね」

ブリセイダは会釈して帰っていった。

ロベルトは、観音開きの扉に大きな錠前がついた金庫に向き合った。

乾いたタオルで金庫とその周辺の埃《ほこり》を拭《ふ》き取り、金庫の前に座ると、ペンライトを当てて鍵穴を覗《のぞ》く。

鍵穴の中には長年の埃が、びっしりと蓄積されている。

まずはその汚れを取り出すのが先決である。

ロベルトは耳かき程度の小さなブラシを使って、少しずつ鍵穴の埃を掻《か》き出した。

さらにブラシを奥に突っ込んで、三百六十度回転させながら、中心部分の汚れも丁寧に落としていく。

納得がいくまでその作業を進めると、鍵穴の奥を覗き込みながら、錆《さび》取りスプレーを鍵穴から中へたっぷりと吹きかける。

二十分もすると、鍵穴から錆や汚れがスプレーに混じって徐々に垂れてくる。

それを拭き取り、同じ作業を反復する。

垂れてくる液が透明になったら、ティッシュを巻きつけたブラシで、鍵穴の奥まで最後の掃除をして、潤滑油を一滴、鍵穴に垂らした。

さて、これでやっとスケルトンキーの出番である。

鞄からサイズ違いのスケルトンキーを取り出し、鍵穴の大きさと比較しながら、良さそうなものを選ぶ。
スケルトンキーが鍵穴に差し込まれる。
それをゆっくりと回転させると、カチャリという音がして錠前が外れた。
(よし、順調だ)
ロベルトは金庫の扉を開いた。
ざあっと砂のような埃が舞い落ちる。
金庫の中にだって、長年経てば埃は溜《た》まるのだ。
金庫には、分厚い麻の紙の束が幾つも入っていた。
その表面の埃を払って開くと、予想通りそれは宿帳であった。
日付と客の名前、宿代、食事の内容、メモ書きなどが記されている。
ロベルトはそれらの分厚い束を持って、日の光の入ってくる窓辺へと移動した。
物置にされているこの家には電気が通っていないからだ。
歴史の古い物から順に読み進める。
すると、一四四二年三月十七日に気になる記載が見つかった。
丁度、村祭りにあたる日だ。
署名欄にサインが書かれている。

借主　セブリアン・シスネロス

同行者　アルフォンソ
同行者　ロデリク
滞在予定三カ月

三カ月とは結構な長期滞在だ。ロベルトは尚《なお》も頁を繰った。

約三カ月半後の七月二日に『賓客ご一同、御出立』という記載があり、当時としては破格の宿代が支払われている。

その下に、宿の主人の覚書があった。


『いずこの尊い身分の方かは明かされなかったが、上位の聖職者であることは明らかだった。特にアルフォンソ殿下は、朝食の蜂蜜《はちみつ》が美味だと我が宿を気に入られ、終始ご機嫌であった。

まだ少年のロデリク様が十字架を授けて下さったのも嬉しいことだ。十字架は当家の末代までの繁栄を祈って、金庫に大切にしまっておこう。

セブリアン様は物静かで外出は好まない御方であったが、村祭りに関心があられるようで、あれこれお訊《たず》ねになる姿が印象的であった。

このような方々にしばしばお泊まり頂ければ当家も安泰だ』

ロベルトはこれらの内容も写真に撮った。

そして金庫の奥の引き出しからは、金の十字架が発見された。

ずっしりした重さから、恐らく純金製と思われる代物で、装飾も凝っている。

十字架の裏には『A・B』の文字と、芝生の上で草を食《は》む牛の彫刻があった。

芝生の上で草を食む牛と言えば、ボルジア家の紋章である。

つまりこの若いロデリクという人物、或《あ》るいは彼の保護者はボルジア家の人間だろう。

そして頭文字が、『A・B』。

ロベルトの頭に閃《ひらめ》いたのは、アルフォンソ・デ・ボルハの名であった。

アルフォンソ・デ・ボルハは、言うまでもなくカリストゥス三世の本名である。

ならばロデリクなる人物は、カリストゥス三世の甥《おい》、ロデリク・ランソルこと、ロドリゴ・ボルジアである可能性が高い。後のローマ法王アレクサンデル六世となる人物だ。

そして借主のセブリアン・シスネロスという名は、『バレンシア州、教会史』で目にしたものだ。プエブロデ・モンタナ村に教会を作るよう陳情した司教である。

一四四二年であれば、カリストゥス三世はまだバレンシアの司教であったと思われるが、一同が上位の聖職者らしいという宿帳の記載とも合致する。

そんな三人が村祭りの日に此処《ここ》を訪れ、長期滞在をした。その意味とは？

ロベルトは首を傾げた。

ひとまずロベルトはブリセイダの家を訪ね、金庫の中にあった宿帳などと共に、金の十字架を見せた。

「まぁ、これって……」

絶句したブリセイダを見て、彼女の祖父もやって来た。

「なんと立派な十字架だろう。こんなものが金庫にあったとは」

二人とも言葉を失っている。

「この十字架は、後に法王となった司教のものだと思われます。どうぞ」

ロベルトが二人に十字架を手渡すと、二人は高揚した様子で、十字架に向かって指を組んだ。

「司教様の十字架とは、何と有り難い」

「必ずうちの家宝にします。有り難うございます、ロベルト神父様」

「いえ、たまたま発見しただけですから。しかし、宿帳の方は調べたいことがありますので、暫《しばら》く預かっても宜《よろ》しいですか？」

「ええ、勿論《もちろん》ですとも」

「では、お預かりします」

ロベルトは宿帳を持って帰路に就いたのだった。

5

その頃平賀は、風土病に関するアルバーノの報告書を読み終わり、一つのパターンを見つけ出していた。

それは風土病が遺伝性のものではないかと疑わせるパターンである。

風土病に罹患《りかん》した者の片親が風土病であれば、その兄弟の約半数が風土病に罹《かか》っている。

だが、両親共に風土病であった家族の場合、その子ども達の約四分の三は風土病に罹患していた。

報告書からは、遺伝的要素の存在が強く窺《うかが》えたものの、だからといってオーロラの奇跡が起こった後、全ての患者が完治したというのは不可解である。

やはり奇跡なのだろうか。

平賀は更なる情報を求め、ロベルトの報告書を読み進めた。

いつものように彼のレポートは詳細で読みやすい。

まず平賀が読み込んだのは、役所が行ったという風土病に関する調査についてである。

土壌や水質、細菌、感染症の有無といった項目が細分化されていて、かなり精密な調査が行われたことが分かる。

だが調査の結果は原因不明とのことで、平賀にもその原因は推し量れなかった。

続いて、古い住民台帳と麓の教会の洗礼記録の情報を纏《まと》めた箇所には、ロベルトからの言及があった。

村が整備される前に住んでいた世帯数は、僅《わず》か三十であったこと。その後、村に移住してきた者には、ノルマンディ系の苗字《みようじ》が多かったこと。彼らの子孫が、元から村に居た者と夫婦になったのが、今のプエプロデ・モンタナ村の原形になったのだろうという推測だ。

そこから考えるに、やはり村人達は遺伝的に近い特徴を持っていてもおかしくない。

だが……。

報告書の最後には、参考資料として、ロベルトが撮影した様々な写真が付いている。

それらのデータを見ていた平賀の手が、昔のプエプロデ・モンタナ村を描いた絵画でピタリと止まった。

教会や村役場、二将軍の彫像、麦畑や羊など様々なものが描かれている中、似たような構図の絵が二枚ある。

絵には年代が打ってあるので、二つの作品の描かれた時期が分かる。

一つは一八八一年の作品だ。そこには一面に広がる白い花畑で村人達が楽しそうに憩う姿があり、背後の高台に教会が描かれている。

もう一つは一七二三年の作品で、そこには花畑がない。開花の時期ではなかったというわけではなく、植わっている植物の葉の形が違うし、バラバラの種類の草々である様子が分かる。

平賀はハッとして、再びアルバーノの報告書を捲った。

アルバーノも又、訪ねた家々の写真を撮り、そこに氏名を記録していたが、その中の三軒の庭先に、同じような白い花が植えられた小さなプランターが置かれている。

平賀はプランターを置いた三軒の家の名を確認し、アルバーノが録音していた音声データの書き起こしを確認した。

二つの家では花とプランターについて何も言及していなかったが、最後の一軒、「エンリケ家」では、グラシアと名乗る老女がこう語っている。

『綺麗《きれい》なお花でしょう。この真っ白なお花はイベリスと言いましてね、純潔を意味するとして、昔はどの家庭にも飾られていたんですよ。教会の下の南の斜面には、イベリスの大きな花畑があって、村人の憩いの場だったんですけれどねえ……。

今ではその花畑が潰《つぶ》されて、太陽光パネルが設置されてしまったのよ』

そう言えば、村に入る時、ギラギラと輝く太陽光パネルを見たのを思い出す。

ロベルトが役所で撮影した参考写真からは、太陽光パネルが作られたのが去年だったと分かる。

ここに何かの意味があるのだろうか。

平賀はひとまずイベリスの花について検索してみた。

検索画面に出てきた画像は、三軒の家のプランターと一八八一年の絵画と同じ花だ。

だが、そこからどれほど検索しても、イベリスの花に毒性があるという記載もないし、アレルギーを起こす要因にすらならないようだ。

しかし、開花時期は春から初夏にかけてとある。

アルバーノの報告書にも、風土病が特に酷《ひど》くなるのは五月、六月という証言が書かれていて、関連性があるように思える。

平賀は考えに考え抜いて、一つの可能性を導き出した。

それは、何百万分の一という低い可能性である。

だが、一つの推測が成り立ったのであれば、あとは検証するしかない。

平賀は己の思考を何度も反芻《はんすう》したり、反証を考えたりしながら、ロベルトの帰りを待った。

※　※　※

ロベルトは古紙の束を抱えて、宿に戻って来た。

平賀が勢いよく駆け寄って行く。

「手伝いましょうか？」

「ああ、助かる。半分程取ってテーブルに置いてくれないかな」

「はい」

平賀はロベルトの両腕から零《こぼ》れそうな紙の束を取り、テーブルの上に置いた。

ロベルトも残りの束を置いて、ほっと息を吐く。

「さてと。コーヒーでも淹《い》れるとするか」

言いかけたロベルトの言葉を平賀は遮った。

「ロベルト、チョコ刑事に連絡を取って貰《もら》えませんか？」

「チョコ刑事に？　何故？」

「ベニータさんとカルメンさんの死因に心当たりが出来たのです」

「何だって、それは凄《すご》いことじゃないか。ウンベルトさんも助かるだろう。それで何が原因だったんだい？」

「風土病です」

「だけど風土病はもう無くなったんだろう？」

「いいえ、違います。ただ風土病を引き起こしていた環境が無くなっただけでした」

「良く分からないな。だが君がそう言うのなら、電話をしてみるよ」

「検視の結果が出ていれば、それも詳しく知りたいと伝えて下さい。検視の結果も大切ですから。出来れば検視医から直接お話を聞きたいです」

「分かった」

ロベルトはチョコ刑事に電話をかけた。

『はい。こちらチョコ・アラニス』

「チョコ刑事、昨夜《ゆうべ》お目にかかったロベルト・ニコラスです」

『これはバチカンの神父様。何か御用ですかな？』

「実は、私の相棒である平賀神父が、ベニータさんとカルメンさんの死因を特定できたかも知れないと言っているのです」

『何ですって！』

「今、ご遺体はどんな様子です？」

『検視を終えたところですよ』

「宜《よろ》しければ、そちらに伺って、検視の結果を教えて頂いてもいいですか？　そこで死因を断定したいそうなのです」

『分かりました。検視でもよく分からない状況なので、そういう協力は有り難いですね。バレンシア警察でお待ちしています。私の方は四時に三十分ほど時間が空きますが、神父様方に都合の良い時間は？』

「そちらに合わせて行きますよ」

『そうですか、では宜しく。受付で私の名を言って下されば、話が通るように準備しておきます』

「有り難うございます」

ロベルトは電話を切った。

「これから車を手配して、四時にバレンシア警察を訪ねるよ」

「検視結果のことは何か言っていましたか？」

「ああ、検視は終えたけれど、訳の分からない状況だと言っていた」

「そうでしょうね。こんなことは二度とは起こりえない事件でしょうから」

「平賀、死因を特定できたって本当かい？」

「検視結果で納得のいく結論が出ていないとなると、私の推論が当たっている可能性が高くなります」

「二人の死因は何なんだい？」

「怒りです。それも度を越した怒りなんです」

「怒り？　そんなことで人が死ぬなんて……」

「ベニータさんとカルメンさんの場合は、それで死ぬこともあり得るんです。警察にも協力してもらわなければ、立証は難しいのですけれど。死体が発見されて、まだ一日も経っていません。今なら血液や体液、肉片などからDNAが取り出せますので一日もあれば解析出来るでしょう」

平賀は凜《りん》とした顔でロベルトを見た。

6

バレンシア警察署に着くと、平賀とロベルトは受付に用件を伝えた。

すぐにチョコ刑事とダニエル刑事が小走りでやって来る。

二人の刑事の案内で、平賀とロベルトは検視医のグラセス教授と会うことになった。

検視室は警察署の地下二階にあり、遺体置き場のすぐ隣に設けられている。

グラセス教授は五十代半ばといった白髪の目立つ男性で、椅子に座り、腕組みをして二人を待っていた。

教授の座っている脇には、照明板に何枚かのレントゲン写真、ＭＲＩで撮られた人体写真などが貼られている。

「この度はお時間を作って頂き、有り難うございます。僕はバチカンの調査官で、ロベルト・ニコラス。こちらは平賀・ヨゼフ・庚神父です。話は主に彼として頂きたいのですが、彼はスペイン語が喋《しゃべ》れません。それで僕が通訳することになります」

「そうですか。私はグラセスです」

平賀とロベルトは、順にグラセス教授と握手を交わし、教授と向かい合った席に腰を下ろした。

チョコ刑事とダニエル刑事は、平賀とロベルトの背後の壁に凭《もた》れ、番人のように立っている。

平賀が早速、本題を切り出した。

「現在、検視はどのくらい進んでいるのですか？」

グラセス教授は、眉間《みけん》にしわを寄せて答えた。

「検視の結果から言えば、致命傷になるような外傷は、どこにもありませんでした。遺体には多少の着衣の乱れと、互いに髪を引っ張り合ったような形跡がありました。二人の指に、お互いの物と思われる髪の毛が絡まっていましたし、鑑識が床からも抜けた髪を発見しています。

ベニータの頬には引っかき傷が、さらにカルメンの首筋にも引っかき傷がありましたが、二人の爪の間から、お互いのDNAと一致する皮膚が見つかっています。これは互いに引っかき合ったということを意味しているのでしょう」

平賀は深く頷《うなず》き、次の質問をした。

「体内には異常は？」

「レントゲンやMRIでは発見出来ませんでした。例えば目に見えない頭蓋《ずがい》の陥没、脳出血や脳梗塞《のうこうそく》、各部位の骨折、臓器の病らしいものもありません。

二人がほぼ同時に死ぬと言う異常事態から、毒殺という線も考えてみました。

しかし二人の血液からは、毒物反応が何も出てきていません。ここまでくると、殺人事件ということも断言できない状態です」

「つまりグラセス教授は、二人の死因は何だとお考えですか？」

平賀の問いかけに、グラセス教授は首を捻《ひね》りながら答えた。

「鑑識からの報告書と、遺体の状況から見ると、この二人の女性は、髪を引っ張り合い、引っかき合って喧嘩《けんか》をしていたのでしょうね。その時、不意に二人の心臓が止まった。

つまりは心不全を起こして死に至った。不思議な話ですが、そうとしか言い様がありません。こんな検視は、私も初めてのケースですよ」

「そうですか、これで私の仮説を発表させていただく理由が出来ました。二人同時の心不全の謎を、私なりに推理したものを聞いていていただけますか？」

「それが出来るなら、是非、お聞かせ願いたいものです」

「先生は、プエプロデ・モンタナ村の風土病の話をご存知でしたか？」

「風土病？　さて知りませんが」

「プエプロデ・モンタナ村では、二百年程前から、風土病が蔓延《まんえん》していたんです。その症状とはこうです。まず身体の様々な場所に発疹《ほっしん》を生じる。酷《ひど》い時にはそれがミミズ腫《ば》れのようになって、咳《せき》を伴うこともある。稀《まれ》に突然死をする。こういった風土病です」

「そんな風土病は初耳ですね」

「ええ、私も初めて聞きました。ところがこの風土病は、今年に入ってからパタリと無くなったのです」

「そんな不思議なことが？」

「ええ、とても不思議です。私は風土病のことを調べたくても患者がいなければ調べられないと悩みましたが、幸い仲間達がこの風土病の歴史を調べたり、かつて風土病だったという村人から証言を聞いたりしてくれましたので、少しずつその性質というのが分かってきました」

グラセス教授は平賀の話に耳を傾けている。

「まず、この風土病は、遺伝的な要因によるものではないかという推測が成り立ちました。というのも、村人たちの証言によって、家族単位で見ると、両親が風土病であった場合、子供は高確率で風土病に罹《かか》っていたことが分かりました。そして片親がそうでない場合、子供は風土病になる子とならない子に半数ずつ分かれているということが判明したからです」

「成る程、しかしそれがベニータとカルメンの死に関係するのですか？」

「はい。そう思います。二人の両親は共に風土病でした。勿論《もちろん》、二人も風土病に罹っていました。そして二人揃って突然死しました」

「要するに風土病によって二人は死んだと？　しかし、そうだとして同時に死ぬ確率はどのくらいなんでしょうね」

グラセス教授は、困惑気味である。

「それは、風土病に関わっているもう一つの要因を考えなければなりません。この風土病は、村にイベリスの花畑が出来てから現れています。そしてイベリスの花畑がソーラーパネル群に変わった時から無くなりました」

「イベリスの花畑？　一寸《ちよつと》待って下さい。風土病の症状と、環境の変化による風土病の消失から考えると、平賀神父はアレルギーを疑ってらっしゃるのですか？　だが、イベリスアレルギーなど、聞いたこともありません。それに死亡した二人の周囲にイベリスの花などありませんでしたよ」

「ええ、そうです。私が疑っているのは遺伝性の免疫疾患です。イベリスの花が、アレルギーの元となってもおかしくないような。

そこで私は、グラセス教授にお願いしたいのです。死亡した二人の免疫応答遺伝子を解析して欲しいのです。それから二人の粘膜などから採取した、活性化したマスト細胞を調べて欲しいのです」

「遺伝子解析には一日はかかるが、活性化したマスト細胞の採取なら数時間あれば出来るでしょう。やってみましょう」

グラセス教授は科学チームに電話をして、二人の遺体の粘膜一センチ四方から検出される活性化マスト細胞を調べるよう指示した。

「一体何の話なのか、私達にも説明してくれませんか？」

チョコ刑事が、痺《しび》れを切らした様子で声をかけてきた。

グラセス教授はチョコ刑事を見て、一つ息を吐いた。

「もし平賀神父が指摘されたように、免疫応答遺伝子、つまり免疫反応で作り出される抗体の量や反応の強弱を指示する遺伝子に異常があって、皮膚、気道粘膜、腸管粘膜など、主に生体が外界と接する組織に多くみられる骨髄由来の細胞で、免疫応答という生体防御機能を担っているマスト細胞が異常活性化していることがあるとすれば、ベニータとカルメンは、マスト細胞活性化症候群を抱えていた可能性が高いということだ」

「マスト細胞活性化症候群？」

二人の刑事は、互いに訳が分からないといった表情になった。

「マスト細胞というのはアレルギーを引き起こす細胞で、体中の血管周囲を中心に皮膚や皮下組織、肺、消化管、肝臓などに存在している。そしてその細胞が過剰に働くことで、大量の化学物質を放出し、あらゆるものにアレルギー反応を起こす可能性がある病気が、マスト細胞活性化症候群だ。

物質だけではなく、強い感情に対してもアレルギー反応を起こす特徴がある。笑ったり泣いたり、ストレスを強く感じる程の怒りや不安、悲しみなどでも、アナフィラキシーショックに陥るんだよ」

グラセス教授の言葉に、二人の刑事は、ああっと驚いた顔になった。

「平賀。つまり二人はその……マスト細胞活性化症候群で、激高していたことからアナフィラキシーショックを引き起こして、心臓が止まった訳かい？」

ロベルトは教授の話を通訳した後、平賀に訊《たず》ねた。

「ええ、色々な可能性を考えて、これしかないと判断しました。後は検査結果を待つだけですね」

二人の刑事は仕事があると言って、検視室を去った。

平賀とロベルトは廊下の待合ベンチで、検査結果を待っていた。

数時間後、グラセス教授が検視室から現れ、二人に声を掛ける。

「神父様方、検査結果が出ました。

ベニータとカルメンの粘膜組織から、通常の人間の五十倍近い活性化されたマスト細胞が見つかったようです。それに血液中のヒスタミン値も異常でした。

遺伝子解析の方はもう少し時間が掛かるでしょうが、これはマスト細胞活性化症候群とみて間違いないと思います。いやあ、神父様方、有り難うございます」

「平賀が遺伝子解析の結果を知りたいと言っているのですが、大丈夫でしょうか？」

「勿論。解析結果が出たらお知らせします。それとも何処かにお送りすればいいでしょうか？」

「パソコンに送って頂いて宜《よろ》しいですか？」

「良しとしましょう。しかし、個人情報ですので取扱いは慎重に願います」

「勿論です」

ロベルトはメールアドレスをメモに書いて、グラセス教授に手渡した。

二人が一階に向かうと、チョコ刑事とダニエル刑事に挟まれて立っているウンベルトの姿があった。

「神父様！　俺を助けて下さったのですね」

ウンベルトは平賀とロベルトに抱き着いた。

「僕達はベニータさんやカルメンさんの死因が、病気だと訴えただけですよ」

「いやあ、俺がいくら昨夜《ゆうべ》のことを説明しても、刑事さん達がなかなか信用してくれなくて、命運尽きたかと絶望していたんです」

「大げさに言うなよ。私達は念には念を入れて取り調べしていただけだ。なあ、ダニエル」

チョコ刑事がダニエル刑事を振り返った。

「ええ、そうですよ。逮捕だってしていません。あくまで参考人の取り調べですからね」

ダニエルは調子良く言った。

「俺、神父様方と一緒に帰ってもいいんですか？」

ウンベルトが涙ぐんで訊ねた。

「ああ、好きにして下さい。ダニエル、送って差し上げろ」

「えっ、はい、分かりました」

ダニエル刑事はロベルト達三人を先導して車へと誘《いざな》った。

そうして三人は、プエプロデ・モンタナ村へと戻ったのだった。

宿に辿《たど》り着いた平賀とロベルトは向かい合って座った。

「これで、風土病に関する謎は解けたということかな？」

「そうですね。風土病が無くなったのは、奇跡ではありません。イベリスの花畑を潰《つぶ》して出来た、ソーラーパネル群のせいでした。

ただ、貴方《あなた》やアルバーノ神父の綿密な報告書があって、こんなことを言うのはいいことではありませんが、ベニータさんやカルメンさんの急死とその前のお二人の様子を聞かされていなければ、この結論に辿り着くのは困難だったでしょう」

「そうだね。でもそうすると、教会の上に出たオーロラの一件は？」

「私の考えですと、あれは彩雲《さいうん》という気象現象だったのではないかと思います」

「彩雲？」

「太陽の近くを通りかかった雲に、緑や赤など多色の模様が斑《まだら》に見える現象のことです。太陽光が雲に含まれる水滴で回折し、その度合いが光の波長によって違うために生ずるもので、大気光象《たいきこうしょう》の一つです。

彩雲の光彩は、通常、順序立って色が並んだ一定間隔の平行な縞《しま》模様になるのですが、それが歪《ゆが》んだ形になることもあります。

例えば教会の上の彩雲は、赤と青が際立って出ていましたが、色んな角度から写した写真の中には、僅《わず》かに薄く他の色彩が混じっているものもありました。雲の水滴粒子の大きさが揃っていなかった為に、鮮明な虹《にじ》の色彩とならなかったのでしょう。

ただ、あれ程大きく見える彩雲というのは珍しく、上空の強風に雲が流されていたので、揺らめくオーロラのように見えたのでしょうね。

でも彩雲自体は、世界中で吉兆の印だとされていることもあって、奇跡の一部として見ていいのかも知れないと思っていました」

「なんだ。そういうことか。ではその彩雲と風土病のことは解決した。次は聖剣だね」

「ええ、聖剣の起こす奇跡に絞って調査していくべきだと思います」

「明日からも頑張ろう」

二人は頷《うなず》き合ったのだった。

第六章　隠された聖剣の歴史

1

翌朝、平賀は完全武装の山登りアイテムで身を固め、崖《がけ》を登っていた。

一足登るごとに、崖に生えている雑草などを引き抜いてルーペで見るので、酷《ひど》く時間がかかる。

それでも平賀は、まるで昆虫の様に正確な動きで、崖を移動していった。

そうして五時間ほどが経過しただろう。

平賀は遂に探していた物を発見して、そこで動きを止めた。

丁寧に崖の草をむしり取り、それから撮影だ。

腰に下げていたハンマーで、可能な限り崖の断片を削り取った。

それを入れるのは、同じく腰につけたビニール袋である。

作業を終えた平賀は、一息吐き、崖を下って行った。

宿に戻ると、バチカンから超音波金属探知機が届いている。

平賀はビニール袋を顕微鏡の隣に並べ、登山用品を床に置いた。

ぐずぐずしてはいられない。

次は超音波金属探知機の出番である。

手の平サイズに収まる金属探知機だが、3Dで確かめることもでき、性能は悪くない。

狭い範囲しか金属探知が行えないことも、吉と出るかも知れない。

超音波金属探知機を手にした平賀は、顔や服に泥がついているのもお構いなしに、教会へと向かった。

関係者以外立ち入り禁止の貼り紙のある教会の扉を開ける。

中には誰もいず、真っ暗であった。

アリリオ司祭もどこかに出かけたのだろう。

平賀は教会の照明をつけ、聖剣の傍らに立った。

そして超音波金属探知機をオンにした。

岩肌がむき出しになっている部分を、様々な角度からスキャンしていく。

聖剣の経年劣化を解消する為、コーティングした過程で鉛が岩の隙間にも流れ込んだというアリリオ司祭の説明どおり、岩石の下の金属の広がりがやけにある。

地下十八センチしか計測出来ないにも拘《かか》わらず、一部分には、傘の骨のように曲がった所や、聖剣から真っすぐ下に延びる金属、断片的にジグザグになっている箇所などが見つかってくる。

平賀は超音波金属探知機が示す数値を確認しながら、想像できる岩の内部の様子を、大きな紙に描き込んでいった。

　聖剣の四方から真っすぐ岩をスキャンしたもの、少しずつ角度をつけてスキャンしたものなど、四枚の複雑な線を持った図面が出来上がっていく。

　平賀は満足して超音波金属探知機での調査を終え、宿へと戻った。

　まずは顕微鏡で、取ってきた崖のサンプルを確認する。

　凝灰岩。それから火山灰や礫《れき》が固まった鉱石。次に、結晶片岩。最後は、チャートだ。

　思った通りだった。

　カメラで写した崖の地層と、聖剣の刺さった岩盤を磨き上げて出てきた縞模様とを比較する。

（恐らく間違いなさそうですね……）

　平賀は一人頷き、次に金属探知機でスキャンされた結果の画像を、スケールを決めて、パソコンに取り込み始めた。

　それらをアプリで解析して、岩の内部の様子を3Ｄ画像に起こす為だ。

　作業は緻密《ちみつ》を極めた。

　日が暮れるまで、夢中で作業を進めていた平賀であったが、途中で流石に疲れを感じて、大きく伸びをした。

　その時、資料を読み込んでいたロベルトが話しかけてきた。

「平賀。崖登りはどうだった？」

「はい。思っていた成果が出ました」

「そうか、なら良かった。僕の方も、なかなかの真相を突き止めたと思うよ」

「本当ですか！　私は今、作業の途中です」

「どのぐらいで終わりそうだい？」

ロベルトは話をしたくてうずうずしながら平賀に問うた。

「あと少しです。私も聖剣の謎に迫れそうなんです」

「それは楽しみだ。じゃあ僕は、食事の支度でもするよ」

ロベルトはそう言ってキッチンに立った。

食事の支度を終えてロベルトが戻ってくると、平賀はすっかり寛《くつろ》いだ様子になっていた。

「もう食べられるかい？」

「ええ、頂きます。私の聖剣に関する見解がハッキリしました」

ロベルトが配膳《はいぜん》し終えたところに、平賀がパソコンのデータをノートパソコンに送信して持ってきた。

まずはワインで乾杯だ。

「パーチェ（平和）」

乾杯の合い言葉を交わした二人は、ワインを一口飲んで、食事しながら互いの意見を交わすことにした。

「ロベルト、見て下さい。これが磨きあがった岩を上から撮った写真です」

ロベルトは、パソコンの画面を見た。

「随分と模様があるよね」

「ええ、縞模様が見えるでしょう？　ですが、この縞模様は聖剣を中心に、一定の方向にだけ走っているのではなく、少し斜めになった箇所もあれば、縦になったものもあります」

「それはどういう意味を持つんだい？」

「ロベルト、この縞模様の正体は、地層なんです」

「地層？」

「ええ。地層が若い年代順に、凝灰岩、それから火山灰や礫が固まった鉱石。次に、結晶片岩。最後は、チャートから成り立っています」

「しかし、地層というのは、普通上下に出来るものじゃないのかい？」

「そこなんですよ。それが横に出ると言うことは何を意味するかです」

「何を意味するんだい？」

「いいですか、ロベルト。これは今日、私が採取していた崖の中央付近にあった地層です。これも、年代が若い順番に、凝灰岩、それから火山灰や礫が固まった鉱石。次に、結晶片岩。最後は、チャートという結果を出しました。

つまり聖剣の周辺にある岩は、崖からの落石ではないかということです。そして縞模様《しま》の向きが綺麗《きれい》に一致しないのは、あの岩は一枚岩ではなく、崖から落下してきた数個の岩の塊だからなんです。

最初のヒントは村歌の歌詞でした。確かご老人は、『大地に虎のごとき唸《うな》り声が響き渡り主の御印《みしるし》が敵の本陣で輝いた』と歌ってらっしゃいましたよね」

「確かにそう言っていた」

「その歌詞から、私は何か合理的な説明が出来そうな気がしたんです。戦いの記録では、イスラムの砦《とりで》を落とす前、長雨が降り続いていた。つまり、崖崩《がけくず》れなどが非常に起こりやすい状態になっていたということになります」

「成る程、確かにそうだろう」

「そこへ大地に虎のごとき唸り声です。私はこれを地震が起こった表現だと感じました。そして崖崩れが発生したんです。

地震などによる崖崩れの場合、土の中にある礫などが激しくこすり合わさって発火し、発光現象を起こすことがあります。それが彼らの見た主の御印ではないでしょうか？」

「それは鋭い洞察だと思う」

「有り難うございます。それでですね、その地震と崖崩れによって、崖から崩落した岩や土が雪崩落ちてきて、あの聖剣を巻き込んだのです。恐らく周囲には、もっと人がいて、多くの人々がその被害にあったでしょう。

しかし、あの聖剣だけは、奇跡的に岩を突き刺したような形で、残ったのです。

聖剣を取り巻く岩の間には、落石からの砂や石が入り込み、その上に、小石の欠片《かけら》の隙間を溶け出した炭酸カルシウム（$CaCO_3$）や水酸化鉄（$Fe(OH)_2$）が埋めることによって、一つの大きな岩の塊に変化させる特徴のある、石灰岩の角礫が覆い被《かぶ》さった。それが長い年月を経て、まるで一枚岩に突き刺さった剣のように見えるようになった。

私の見解はこうです。

それまでイスラムの砦の攻略に苦戦していた騎士達が、主の御印が見えた時に、急に砦を陥落させることが出来たのは、地震と崖崩れによって、砦そのものや敵兵にダメージが大きくあったからだと考えることが出来ませんか？」

ロベルトは、平賀の意見に感心して頷《うなず》いた。

「素晴らしく筋の通った洞察だと思う」

「意見が合って、良かったです。あと、聖剣が抜けない原因がこれです」

平賀がパソコンの画面を切り替えた。

「超音波金属探知機で、色んな方向角度から、岩の内部にある金属をスキャンした画像を元に作り上げた図面です。

わずか十八センチ下の部分までしか分かりませんが、聖剣の先が横縞《よこじま》模様の岩の下で、湾曲していっている様子が分かります。

つまり聖剣は、比較的薄い岩盤の下に巻き込まれて、曲がって入っていっているのです。ブレードの大部分が、岩の下にあるということです。

岩の重さがブレード自体に乗っている為、力学的に、抜き出すことは不可能だったでしょう。

他の金属反応は、恐らく鉛を流し込んだ時に岩の隙間に入った物です。これによって、この一枚岩に見えていたものが数個の岩の結合体だったということも明瞭《めいりょう》に分かります。つまり、抜けない剣は確かに存在していた。しかしそれは、主の御力によってではなく、崖崩れによって偶発的に出来たものだったということになります」

ロベルトは平賀の話に、ゆっくりと頷いた。

「では、僕の見解を述べるね。サン・ビセンテに纏《まつ》わる聖剣の話は全て、後に作られた紛《まが》いものだという結論に至ったよ」

「紛いもの？」

平賀は目を見開いた。

「ああ。僕は仲間の稀《き》覯本《こうぼん》屋の伝手《つて》で、『サン・ビセンテ物語』という一冊の本に突き当たった。これだよ」

ロベルトは自分の傍らにあった本を、平賀に差し出した。

平賀は本をぺらぺらと捲《めく》り、「読めませんね」と諦《あきら》めた表情で言った。

「それはそうだろう。昔のカタルーニャ語の方言の一つであるバレンシア語で書かれている物だからね」

ロベルトは平賀から本を受け取り、テーブルの上に置いた。

「ここからは少し長い話になるけど、いいかい？」

「勿論《もちろん》です」

平賀は目を、キラリと輝かせた。

2

「そもそも聖剣という概念は、九世紀頃からヨーロッパで大流行したものだ。ヨーロッパには、どのくらい聖剣と呼ばれているものがあると思う？」

ロベルトの問いに平賀は首を傾げた。

「分かりません」

「実に数多くあるんだが、有名なものだけ引き合いに出すよ。

まず一つは、フルンティングという聖剣だ。八世紀にイングランドで成立したとされる『ベオウルフ』という叙事詩に出てくるもので、これはデンマークの小王国の勇士ベオウルフが妖怪《ようかい》グレンデルや炎を吐くドラゴンを退治するという英雄譚《たん》でね。この物語は、現在伝わっているゲルマン諸語の叙事詩の中では最古の部類に属する。

フルンティングは勇者が持っていた剣で、その名は古北欧語の『Hrot』に由来し、突き刺すという意味だと言われている。

フランスでは、『ローランの歌』によって伝えられる、天使からシャルル王に渡すように授けられ、その後シャルル王からローランに授けられた聖剣デュランダル。

このデュランダルは、その黄金の柄《つか》の中に、聖ピエールの歯、聖バジルの血、パリの守護聖人である聖ドニの毛髪、聖母マリアの衣服の一部といった聖遺物が納められていたと伝えられている。

そして、作中では『切れ味の鋭さ、デュランダルに如《し》くもの無し』とローランが誇るほどの切れ味を見せる。ロンスヴァルの谷で敵に襲われ瀕死《ひんし》の状態となったローランが、デュランダルが敵の手に渡ることを恐れて岩に叩《たた》きつけて折ろうとするが、剣は岩を両断して折れなかったというエピソードが有名だ。

そして僕が前に話をしたグラムだ。

この物語はドイツと北欧に定着しているけれど、内容は、英雄シグムンドとその息子、竜殺しの英雄シグルドが所持した聖剣にまつわるもので、大神オーディーンから授けられた剣として有名だ。木の幹に突き刺さったその剣は、資格のある者にしか抜けないという聖剣だった。

さらにドイツでは、バルムンクという聖剣も有名だ。

典拠は『ニーベルンゲンの歌』で、厳密にはドイツの叙事詩であり北欧の神話群ではないのだが、この叙事詩とシグルドの物語はあまりに類似性が高い。だから同じ伝説を下地に、大陸と北欧でそれぞれ発展したものだと考えられている。

バルムンクは、ネーデルラントの王子であり騎士である英雄ジークフリートが所有する剣ということになっていて、作ったのは溢《あふ》れるばかりの財宝を所有する小人の一族ニーベルンゲンだと言われている。

ジークフリートはこの聖剣で、竜を殺したと伝えられている。

そしてティルヴィング。これは四世紀頃のローマの文献に登場する西ゴート族の魔剣なのだけれど、スウァフルラーメ王が二人のドワーフを捕らえた後、命を助ける代わりに、決して錆《さ》びることなく鉄をも容易《たやす》く切り裂き、狙ったものは外さない剣を作るように命じて、作らせたものだ。

ドワーフ達は王の要求を呑《の》んで剣を鍛えたが、この剣には一度抜けば持ち主の望みを三度叶《かな》えるが、その後に必ず破滅をもたらす呪いをかけたことを告げ、姿をくらましたと言われている」

平賀は目を瞬《しばたた》いた。

「そんなに多くの聖剣伝説があるのですか」

「ああ、だがこうした聖剣伝説に共通する根っこは、北欧神話にあると言っていいだろう。その原因は、ノルマン人の西ヨーロッパ進出によってもたらされた北欧的価値観の伝搬だ」

「北欧的価値観ですか？」

「ああ、ノルマン人はスカンジナビア半島やユトランド半島、今のデンマークで、狩猟や漁労に従事し、造船や航海術に長《た》けた民族だった。

それが八世紀ごろから人口増加が始まって、その結果、九世紀になると盛んに海上に進出して海賊を兼ねながら交易に従事するようになった。俗にいうバイキングとして有名な戦闘的民族だ。

彼らはフランク王国の分裂に乗じて、海岸を荒らし回り、さらに底の平らな船で川を遡《さかのぼ》り、内陸深く侵入して掠奪《りゃくだつ》を重ね、とくに西フランクでは大いに恐れられた。

こうしたノルマン人の民族移動は海上活動によるものであったので、非常に広範囲に及んだ。

スカンジナビア半島南部にいたノルマン人はフランク王国の地に侵攻して、九一一年にノルマンディ公国を建設。さらにノルマンディ公ウィリアムはイングランドを征服してノルマン朝を建てた。

ユトランド半島にいたノルマン人はイングランドに侵入。デーン朝を建て、デンマークとイングランドを海洋帝国として支配した。

さらに、スカンジナビア西側、現在のノルウェーにいたノルマン人は北大西洋を横断してアイスランド、グリーンランドに進出、一部は北アメリカ大陸にも達していた。

スカンジナビア東側、現在のスウェーデンにいたノルマン人の一部のルーシは、リューリクに率いられてバルト海を渡ってスラヴ人地域に移動し、スラヴ民族と同化しながらロシア国家のもとをつくる。

そしてノルマンディのノルマン人が南イタリアに進出、イタリア半島南部とシチリア島に両シチリア王国を建てる。

こうした過程で聖剣伝説が、各国に生まれたと考えられる。

ノルマン人は戦闘的民族だったので、そもそも武器に親しんでいたし、剣は力と繁栄の象徴でもあり、神聖視をする傾向があった。北欧神話に神々の物として様々な力を有する神器たる武器のことが描かれているのは、その為なんだ」

「あっ、成る程。戦闘的なノルマン人たちは、剣に対して特別な思い入れがあって、それが聖剣伝説としてヨーロッパに普及していったというわけですか」

「そういうことだ。僕は、この村が誕生した頃の歴史を、村役場にある資料で調べてみた。だがそこに聖剣に関する特別な記載はなかった。又、サン・ビセンテに関係するような村の歴史も発見することは出来なかった。

ただ、あの剣を守っていただろう小さな小屋は確認された。

それは、あの剣が聖剣だからという訳ではなく、抜刀式という祭りのイベントを行う会場として建築されたのだということを突き止めた」

「抜刀式ですか？」

「ああ、その不思議な剣を抜くことができるかどうかを競う祭りだったようだ。

僕の稀《き》覯本《こうぼん》界隈《かいわい》の友人の一人が情報をくれたんだが、ボドワン・アランブールという冒険家が一四一五年三月十七日にこの村を訪れ、その時に見た村祭りの抜刀式についてこう語っている。

ボドワン・アランブールが、通訳を通じて、剣のことについて訊《たず》ねると、『あの剣を抜く者は、地上の王になるといわれている』と、村人は答えたとね。

つまりその頃まで、あの剣はサン・ビセンテに由来するものではなく、そんな意識すら村人には無かったと思われるんだ。

あの剣は、教会由来のものでもなければ、サン・ビセンテと関係するものでも無かったんだ。しかし、確かに剣には不可視の力が込められているとも考えられていた。

それがだ。一躍、サン・ビセンテ由来の聖剣と言われるようになるのは、一四四三年に、『サン・ビセンテ物語』という一冊の本が世に流行《はや》ったからだった。

作者はパローマ・アスケリノという放浪詩人とされている。

本の内容は、サン・ビセンテの生涯をその説教と起こった奇跡によって綴《つづ》り上げ、サン・ビセンテをひたすら賛美するようなものだ。

その本で初めて、サン・ビセンテが少年時代、騎士に憧《あこが》れ、修行した森で大天使ミカエルに諭される場面が登場する。その場所が、ここの村だ。

しかもこれらの物語は舞台化もされ、祖国スペインやイタリアでも広く公演されたという。その事が、サン・ビセンテ・エスパダ教会建立の追い風となったんだ」

「たった一冊の本の内容を、人々が信じ込んだということですか?」

「そういうことだ。現代のように、本となって広まった情報が事実かどうか、安易に確認出来ない時代の人々にとって、広まった話は事実として受け取る以外にない。

だけどそこには、とんでもない裏話があったんだ」

「とんでもない裏話とは?」

　平賀は、じっとロベルトを見た。

「アルフォンソ・デ・ボルハ、言うまでもなく後のローマ法王、カリストゥス三世の自己宣伝工作だよ。カリストゥス三世は、一三七八年バレンシアに生まれ、サン・ビセンテから将来法王になるだろうと予言されて引き立てを受けた人物だ。法王在位は、一四五五年から一四五八年までだったから、『サン・ビセンテ物語』が世に出た一四四三年辺りは、バレンシアの司教だった。

　そんな彼が法王位を狙うのに、最も良い方法は何だと思う？」

「さ……さぁ、私はそういうことには疎いですから……」

「確かに君は、人間関係には疎いな。じゃあ説明しよう。

　アルフォンソ・デ・ボルハは、サン・ビセンテによって出世を約束された人物だ。だが、肝心のサン・ビセンテは、その頃にはもう亡くなっていた。

　しかしだ、世にサン・ビセンテの神聖性が認められれば認められる程、サン・ビセンテによって約束されたアルフォンソ・デ・ボルハの神聖性と、後に法王となるという予言の現実性が高まるとは、思わないかい？」

「そう言われれば……はい」

　平賀は、目から鱗《うろこ》という表情で頷《うなず》いた。

「『サン・ビセンテ物語』の流布と舞台化は、アルフォンソ・デ・ボルハが裏で糸を引いた、仕組まれた出来事だったんだよ。

僕がそう思い至ったのには、幾つかの経緯がある。『バレンシア州、教会史』という稀覯本に、セブリアン・シスネロス司教という人物が、教会復興委員会に対して記した陳情書があった。

内容は、サン・ビセンテ・エスパダ教会の建立を求めるものだ。

それによって、サン・ビセンテ・エスパダ教会は、聖剣保有の教会として、正式に建立されることになった。イタリアのボルジア家の寄贈を盾としてね。

そして当時法王となっていたアルフォンソ・デ・ボルハは、サン・ビセンテをバチカンの聖人として正式に認め、列聖している。

このありそうで無さそうな二つの関連は、僕の中で一つの点によって繋《つな》がったんだ。世には知られていない事実だが、昔この村には、『アスケリノの巣箱』という宿屋があり、『サン・ビセンテ物語』が流布される一年前、一四四二年三月の村祭りにあたる日から三カ月余り、賓客が宿泊した。過去の宿帳の署名欄にはサインが書かれていた。

アルフォンソ・デ・ボルハ、ロデリク・ランソル、セブリアン・シスネロスと考えられる署名だ」

「それって……」

「そう、言うまでもなく、アルフォンソ・デ・ボルハは、当時司教のカリストゥス三世であり、同行しているロデリク・ランソル、つまり後のローマ法王アレクサンデル六世の伯《お》父《じ》にあたる人物だ。

そしてセブリアン・シスネロス。

その三人が、どういう経緯かは分からないが、この村に来て、抜刀式を見たのは確かなことだと思わないかい？　ひょっとすると、一四二五年に出版された冒険家の書を見たのかも知れない。そしてそれを自分達の権威を押し上げる為に使えると感じたのだろう」

「凄《すご》いです、ロベルト。どうしてそんなことを調べることが出来るんでしょう」

平賀は尊敬の眼差《まなざ》しでロベルトを見た。

「いや、それは偶然だったんだ。パローマ・アスケリノという作家が、この村の出身だと自称していたので、気になって村にあるアスケリノ家を訪ねてみたんだ。そうしたら古くから宿屋をしていた家だと聞いてね、その家に保管されていた開かずの金庫を、少しばかり開けさせてもらったんだよ。すると宿帳が、まんまと出てきたという訳だ。

その宿帳には、彼らに出された食事の内容や、要望で注文された雑品等の事も、きめ細かく書かれていた。そこには、異様な量の麻の紙とインクの発注が記載されていたんだ。

しかもセブリアン・シスネロスがずっと、部屋に籠《こも》っていることも書かれていた。

僕は、ピンときたんだ。セブリアン・シスネロスは部屋に籠って、ずっと物語を下書きしていたのではないかとね。

そう、セブリアン・シスネロスこそ、放浪詩人パローマ・アスケリノの正体なんだ。

アルフォンソ・デ・ボルハと強い繫がりを持っていたと思われるセブリアン・シスネロスは、本人が『サン・ビセンテ物語』を書いたと知られるわけにはいかなかった。

そうなると陰謀があからさまだし、聖職者という身分からして俗な作家活動をしていることを知られるのもよろしくない。

だから彼は当時、宿泊先の『アスケリノの巣箱』という宿名や、宿で使われていた伝書鳩からヒントを得て、『アスケリノの鳩』を意味するパローマ・アスケリノという偽名を思いついた。

僕個人としては、セブリアン・シスネロスのような逸材が、カリストゥス三世の法王位を後押しして、その後、彼の周辺にいた親族やシンパを勢いづかせ、バチカンを大きく腐敗させたのは残念だがね。

カリストゥス三世は、スペインのボルジア家出身で、身の回りには自分の親族やスペイン人ばかりを登用した。そして甥《おい》であったロデリク・ランソルを枢機卿《すうききょう》に押し上げた。ロデリク・ランソルは伯父の就任にあたって、母方の姓であるボルハをイタリア語読みにしてロドリゴ・ボルジアを名乗ることになり、一四九二年、法王に就任する。

ルネサンス期の世俗化した法王として悪名高く、好色さ、強欲さ、冷酷さによっても非難されることが多い。しかも法王でありながら、愛人との間に儲《もう》けた息子がいる。それがチェーザレ・ボルジアだ。法王は息子を右腕として、次々に政敵を毒殺、暗殺して、一族の繁栄とローマ法王庁の軍事的自立に精力を注いだことで、イタリアを戦火に投じることになった。

バチカンの黒歴史の一つだよ。

かつて『キュリアルとグエルフ』なる名著を書いたセブリアン・シスネロスが、そんな火種を作ったかと思うと、才能の無駄遣いだと言わざるをえない」

「『キュリアルとグエルフ』とは？」

「スペインの騎士物語の中でも最高傑作の一つと言われる物だよ。そうであるにも拘《かか》わらず、作者は不明なんだ」

「そんな作品が世の中にはあるんですね」

「少なからずあるよ。高名な作家が、俗悪な大衆作品を作る時に、仮名を使ったり名を書かなかったりなどしてね」

「貴方《あなた》の話で、聖剣はサン・ビセンテに纏《まつ》わるものではないという確信は持てました。しかしそうでなくても、抜刀すると地上の王になる、という伝説を持っている聖剣ではあったんですね」

「それはね、アーサー王伝説が誕生したのと同じ背景を持っているのだと思うよ」

「どういう意味ですか？」

「君も知っての通り、アーサー王というのは、本来は五世紀末にサクソン人を撃退したとされる英雄アーサーのことで、ブリトン人の間で古くから伝説として語り継がれてきた人物だ。

　アーサーの直系の子孫であるウェールズ人が残した『マビノギオン』にその原形を見ることが出来るが、当時の物語は、魔法や妖精《ようせい》が活躍する現在受け継がれているものとは違って、非常に現実的な内容だった。

しかし、一一三六年頃に、ウェールズ人ジェフリー・オブ・モンマスが書いた『ブリタニア列王史』において、アーサーの生涯がはじめて纏《まと》まった形をとった。教会の岩に刺さった聖剣を引き抜く王という英雄譚《たん》としてだ。

初めはこれも、ノルマン人から伝わる聖剣伝説が元になっていたのだろう。そこにケルト人たちの神秘主義が混じり合い、アーサー王を導く魔術師マーリンや、精霊である湖の乙女などの様子が加わって生まれたんだ。

そうして出来上がった『ブリタニア列王史』は歴史書の体裁を取っているものの、非現実的な部分が多くを占めていた。けれど、今日の伝説上の人物としてのアーサー王のイメージはここから始まると言っていいだろう。

それが騎士道が花開く中世後半になると、アーサー王伝説は『ブルターニュもの』と呼ばれる騎士道文学の題材となって、フランスを中心に各地でさまざまな異本やロマンスが作られた。その過程で、本来関係がなかったキリスト教を守る騎士や、キリスト教のシンボルなどが、布教の為に加えられた。円卓の騎士ランスロットや、トリスタンとイゾルデ、パーシヴァル、ガラハド、聖杯探求、キャメロットなどといった人物やモチーフはこの時期に導入されたものだ。

アーサー王伝説の元が生まれた九世紀から十一世紀頃、ノルマン人がブリテン島を支配していたこの時代は、まさに騎士制度が出来る封建時代で、しかもまだ国王を頂点とするピラミッドは完全に出来上がっておらず、出世も可能な社会だった。

そんな中、体軀《たいく》に優れ、戦闘好きなノルマン人が騎士として大いに名を上げ、騎士貴族となった例がいくつもある。

例えば、オートヴィル家のロベール・ギスカールという人物などは、騎士貴族の代表的存在で、その弟と共に、南イタリアとシチリアを統括する両シチリア王国を建国するに至っている。

『アーサー王伝説』が、現在知られているような、岩に刺さった聖剣や聖杯、円卓の騎士といったモチーフを取り入れた時代というのは、ノルマン人がアイルランドに侵攻して、主要都市のほとんどを占領した時代だったけれど、彼らは余り自分達の文化に執着がなくて、様々な異文化と融合することを拒まなかった。だから先住のケルト系ブリトン人を支配しても、ケルト文化を受け入れ、二つの文化が融合して独特の文化が生まれた。これが英国における最初のアングロ・サクソン人だ。

そして彼らの言葉が、英語の基礎となった。

特に現存するアイルランド神話の資料等はすべて中世初期以降のもので、そもそも多神教であったケルト人の間に、深く北欧神話が浸透した内容のものが殆《ほとん》どなんだ。

その後、キリスト教が広く布教され、全ての物語がキリスト教化していったんだ。

だからね、僕が言いたいことは、そもそも、キリスト教の中に、中世以前、聖剣や聖杯などという概念は無かったということだよ。

　聖書には、そんなものの存在は一切、記されていないだろう？」

「確かにそうですね。でも何故現代では、それがこんなに当然のことになってしまったんでしょう？」

「それは一言で言うと、昔のキリスト教は、中世の多民族化したヨーロッパのカオスを纏め上げ、導けるような魅力に乏しかったからだよ」

「キリスト教が魅力に乏しかったんですか」

　平賀は心底、落胆した顔をした。

「そんなにがっかりするような事じゃない。キリスト教の教義は、そもそも現世利益を得たいという者にとってみれば、それを否定したり、いつ来るか分からない終末の時の復活の約束を説いたりと、酷《ひど》く曖昧模糊《あいまいもこ》としたものだった。

　だから、初期のキリスト教は、人々に教義を浸透させる為、キリスト教徒になるには、単に自分のパンテオンにキリストと聖人達の像を加えるだけで良いとした。

　その頃のノルマン人はトール神を深く信仰していてね、そうした彼らに宣教した結果、キリスト教側も変質を余儀なくされたんだ。

　そして結果として、中世初期のキリスト教の方が、ゲルマン化を余儀なくされたんだよ。

　所謂《いわゆる》、現地化というものだ。

　例えばアイスランドでは、異教の習慣を存続させるいくつかの留保付きで、キリスト教に改宗しても良いことになった。

そうした現象は、各地で起きていた。

特に騎士と呼ばれる階層には、それが顕著だった。

中世初期の騎士というのは、今の我々が考えるような高潔な騎士ではなくて、寧《むし》ろ無頼の集団のようなものだった。実際、武力で際どい下克上をしたりもしたしね。

そんな騎士達をキリスト教化して、暴力を抑止し、倫理規範、無私の勇気、優しさ、慈悲の心といったキリスト教的考えに共感させる為には、彼らに納得がいくようなキリスト教の物語が必要だったんだ。

まず前提として、キリスト教は彼らにとって魅力が無かった。その為、騎士物語では、聖剣や聖杯、あるいは聖槍《せいそう》といった、特別な力を持つ魅力的なアイテムを登場させることになった。騎士達が憧《あこが》れるようなね。

そして、『騎士道の書』という騎士の模範を示した書が世に出て、騎士の道徳が取り上げられるようになると、アーサー王伝説や、その他様々な騎士物語というべきものが世に出回った。

そうした物語の中では、騎士は民の上に立つ者の模範として描かれ、主君への忠誠や貴婦人への献身などが徳目とされた。特に貴婦人への献身は多くの騎士物語に取り上げられ、騎士のラブロマンス物なども好評だった。

こうした過程を経て、騎士たちもそれに魅了されたし、民衆も騎士への尊敬を抱くようになった。

そのことで、中世後期以降、キリスト教を守護する者こそが騎士だという認識が大いに強まって、騎士達のキリスト教化を無事成し遂げることが出来たんだ。聖剣や聖杯や聖槍は、その遺産ともいうべき、本来キリスト教にはない伝説なんだよ」

「なんだかロマンの無い話になってしまいましたね」

「そうかな。僕はこんな所にロマンを感じてしまうけどね。例えばさ、クリスマスってあるだろう？」

「はい」

「キリストの誕生日は、聖書には一度も記されていない。本来は四世紀に、教会が定めたものだ。

十二月二十五日が、どのようにしてクリスマスと結び付けられるようになったのかについて、歴史家の意見は分かれているけれど、西暦三三六年には、ローマのキリスト教会でこの日にクリスマスのお祝いが行われており、これは元来、ローマ人が冬至を祝う『サートゥルナーリア祭』の日だった。

祝祭はサートゥルナーリアと呼ばれ、毎年十二月十七日から七日間行われた。その間は、奴隷にも特別の自由が許され、楽しく陽気に祝われたという。

そうした冬の祝祭は、古代より世界各地に存在していて、たとえば、ゲルマン人の冬至の祭り『ユール』ではごちそうを食べてお祝いし、またケルト人のドルイド（祭司）達は、二日間の冬至祭でキャンドルに火を灯《とも》し、ヒイラギやヤドリギで家を飾った。

そうした物を一括でキリストと結びつける為に設けられたのが、クリスマスだよ」

「確かに。とすると、この村の聖剣も……」

「そうだね。僕が教会で、この村が出来た頃の各家の名前を見ていたら、ノルウェー系の特徴が多くみられたし、第一、イスラムの砦《とりで》を攻略した将軍の名前もノルウェー系だ。

これは僕の想像だけど、砦を落とした将軍は、この地を領地として与えられたんじゃないだろうか。そして自分達の親族や知人をこの地に招いた。そうして出来たのがこの村だったと思うんだ」

「ノルウェー系の苗字《みょうじ》の特徴とは？」

「まずは苗字に大きな特徴があるんだ。自分の父親の個人名に『誰々の息子』という意味の『son』や『sen』か、『誰々の娘』という意味の『dotter』『datter』をつけて自分の苗字にする決まりがあった。

この村が村として整備された頃には、そうした苗字の者が多かったんだけれど、時を経るに従って、スペイン風に改名したり、或《あ》るいは婚姻などによって苗字が変わったりしたのだろう。

十八世紀頃の資料の中ではそうした苗字が消えていた。

だけどね、もしこの村の住民のルーツに北欧系の人々が多くて、聖剣への信仰が元々あったのだとしたら、村に移住して来て、岩に突き刺さった抜けない剣を見た時、非常に神秘的なものを感じただろうことは、容易に想像できるだろう？」

「それで、剣を抜くことが出来れば、地上の王になるという伝承が生まれたんですね」

「そうだと思うよ。その頃の人々がまだ北欧神話を信じていた証拠に、村祭りの古い記録には、ニョームという特大の藁《わら》人形を作り、それを燃やして、後に畑の肥料とする風習があったことが書かれていた。

さらに、山間部の村の祭りなのに、何故かその藁人形は大きなオールを持っている姿に作られていた。

僕の見解としては、あれは北欧の海と大地の豊穣《ほうじょう》神であるニョルズのことだと思うんだ。北欧の各地には、『ニョルズの神殿』『ニョルズの森』『ニョルズの耕地』を意味する地名が多く見られることから、彼が崇拝されていたことは明白だ」

「分かりました。この村の聖剣は、サン・ビセンテともキリスト教とも、関わりが無い。それどころか只《ただ》の土砂に埋《うず》もれた剣というだけだ。これが私達の結論ですね」

「そうだね」

語り終わり、食事を終えた平賀とロベルトは、深く考え込んだ。

3

「だとしますと、ロベルト。聖剣の奇跡の数々は一体、何だというんでしょう?」

「それは一つ一つ、確かめてみるしかないね」

「そうですね」

その時、玄関扉が叩《たた》かれた。

ロベルトが出て見ると、木箱を持った配達員がいる。

「バチカンからのお届け物です。こちらにサインを」

サインをして箱を受け取る。

木箱をリビングに運んで開けてみると、それは平賀が発注していた音声解析器だった。

「あっ、やっと届いたんですね」

平賀は待ちわびていた様子で言うと、前回の聖剣の預言を録音したデータをノートパソコンで開き、音声解析器の横に置いた。

「どうするんだい？」

「教会で録《と》ったデータを、もっと専門性の高いこの音声解析器にかけてみたいと思います。人の耳に聞こえない、超音波や超低周波音なども分析できる機械です。もしかしたら、そこに神の声が入っているかも知れません」

そう言うと、平賀はノートパソコンと音声解析器を接続した。

預言の日の動画がモニタに映る。

別のウィンドウには、音が流れる度に、数本の波形が描かれた。

平賀は音声解析器のダイヤルなどを微調整しながら、何度も音声を聞き返し、モニタの波形を眺めていた。

何度も何度もそれらの作業を繰り返し、平賀は考え深い顔になった。

そうしてロベルトを振り返った。

「ロベルト。録画と解析器のデータによりますと、聖剣が鳴るブーンという音の八秒前から、人間の耳に聞こえない音がハッキリと検出されました。可聴領域よりも低い音、つまり周波数が二十ヘルツ以下の低周波音です。その音が、聖剣が鳴り始める直前から、鳴り終わるまで確認されます」

「そういう低周波音が、特定の人の耳には聞き分けられるとか？」

「そうかも知れません。しかしこの波形を見ると、会話をしているような細かなジグザグの波形では無いんです。モニタでは、一定の周期を持った滑らかな波形が確認されます。それが聖剣の振動音と同期しているようですね」

「どういう意味だろう」

「私が確認したところ、教会の周辺にはこのような低周波音を生じる要因となるものは、一つも見当たりませんでした」

「聖剣自体が発している音だとか？」

「そういう考え方もあります」

平賀は眉《まゆ》を顰《ひそ》め、話を継いだ。

「でも、私はそうだとは思いません。この低周波音の件は後で考証しなければならない案件ですが、聖剣が預言を語っているということが、信じられなくなりました」

「どうして？」

平賀は暫《しばら》く腕を組んで考え込んでいたが、思い切ったように立ち上がった。

「どうしたんだい、急に」

「思いついたことがありまして」

そう言うと、再び座ってパソコンを操作し始める。

「何をする気だい？」

「音を作ろうと思います」

「音？」

「ええ、検出された低周波の音です。特殊な音の作成ですから、専用のソフトが必要そうです。今から探してみます」

「そうか。分かった」

平賀は猛烈な勢いでパソコンのキーを叩き始めた。

その手が止まり、平賀がぐっと伸びをする。

良い結果が出たのだろう。

そうかと思うと、今度はプリントした検出音の表を手に取った。

そして又、無心に何かの作業を始める。

ロベルトは、平賀を労《ねぎら》う為に、コーヒーにたっぷりの牛乳を入れて、平賀の脇に置いた。

パソコンを覗《のぞ》いてみると、数字の書き込まれたグラフのような表に、平賀がキーを叩く度に、少しずつ波形が現れる。

平賀は無意識の様子でコーヒーを飲みながら、何度も首を傾げつつ、その作業を続けていた。

それから約一時間後。

「出来ました！」

平賀の弾んだ声が響いた。

「頑張ったね」

「聞いてみてください」

平賀がパソコンのスピーカーをロベルトの方に向けた。

だが、これといって、何も聞こえない。

「何も聞こえないね……」

「ええ、何も聞こえません。それが普通です。ボリュームを最大限まで上げてみますね」

そう言うと、平賀がスピーカーの音量を最大限にまで引き上げた。

まだ何も聞こえない。ただ、二、三分もすると、ロベルトは少し頭痛を覚えた。

「何だか、頭が痛いような気がする」

「それは貴方《あなた》が敏感だからです。確かに低周波音を長時間聞いていると、頭痛や倦怠感《けんたい》などの症状が出るのですが、こんなに早く気付く人は少ないでしょう」

「そうなのかい。でも、僕の身体のことを思うなら、その音を止めてくれないかい？」

「これはすみませんでした。止めますね」

平賀はスピーカーをオフにした。

「で、音としては聞こえないのだけれど、これをどうするつもりなんだい？　証言者達にでも聞かせて、どう聞こえるかを実験するのかい？」

「いいえ、聞かせるのは証言者達ではなく、あの聖剣ですよ」

「聖剣に？」

「ええ。今から教会に行きましょう。鍵《かぎ》はアリリオ司祭から預かっていますから」

平賀は鞄《かばん》にノートパソコンとスピーカーと、電気のコード類を入れて立ち上がった。


教会前に着くと、夜のせいだろう、ひと気が無くひっそりとしている。

調査には実に好ましい傾向だ。

二人は教会の扉を開けて、中に入っていった。

教会の中は電気も消され、とても暗かった。

ロベルトは、照明のスイッチまで早歩きで行って、オンにした。

それから二人は、聖剣の前にパソコンとスピーカーを置き、パソコンの電源ケーブルを延長コードで長く延ばして、教会のコンセントに差し込んだ。

平賀がスピーカーを聖剣の正面になるよう、微調整する。

「では、音を鳴らしてみましょう」

平賀がパソコンを起動し、スピーカーのスイッチを押した。

何も起きない。

「何も起きないね」

ロベルトの言葉に平賀は頷《うなず》き、「では徐々に、音を大きくしていきます」と呟《つぶや》いた。

平賀の指が、スピーカーのボリューム調整つまみを握り、少しずつ回していく。

あと少しで、最大限になろうとした時だ。

ブーーン
微《かす》かに聖剣が振動し、音が鳴った。小さな音であったが、間違いなく奇跡の預言の時に鳴った音だ。

ブーーン
「聖剣が震えて鳴っている……」

「ええ、鳴りましたね」

平賀は瞳《ひとみ》を輝かせ、微笑んだ。

「どういうことだい？」

「以前に私は、共振現象の話をしましたよね。これも同じです。

例えば、高速道路橋付近の民家などでは、風もないのに特定のガラス戸がガタガタと振動したり、建具が震えたりという現象が起こるんです。

そうした現象は、当初は地面振動が原因と思われていたのですが、様々な調査によって、超低周波音が原因であることが判明しました。

他にも、暖房用ボイラーなどから発生する低周波音によって隣家の人が頭に圧迫感を感じて苦情になったケースなどもあります。今では、低周波音のそういう特性を利用して、音響兵器なんていうものも作られているぐらいです。

ロベルト。この低周波音が、聖剣を振動させ、音を鳴らしていたんですよ。正確には、低周波音が聖剣を振動させ、下の岩に響いてこの音が鳴っているのでしょう。聖剣の振動音自体は、低周波音と共鳴する同じ低周波音なので、耳には聞こえません」

「しかし、何処からこの低周波音が鳴っていたんだろう？」

「そこが問題なのです」

平賀は眉を寄せて、難しい顔をした。

「外からでないことは確かです。とすると、教会の中で鳴っていたと言うことになりますが……」

平賀は、教会をぐるりと見回した。

「私にはこの教会の中で、低周波音を発生させるようなものは見つけられません」

「とすると、誰かが作為的に鳴らしていたと考えるのが妥当だ」

「ロベルト。私は気付きました」

「何にだい？」

「ユーチューバーの友人だという証言者がいたでしょう？」

平賀に言われて、ロベルトはハッとした。

「アマンシオ・グスマン君か。確かに彼らはSNSに情報をあげたり、テレビのニュース番組に動画を提供したりして、この奇跡を拡散させた人物だ。何か裏がありそうだね」

「ええ、そうなんです。これは見逃せません」

「ふむ。もう一度、僕らが撮った預言の日の映像や、アマンシオ君とその仲間が撮った動画等を見直してみようか。何か気付かなかったことに気付くかも知れない」

「ええ、そうですね」

二人は宿に戻り、動画資料を一つ一つ、パソコンで見直すことにした。

最初に見始めたのは、ユーチューバーたちが撮影した動画だ。

何度もそれを見返していたロベルトは、ふと小さいが異質な音が入っていることに気付いた。

それは聖剣が鳴り終わる前に聞こえる、カチッという音であった。

「平賀。僕の耳には、聖剣が鳴り終わる前にカチッという音が聞こえるように思うんだが」

「そうですか、私は気付きませんでした。音声解析器にかけてみましょう」

平賀はそう言うと、パソコンと音声解析器を連結した。

そうして再び、動画を流す。

音声解析器の波形を、動画と交互に見ていた平賀は、動画を見終わった後、頷いた。

「やはりロベルトは耳がいいですね。確かに聖剣が鳴り終わる五秒程前に、小さな波形が現れています。これでしょう」

「何の音だろう」

「まだ分かりません。次は、私達が撮った動画と比べてみましょう」

そこで平賀とロベルトは、二つのパソコンで別々の動画を再生し、見比べることにした。

カチッという音がした瞬間の画像を見てみる。

すると、三人のユーチューバーの中で、カメラを構えていた者が、音がした瞬間に、カメラの下にある何らかのスイッチを捻《ひね》っている様子が写っていた。

「このスイッチを捻った音ではないでしょうか？」

ロベルトは画面に映り込んだカメラをしげしげと観察した。

「このカメラ、改めて見ると、大き過ぎやしないかい？」

「ええ、それに通常のカメラにはこんなスイッチは付いていませんね。もっとよく見てみましょう」

そう言うと平賀は、カメラの部分を拡大して明晰《めいせき》化した。

そうやって画像処理されたカメラは、レンズの下の部分に不自然な網目状の構造を持っていることが確認された。

「これは……スピーカーじゃないでしょうか？　彼らは奇跡の間、ずっと聖剣の前に陣取っています。聖剣に低周波音を当てるには一番いいポジションです」

「最初の預言の時には、彼らはいなかったんだろう？」

「ええ。でも彼らの仲間のアマンシオ君がいました。その時は、彼がこの役目をしたんじゃないでしょうか？」

「つまり、やらせという事か。しかし何の目的で？　再生数を伸ばす為とか？」

「どうなのでしょう……。聖剣が振動する低周波音を割り出して、照射するなんていう面倒なことは、かなりの科学力を要するはずです。とても一介の学生達が出来そうなことではありません。彼らが工学や理学を学んでいる人達であれば、そういう可能性もありそうですが」

「それもあるが、奇跡の件は医学的に証明できるとしても、預言の件はどうなる？　こんなに当たる預言をしてみせるのは至難の業だろう？」

「ええ、それに十二人もの人々が、全く離れた場所で、同じ日時に同じ内容の、他の人には聞こえない預言や天使の歌声を聞くと言う点も理解不能です。こうなったら、私は容赦しません。徹底的に調べ上げます」

「どうやって？」

「まずはこの村にいる証言者達全員に集まって貰《もら》って、身体検査をして貰います」

「身体検査？」

「ええ、全身のレントゲン写真、ＣＴ撮影、血液検査も尿検査もして、彼らに仕掛けられた秘密を暴くのです」

「それで何か分かりそうなのかい？」

「ええ、きっと何かの仕掛けがあるはずです。私が必ず見つけ出します」

「分かった。君のその願いを聞いてくれる総合病院を探してみるよ」

「お願いします。ロベルト」

ロベルトは頷き、パソコンで総合病院の情報を確認していた。

その時、スマホが鳴った。検視医のグラセス教授からの電話だ。

『こちらグラセスです。ロベルト神父様ですか？』

「はい。ロベルト・ニコラスです」

『遺伝子の分析結果を早くお伝えした方がいいかと思いまして。

平賀神父の仰《おつしや》った通り、ベニータとカルメンの免疫応答遺伝子に二か所の変異が見つかりました。これがプエプロデ・モンタナ村で多く見られるものなら、村人にどのような影響を与えるものか、警察の捜査的にも、私一個人としても非常に興味が湧きましたので、近く医師団を入れた調査団を派遣して、詳しい研究をしたいと思っています。取り急ぎそれだけお伝えしようと……。詳しいデータは後ほど、お送りします』

「有り難うございます。あっ、実は頼みたいことがあるのですが」

『何でしょう？』

「実は、私達の調査に協力してくれる総合病院を探しているんです」

『それなら、私の知り合いで、バレンシア大学総合病院に勤めるブラス・セルベトという医師がいます。その者を紹介しましょうか？』

「お願いできますか」

『ええ、私から彼に連絡をしておきます』

「出来れば明日、お伺いしたいと言って下さい」

『分かりました。では失礼します』

ロベルトは電話を切り、平賀に伝えた。

「グラセス教授から連絡があった。君が言った通り、ベニータとカルメンの免疫応答遺伝子に二か所の変異が見つかったそうだ。彼は大学病院も紹介してくれるらしい」

「それは良かったです。村の人達も検査を受けて実態が分かれば、再びアレルギー反応が起こった場合でも、対処のしようがあるというものです」

平賀は微笑んだ。

4

翌日、病院に集められた村在住の証言者、アリリオ司祭、カルメロ、カサンドラは、皆、不安げで怪訝《けげん》そうな顔をしていた。

カルメロとカサンドラの付き添いに来た、カルメロの孫のボリバルも同様だ。

ボリバルはロベルトと平賀に、大きな封筒を手渡した。

「お祖父《じい》さんの膝《ひざ》に関する診断書とレントゲンなどの資料です」

「有り難う」

平賀がそれを受け取り、確認する。

そうするうち、診察着に着替えたアリリオ司祭がやって来た。

「ロベルト神父、こんなことまで調査に必要なんでしょうか?」

アリリオ司祭は困惑顔だ。

「ええ。奇跡の体験者と通常の人の間には、何かの違いがあるのではないかと思いまして、調査の一環として身体検査をして頂くことになりました。奇跡による身体の変化があるとしたら、バチカンとしても興味深い例となりますから」

ロベルトは事の真相は語らず、方便で答えた。急に真相を知らされても、証言者達が動揺するだけだと思ったからだ。

「そうですか……」

アリリオ司祭は、少し腑《ふ》に落ちない顔をしながらも頷《うなず》き、レントゲン室に入っていった。

平賀とロベルトが長椅子で待っている間、証言者達は次々と、レントゲン室、CTスキャン室等に入っていく。

時間が空いたら、血液検査や尿検査に回って貰う。

全ての検査が終わる迄《まで》には何時間も要した。

そして高齢のカルメロとカサンドラには礼を言って帰って貰い、アリリオ司祭にはロベルト達を村に送って貰う為に居残って貰った。

「平賀神父様、ロベルト神父様、院長がお呼びです」

病院の事務員が待合室のベンチに座っていた二人に告げた。

平賀とロベルトは事務員に案内されて、バレンシア大学総合病院病院長、ブラス・セルベトの個室に向かった。

二人は院長室のドアを静かに開けると、ブラスに深く頭を下げた。

「この度は、無理なお願いを聞いて下さり、有り難うございます」

「いえいえ、何よりバチカンのお手伝いです。喜んで協力させて頂きますよ」

ブラスは真剣な目つきで、微笑みながら答えた。

そして机に置かれた分厚いクリアファイルの束を、二人に差し出した。

「こちらが検査の結果です。検査した方の名前とその検査結果をそれぞれ、クリアファイルに入れています。これでご満足いただけましたか？」

平賀がそれをいそいそと受け取る。

「もし何かが分かったら、私にも教えて下さい。聖剣のことは、今、巷《ちまた》でも大層噂になっていますからね。私も興味があるんです。まあそれが今回ご協力した理由でもあるんですがね」

「分かりました。また何かお願いすることがあるかも知れませんが、その際も是非、ご協力頂ければ幸いです」

ロベルトとブラスは握手を交わし、平賀とロベルトは院長室を出た。

平賀が院長室前の廊下に座り込み、入念に資料を確認し始める。

「長時間待つというのも大変だね。くたくただよ」

ロベルトは軽く愚痴を言った。そして、よく気力が続くものだと平賀に感心しながら、病院の喫茶室へ行ってコーヒーとクッキーを買い、平賀の許《もと》に戻った。

平賀は一つ一つのファイルを入念に確認している。

「平賀、根を詰めるのもいいけど、これぐらいは食べてくれ」

すると平賀は、資料から目を離さないまま、コーヒーを一口飲み、クッキーを一齧《かじ》りした。

そして何かに気付いたのか、いきなり鞄《かばん》からノートパソコンを取り出した。

資料のレントゲン写真をスマホで撮り、それをパソコンに送信している。

「ロベルト。発見しましたよ。証言者の共通点は、奥歯にインプラントがあることです」

「インプラント？」

「ええ、これを見て下さい」

ロベルトは、平賀の傍らに立った。

パソコンの画面には、先程取り込んだレントゲン写真の歯の部分が映っている。

平賀はそれを拡大して明晰《めいせき》化していった。

すると言われた通り、奥歯にインプラントがあるのだが、なにやら歯の内部に、細い線状のものと、何かの小型の金属の構造が認められた。

「これと同じものが、証言者全員にあるかもしれません」

「何かの機械だろうか？」

「私が思うに、これは受信機です」

「受信機だって？」

「インプラントは、入れ歯やブリッジと違い、顎《あご》の骨に直接植えつけ、より良く嚙《か》めるようにしたというものです。少し昔に、インプラントに受信機を入れて、『嚙む』だけでなく『通信』にも使おうと考えた、イギリスの研究者がいます。

その構造は単純で、人間の身体は電気を通しますので身体がアンテナになり、受信機自体が振動し、その振動が顎の骨を通して耳の奥の内耳まで伝わり、音が聞こえるそうです。

だから、中耳の骨に問題があった少女でも、音が聞こえたのですよ。

現在では、同じ原理を用いた人工内耳などが実用化段階に進んでいるということですが、他にも便利な利用方法として、特殊な周波数の電波に乗せた、他人に聞こえない声や音を聞くことが挙げられます。

例えば、サッカーなどのフィールド競技での指示や、携帯プレーヤーのヘッドホンとして。又、他の人に迷惑をかけない目覚まし時計など、用途は様々です。

ただ、これは音を受信するだけで、送信までは出来ません」

「そうか……。遠距離にいる人々が、同時に同じ声を聞いたってことは、つまりそれって、特殊な周波数のラジオを聞いていたようなものってことか」

「はい、そうです」

「それにしても、こんな小さな機械で大丈夫なのかな？」

「今の科学技術なら十分可能ですよ。

アメリカのコロンビア大学とオランダのデルフト工科大学の研究チームが開発した、超音波で電力供給と無線通信を行う、超小型の温度センサー搭載シングルチップというのがあります。それなど、総体積〇・一立方ミリ以下という、塩粒やダニに匹敵するサイズで、注射針で体内に移植し、生体信号のモニタリングをすることが出来るんです。

将来的には、皮下注射針で人の体内に注入したチップが超音波を使用して体外と通信し、局所的に測定した生体情報を取得できるようにするということです。

この歯のインプラントなら、一・五センチはありますから、受信機としての機能を搭載して、超音波で電力を供給することも可能でしょう」

「便利な世の中になったものだが、こういうものも開発出来るとなったら、考えものだな」

「しかもこんな風に、頭の中に直接響いてくる声というのは、特別に自分と違わない、特徴の無い声で話されると、自分自身の思考との区別がつかなくなります。

例えば、防衛本能が無防備になっている就寝時に、そうした声で暗示をかけられたら、素直にその人は催眠状態にかかってしまうでしょう。証言者達が見たイエス様の御姿は、睡眠中の暗示によって見た幻である可能性が高いでしょう。

それだけでなく、長期間こうした暗示をかけられると、記憶の改変や思考操作なども可能かも知れません」

「人の思考や気分までも操ることが出来るというわけか。厄介だ」

「とにかく、このインプラントをよく調べてみることが肝心です」

「どうやって？」

「アリリオ司祭にだけでも本当のことを打ち明けて、インプラントを抜かせて貰《もら》いましょう。そしてそれを解体するのです」

「受信機かどうか、きちんと確認するということだね。アリリオ司祭には申し訳ないけど、お願いしてみよう」

「ええ。それにもう一つ、重大な疑問があります」

「疑問とは？」

「誰がこのインプラント施術を、証言者達に行ったかという点です」

「確かに重大だ。一種の犯罪でもあるわけだし」

「そこのところも、アリリオ司祭に確かめなくてはなりません」

「そうだね。アリリオ司祭の所に行こう」

二人は待合室のベンチに座っているアリリオ司祭の許に駆けつけた。

「アリリオ司祭。実は大変重要なお話があります」

ロベルトは迫真の表情で話しかけた。

「どうしました？　今日の検査で何か分かったことがあったのですか？」

「ええ。それが実は、余り芳しくないお知らせなのです」

「なっ………何でしょう？」

「証言者の方々の奥歯に、謎のインプラントが見つかりました」

「謎のインプラントですか？」

「ええ、それが特殊な受信機の役目をしており、誰かが電波に乗せて、その受信機に預言を流していた可能性があります」

「なっ、何ですって!?　一寸《ちょっと》、待って下さい。頭がお話に追いつきません」

「無理もありませんが、冷静に聞いてください」

「はっ、はい」

「近年、歯医者に行って、インプラント施術を受けた記憶は？」

「はい。ありますが、普通の総合病院の口腔《こうくう》外科でです」

「成る程……。アリリオ司祭、貴方《あなた》のインプラントを抜いて、中を確かめさせて頂けないでしょうか。どうかお願いします」

ロベルトの言葉に、アリリオ司祭は暫《しば》し声を失っていた。

無理も無いことだ。

ロベルトは彼の返事を祈りながら待った。

もう夕方になり、外来の患者もいなくなった待合室に、時を刻む時計の音だけが聞こえている。

そしてとうとうアリリオ司祭が口を開いた。

「分かりました。バチカンの使者の仰《おっしゃ》ることは、主の使者のお言葉でもあります。私に出来ることがあるなら、協力させて下さい」

「有り難うございます！」

ロベルトは深く頭を下げ、スマホで院長のブラスに電話をかけた。

「今日はお世話になりました。バチカンのロベルトです」

『おお、これはこれは、神父様』

「出来るだけ早急に、もう一つお願いしたいことがあるのです」

『何ですか？』

「実は、証言者の三人の奥歯から、怪しいインプラントが見つかりました」

『インプラント？』

「ええ。それが特殊な周波数の電波の受信機になっている可能性があるのです」

『そんなものが発見されるとは……驚きですね』

「はい。確証を得る為に、アリリオ司祭のインプラントを抜いて、その構造を確かめたいのです。ご協力頂けますか」

『分かりました。うちの口腔外科なら処置できるでしょう』

「何時なら開いていますか？」

『私の命令であれば、直ぐにでも処置できるかと』

「お手数ですが、手配をお願いします」

『ええ』

「有り難うございます」

三人は口腔外科へ向かった。

アリリオ司祭は、心許《こころもと》ない顔をしながら、口腔外科の診察室へと入っていった。

平賀とロベルトは診察室前の長椅子に座って待っていた。

一時間もすると、頬に手を当てたアリリオ司祭が口腔外科の処置室から現れた。

痛むのだろう。顰《しか》め面だ。

「ご苦労様でした」

ロベルトはアリリオ司祭を労《ねぎら》って、肩に手をかけた。

口腔外科の診察室から、歯科医師とブラス院長が出てきた。

「どうぞ、お二人とも中に入って下さい」

平賀とロベルトは案内されるまま、処置室に入った。

すると歯科医師が、トレーに載せられたインプラントの奥歯を見せてきた。

まだ少し血がついたままだ。

「この歯の内部に隠れている部分を見たいのですが」

「それなら歯科技工士にやらせましょう」

ブラス院長はそう言うと、歯科医師に命令した。

歯科医師は頷《うなず》き、トレーを隣の部屋へと持っていく。

隣の部屋からは、ギーギーという機械音が流れてきた。

それが暫《しばら》く続き、カチャカチャと何かを処理しているような音が聞こえた。

そうしてようやく歯科医師がトレーを持って再び現れる。

トレーには、真っ二つに切断された歯のような物が載せられていた。インプラントの根本の金属の上には、透明な物体に入った機器が露《あら》わになっている。

「ロベルト、外科手術用のルーペをお借り出来ないか訊《たず》ねて下さい」

平賀が言ったので、ロベルトはブラス院長に、その旨を訊ねた。

ブラスはスタッフを呼び出し、直ぐにそれを持って来るように命じた。

持って来られた手術用ルーペは、レンズ部分が分厚く、頭にセットする作りになっている。

平賀はそれを装着した。

そしてピンセットでトレーの機器を持ち上げ、覗《のぞ》き込んでいる。

「半導体回路と同調回路と思われる物が連結されていますね。下の部分は恐らく受電装置でしょう。構造から見て受信機と断定して間違いないと思います」

平賀はキッパリと断言した。

「この神父様は何を言っているんです？」

ブラス院長は、平賀の言葉がよく分からず、ロベルトに訊ねた。

「彼が言うに、やはり受信機で間違いなさそうです」

「これは全く……」

ブラス院長は溜息《ためいき》を吐きながら、額に手をあてた。

「ロベルト、この歯の出所が分かる方法はないか、ブラス院長に訊ねて下さい」

平賀がルーペで機器の構造を眺めながら言った。

「院長、この歯の出所が分かる方法はありませんか？」

「さて、どうかね？　君」

ブラス院長が歯科医師に訊ねる。

「技工士に聞いてきます」

歯科医師は踵《きびす》を返し、隣の部屋へ行った。

そして暫くすると帰ってきた。

「通常のインプラントには、製造会社の頭文字と製造番号が刻印されているものだそうですが、このインプラントにはそれが無かったようです。ですから、出所を探す手段は無いだろうと言っています」

「成る程、出所不明のインプラントですか……」

ロベルトが平賀にそれを訳して伝える。

「そうですか。少なくとも歯科医が使う正規品ではないということですね」

平賀はルーペを外して、溜息を吐いた。

その時だ。

処置室の入り口から、おずおずとした声が聞こえた。

「あの……。私の歯は、どうだったのですか？」

アリリオ司祭が、不安そうな顔で立っていた。

「残念ながら、やはり受信機が埋め込まれていました」

「そうですか……」

アリリオ司祭は蒼《あお》ざめ、複雑な表情をした。

無理もない。気分は天国から地獄だろう。

「アリリオ司祭、貴方はこのインプラント施術を受けたのは総合病院の口腔外科だと言いましたね。そこに行ったのには何か訳が？」

「実は村の教会に、総合病院のボランティアの方がいらっしゃったのです」

「ボランティア？」

「はい。無医村の人々に無料で健康診断をしているというお話でした。村で健康診断が必要な人が居れば、検査をするからというお話だったのです。

それで私は、膝《ひざ》の悪いカルメロさんと高齢のカサンドラさんを伴って、検査に行きました。色々と検査して頂きましたよ。その時に、三人とも歯の具合が良くないと言われ、インプラントを勧められたのです。非常に安い料金でした」

「その総合病院は、何という病院ですか？」

「父と子と聖霊教会病院（Hospital de la Iglesia del Padre, del Hijo y del Espíritu Santo）というところです」

「最近になって、よく耳にする名ですね。確か系列病院がいくつかあります。治療費が安いことで有名になって、利用者も多いようですよ」

ブラス院長が横から言った。

ロベルトは平賀にそれを通訳して伝え、小声で感想を付け加えた。

「少なくとも、アリリオ司祭や村の人達は、聖剣の奇跡を演出する為に、最初から狙われていたということだと思う」

「そうでしょうね」

二人は頷き合った。

「あの……奇跡は無かったのでしょうか？　あれは聖剣のお告げではなかったということですか？」

か細い声で訊ねたアリリオ司祭に、ロベルトは申し訳なげな顔で答えた。

「残念ですが、そういう事になるでしょう」

アリリオ司祭は手で顔を覆い、力尽きたように、膝から崩れ落ちてしまった。

「アリリオ司祭、この事は他の証言者は勿論《もちろん》、まだ誰にも言わないで下さい」

ロベルトの言葉に、アリリオ司祭は朦朧《もうろう》とした顔を上げた。

「何故です？」

「まだ確認出来ていないことがあるからです」

「分かりました……」

そう、謎はまだ沢山ある。平賀とロベルトは更なる事の真相に迫ろうとしていた。

5

平賀は宿に帰るなり、山積みにしていた資料を漁《あさ》り始めた。

「何を探しているんだい？」

「脳腫瘍《のうしゅよう》が消えたというセリノ・オロスコさんのCT画像です。あっ、ありました。これだ、これですよ」

平賀はCT画像ではなく、それが入っていた袋をロベルトに差し出した。

「画像を撮った病院のものです。これに記載されている名前を見て下さい」

「父と子と聖霊教会病院だ……」

「ええ、そうです」

「ということは、CT画像も偽物だったのか！」

「ええ、そうでしょう」

「他の奇跡についてはどう考えている？　カルメロお爺《じい》さんの膝が治ったり、チュイ・ベニテスさんの気管支喘息《ぜんそく》が治まったりしただろう？」

「膝の痛みや気管支喘息発作というのは、ストレスによる心因性のものであることが多いのです。ですから、奇跡を目撃したことによってのプラシーボ効果なのかも知れません。まずは、気管支喘息が全快したというチュイ・ベニテスさんですが、日常生活をアンケートで見ると、毎日の睡眠時間が平均五時間と、非常に短いのです。広告代理店というお仕事柄、とても忙しくされているようです。そして気管支喘息になる以前から不眠、頭痛、全身の倦怠《けんたい》感などを訴えています」

　平賀はアンケート用紙をロベルトに見せた。

「睡眠不足と不摂生な生活から、喘息発作を起こしたのかな」

「そういうことだと思いますが、この慢性的な不眠や頭痛、全身の倦怠感などは、鬱病《うつびょう》もしくは抑うつ状態の症状にもあるんです」

「話をした限り、彼はそんな風には見えなかったんだけれど」

「ええ、今は治っているからでしょう」

「どういうことなんだい？」

「私が思うに、チュイさんの病気は、鬱状態になる程のストレスが原因だったのでしょう。ストレスから起こる病気としては、胃腸系の病気がポピュラーですが、気管支喘息や過換気症候群などもあります。ストレスから冠動脈疾患等の心臓病を患う人までいますし、糖尿病やアトピー等にもなると言われています。

もしかすると、人にはそれぞれ弱点と言いますか、弱い部分があり、過度なストレスが引き金となって、未病であった弱い部分が発病するのかも知れません。

ともあれチュイさんは、長年のストレスから、気管支喘息の持病を抱えた。

しかし、天使の歌や聖剣の預言に出会ってから、脳内快楽物質の働きが活発になった。

奇跡に出会ったと信じている人々が大きな多幸感を持ち続けることを、私達はずっと見て来たでしょう？

その多幸感と、自分は祝福されているという思いが、チュイさんの鬱状態を治し、体調も良くなったと考えられます」

「成る程……。ではカルメロさんの場合も、そんな風に考えられるのかい？」

「はい。医師の診察によれば、カルメロさんの病は、膝の関節痛と書かれています。

ですがレントゲンを見る限り、カルメロさんの膝の骨は軟骨が酷《ひど》く擦り減ったり、水が溜《た》まったりしているわけではなく、正常なんです。整形外科的な関節痛の原因は無いと言えるでしょう。その他の原因としては痛風による関節痛などがありますが、カルメロさんの血液検査の結果を見ると、尿酸値も異常なしです」

「つまり、カルメロさんの関節痛もストレスが原因で、チュイさんと同じくストレスが解消されたことによって、良くなったと？

そう言えば……カルメロさんの膝が悪くなったのは、奥さんが病気になった時からだと言っていたね」

「ええ、そうです。妻の病と死が過度なストレスとなり、それが引き金となって関節痛の症状が出たんです」

「成る程、じゃあ君の見解としては、チュイさんとカルメロさんの病が治ったのは、奇跡ではないということだね」

「ええ。ただ不思議なことは、何故、病院がこんな工作をするかということです」

「確かに……。一体、何が目的なんだろう？」

ロベルトが唸《うな》っていると、背後から声が聞こえた。

「その問いには、私が答えよう」

振り返ると、眼鏡をかけ、口髭《くちひげ》と顎鬚《あごひげ》を生やした見知らぬ男が、リビングに入ってきている。

「誰だ！」

ロベルトは反射的に立ち上がった。

「私だよ」

男はニッコリ笑うと、眼鏡を外し、口髭と顎鬚を顔からむしり取った。

「アルバーノ神父！」

「何なんですか？　その変装は」

平賀が目を瞬《しばたた》きながら言う。

「面が割れるといけないのでね。変装して過ごしていた」

「一体、今まで何処に行っていたんです？」

ロベルトが問うと、アルバーノは椅子に腰かけ、もったいぶるような仕草で、胸ポケットからケースを取り出し、その中から一本の煙草を咥《くわ》えて、ゆっくりと煙を吹かした。

「なに、大した所へ行っていた訳じゃない。少々いかれたキリスト教系のカルト教団に、入信していただけさ」

「カルト教団？」

平賀とロベルトが目を丸くすると、アルバーノは、ゆっくりと頷《うなず》いた。

「私が証言者達の行動を見張っていたのは知っているね？」

「位置情報と盗聴のことですか？」

「そう。三日余り見張っていたが、証言者達が互いに通じている様子は無かった。ただ、一人不審な人物を見つけた。ユーチューバーの友人を持つ、アマンシオ・グスマンだ。彼はバレンシア市在住の学生と言っていたのに、なぜかバルセロナの、しかも大学でもない場所に毎日通っていて、そこで三時間余りを過ごしている。なのにだ、盗聴器には何も引っかからない。その間、無音なんだよ」

「ただ、黙っていただけではないのですか？」

平賀が首を傾げる。

「黙っていても、多少の雑音が入るはずだ。なので私は、その場所に盗聴を防ぐ電波妨害装置がある、つまりジャミングされていると踏んだ。そんな場所は怪しいに違いない」

「確かに普通の場所ではありませんね」

ロベルトは頷いた。

「そうだろう？　だから私は、アマンシオ・グスマンに顔が割れないように変装して、その場所まで尾行したんだ。そうしたら何があったと思う？」

「カルト教団ですか？」

ロベルトが答えると、アルバーノは頷いた。

「そう。その名も『スペイン王国神の騎士団』という宗教団体で、バルセロナの一等地にビル一棟を構えていた。そこのシンボルが何だと思う？」

「何なんでしょう？」

平賀がテーブルに身を乗り出した。

「グリフォンに乗った白銀の騎士だよ。ビルには団旗として、それが掲げられてあった」

「聖剣の預言にあった『真なる義人』『白銀の騎士はグリフォンに乗っている』『彼を選ぶことによって、貴方《あなた》がたは救われるだろう』とは、もしかするとそれですか！」

「ああ、間違いないね。そこでまず私は『スペイン王国神の騎士団』のことを調べてみた。結構大きな宗教団体だ。スペイン中に若者を中心として十万人規模の信者がいる。

私はそのビルを見張り、彼らが行く勧誘先、つまり布教活動をしている場所に、何食わぬ顔をして乗り込んだ。そうして偶然に彼らの勧誘に引っかかったふりをして、教団本部へと潜り込んだ。

それから良き信者になりそうだと思わせるように、彼らに勧められるままに三日間のセミナーを受け、教祖が書いた教本を『教えに感動した。周囲の人間にも配りたい』と言って、百冊買い付けた。

そうしたらもう、彼らの信用を勝ち得たのだろう。幹部という人間に会わせて貰《もら》って、小一時間話をしたよ。勿論《もちろん》、その時に偽の小切手を切って、多額の寄付を装った。だから非常に面白い話も聞けたという訳だ。まあ、エージェント時代に培った会話術を駆使したがね。

ジャミングされていた場所は、どうやら教祖の部屋で、そこに特定の信者が連れ込まれて、何か命令を受けているといったところだ。

ああいう連中は、猜疑心《さいぎしん》が強い割に、これから勧誘して騙《だま》そうと思っている人間に対しては驚くほど無防備だ。騙されるかも知れないという心配をしていないようだね」

「それで何が分かったんですか？」

平賀とロベルトが声を揃えた。

「まず、彼らの思想がよく分かったよ。彼らは生粋の国粋主義者で、スペインが黄金時代の繁栄を取り戻すことを信者達に約束している。

そしてこれからスペインで数々の不幸が起こり、そこで立ち上がった自分達と共にいれば、その繁栄は信者達も享受できると説いている。

神の騎士団と名乗るだけあって、主イエスを信奉し、スペインが再びキリスト教の守護国となることを目的としていた。

そして、教祖のブラウリオ・ブルバは、サン・ビセンテの生まれ変わりと自称している。

まあ、詳しくはこの本に目を通せば分かる」

アルバーノはロベルトに『苦難に対する騎士団の心得』という本を手渡した。

ロベルトがその本を流し読みしていくと、誇大妄想的な教団の選民思想と、キリスト教の教義に対する歪《ゆが》んだ解釈が滔々《とうとう》と書かれていた。

「特に注目すべきは栞《しおり》を挟んだ箇所からだ。そこにある預言を読んでくれ」

アルバーノが栞を挟んだ頁を開く。

そこに書かれていたのは、終末の世に向けて、スペインが受けなければいけない二十の神の試練の預言であった。

「何が書かれているのですか？」

平賀が焦《じ》れたように言う。ロベルトは赤線が引かれた預言の部分だけを読んでみた。

「終末の始まりは、いと高き山の麓《ふもと》で起こる大火災である。そこから地獄の者達が這《は》い出してきて、スペインに災いを引き起こす。最初の災いは権力あるものの腐敗である。下のものは虐げられ、その怒りは頂点に達して権力者を引きずり下ろすだろう。

北の町は暗闇に閉ざされ、人々の生活もままならない状態が続く……」

「それって、もしかして、最近の山火事と、大臣の汚職、サラゴサの大停電のことを言っているのでしょうか」

「ああ、間違いない。教団の主なる狙いは、恐らくカタルーニャ共和国の独立運動を阻止することだろう。

バレンシアが今回の奇跡の預言場所に選ばれたのは、バレンシア内でもカタルーニャ共和国の独立を支持する動きが高まってきているのに対する牽制《けんせい》というところかな。

スペインの強大化を説く教団にとって、分裂は悍《おぞ》ましき事態だからだ。

そして怖いのが、今までの預言が全て現実になっているという所だ。

私は本部でセミナーを受けたり、幹部に会ったりしながら、教団内部の構造を全て頭に入れられたし、通常のジャミングを受けない盗撮器や盗聴器を仕掛けることが出来た。

その情報を元に、教団に警備員しかいない時間帯に忍び込み、幹部のパソコンからデータを引き抜くことに成功した」

そう言うと、アルバーノは一本のUSBメモリを取り出した。

平賀が受け取り、それを自分のパソコンに差し込んで開く。

「その中に、オレンジ色のアプリがあるだろう？　それは犯罪目的で使われる裏サイトへの入り口で、通称オニオン・ルーティングと呼ばれる技術が用いられている。

ダークウェブが持つ最大の特徴は、匿名性の高さだ。世界各国にある複数のサーバーを経由してアクセスするため、アクセス元の特定が困難になる仕組みになっている。

まるで玉ねぎのように何層にも重なることで、その中心にいるユーザーを隠すことをイメージした名称だ。

私はそのサイトから、教団が闇発注した物の過去ログを探った。それがこれだよ」

アルバーノは鞄《かばん》の中から分厚い書類を取り出した。

「数多くの武器。銃などもそうだが、手りゅう弾や地雷、ロケット砲、爆弾なども多く買い付けている。そして火炎放射器や、雷誘導装置などという聞きなれないものもね」

「雷誘導装置？」

ロベルトが聞き返すと、平賀が説明を始めた。

「言葉の通り、雷を自在に好きな場所に誘導することが出来る装置です。

雷は古来から人間が恐れてきた自然災害の一つであり、現代でも精密機器の破壊や山火事など、様々な被害をもたらしています。

そんな雷対策で有名なのは避雷針ですが、落雷はかなりランダムな現象で、たとえすぐ近くに避雷針があったとしても、うまくそちらに落ちてくれるとは限りません。

近年のオーストラリアでは、森林への落雷による山火事の発生が大きな問題になっています。山岳地や平原など開けた自然環境では、雷を安全に避雷針へ落とすというのはかなり難しいのです。

そこで注目されている技術がレーザー誘雷です。

これは高強度のレーザーによって大気中の分子を破壊してプラズマを作り、避雷針へ雷を誘導する導線を大気中に作り上げるというもので、一九七四年にボールによって提案されて以降、長く研究が続けられています。

新しい技術では、プラズマを作るのではなく、空気中のグラフェン微粒子をビームによって捕獲し、それをレーザーで加熱します。

粒子を捕獲することで、局所的な空気密度が下がり、その粒子を加熱することで周囲の電子の移動可能な距離が増加されます。加熱された粒子はレーザーが止まった後もしばらく維持されます。

こうして低強度のレーザーによって、長時間、精密な誘雷が可能な経路を作り出せるのです。

本来は雷除《よ》けの為に開発された技術ですが、確かに狙ったところに雷を落とせるなら、配電施設に三度雷を落とすことも可能でしょう」

「なんてことだ。では山火事も火炎放射器で、教団がやったことだろうか」

「それで間違いないだろうな。

大臣の汚職については、政治家など叩《たた》けば埃《ほこり》が出てくるものだろうから、この預言の為に色々と情報や証拠を集め、マスコミにリークしたのだろう。

それから、君達がさっき話していた父と子と聖霊教会病院は、スペイン王国神の騎士団の下部組織だ。安い治療費で評判ではあるが、中には、なってもいない病気をでっちあげられて、治療費を取られたと訴えている者もいる」

「カルメロさんとカサンドラさん、アリリオ司祭は、村にやって来た関係者に誘われて無料の健康診断を受け、インプラント施術をされました。カルメンさんも何らかの病気で、父と子と聖霊教会病院にかかった際に、インプラント施術をされた。恐らく本当はそんな必要など無かったのに」

ロベルトが言った。

「つまり宗教的思惑から、やらせの奇跡が演出されているということですか？　市民の命まで巻き添えにして？」

平賀は信じられない、という顔をした。

「そういう事になるが、それだけじゃない。彼らが狙っているのは、スペインの混乱を利用してクーデターを起こすことだ」

「クーデターなんて、そんな馬鹿げた……」

平賀とロベルトが絶句する。

「私達からすれば馬鹿げたことだが、信者からすれば成功して当然、神の騎士団である自分達に正義と勝利があると思うものだ」

「全く……。あの聖剣は、本当に数奇な運命を辿《たど》っている。

中世に奇跡の剣としてもてはやされ、暗黒の法王を生み出すことになり、今度は預言を発する奇跡の聖剣として、クーデターに利用されることになるなんて……」

ロベルトは溜息《ためいき》を吐いた。

「許せません！」

平賀は強い口調で言い、立ち上がった。

「こんな茶番劇のような、やらせの奇跡で、人々の心や行動を弄《もてあそ》ぶなんて、それこそ悪魔の仕業です。私達は、どうやってもこれがやらせだと証明して、発表すべきです！」

「だが、ここまで来ると、神父の力だけではどうにもならないな」

アルバーノが突き放すように言った。

「平賀、これは警察の力を借りるべき一件だ。チョコ刑事に連絡を取るよ」

「ええ。そうしましょうロベルト」

平賀は強く頷《うなず》き、ロベルトはスマホを手に取った。

エピローグ　アスコーに奇跡は舞い降りて

1

ロベルトが事の次第を細かくチョコ刑事に話すと、チョコ刑事は心底驚いた様子であった。

『それは大変な事じゃないですか。直ちに上と相談してみます』

「お願いします。彼らをこのまま見過ごしておくと、何をするか分かりません」

『ええ、そうですね。追って連絡します』

チョコ刑事の電話は切れた。

平賀が訊《たず》ねてきた。

「チョコ刑事は何ですって？」

「上層部と相談してから電話をかけ直してくるらしい」

「そうですか」

溜息を吐いたロベルトは、二本目の煙草を燻《くゆ》らしているアルバーノに、ふと疑念を抱いた。

「そう言えばアルバーノ神父。何故、僕らが話していた内容をまるで知っているかのように、タイミングよく帰って来たんです？」

「ああ、言い忘れていた。二人とすれ違いがあってはいけないと思って、二人のスマホにもウイルスを仕掛けていたんだ。だから私がいない間も、二人の行動は分かっていた」

「いつの間に！」

平賀とロベルトは、慌ててスマホを取り出した。

「消去して下さい。もう盗聴はいいでしょう」

「そう目くじらを立てなさんな」

そう言うとアルバーノは二人のスマホを受け取り、器用に操作した。

「警察が早く動いてくれたらいいのだがな」

アルバーノが呟《つぶや》いた。

「待つしかありませんね」

平賀は憂鬱《ゆううつ》そうだ。

時計は九時を回っている。しかし、誰も眠気など催さない状況だ。

「軽くワインでも飲もうか……」

ロベルトはそう提案して、キッチンの棚にあったワインとグラスを運んだ。

三つのグラスに少しずつワインを入れる。

「パーチェ（平和）」

「パーチェ（平和）」

平賀とロベルトはいつもの乾杯をしたが、アルバーノは無言で、ワイングラスを少し上げただけだった。

そのワインを飲んでいた時だ。

時計の針が十時半を示す頃、ロベルトのスマホに電話がかかってきた。

「はい。ロベルト・ニコラスです」

『チョコですが、これからそっちに行ってもいいですか？』

「これからですか？　勿論《もちろん》構いませんが」

『グアルディア・シビルの者と一緒にお伺いします。グアルディア・シビルも詳しい事情を聞きたいと言うのです。少し遅くなりますが』

「時間のことは構いません。大事なことですから」

『では、行かせてもらいます』

ロベルトが電話を切ると、平賀がじっとロベルトを見た。

「チョコ刑事がこれからグアルディア・シビルの人間と一緒に詳しい事情を聞きに来るらしいよ」

「それは良かった。ですが、グアルディア・シビルとは？」

「グアルディア・シビルとは、国防省に属し、内務省が管理するスペインの準軍事組織だな。交通取り締まりから始まって、麻薬対策や密輸対策、税関や港における入国管理、国境警備、刑務所警備と囚人の管理、武器の所持許可とその管理、爆発物処理、治安維持活動、対テロリズム、沿岸警備、国外大使館の警備、情報活動、サイバー犯罪対策まで網羅して国家を守る公安警察組織だ。彼らが動き出すとなれば本物だ」

アルバーノは深刻な声で言った。

三人はワインを止めてリビングテーブルの上を片付け、ミネラルウォーターを飲んで待っていた。

深夜十二時、玄関がノックされた。

扉を開けると、チョコ刑事と、ベレー帽を被《かぶ》った上背のある男性が立っている。

「ロベルト神父、こちらはグアルディア・シビルのクラウディオ・アレハンドロ氏です」

チョコ刑事に紹介されると、クラウディオはロベルトに深く頭を下げた。

「どうぞお二人とも入って下さい」

ロベルトは二人を宿に招き入れた。

五人でリビングのテーブルに座る。

チョコ刑事は緊張している様子で一言も喋《しゃべ》らない。

そんな中、クラウディオが、やおら口を開いた。

「スペイン王国神の騎士団については、我々も目をつけていたのです。しかし、彼らが危険思想の持ち主だと問題にするような事柄をなかなか見つけられず今まで来ました。警察からこの話がきた時には、驚きましたよ。なるべく詳しく話して貰《もら》えますか？」

ロベルト達は頷いて、ここに来た経緯や、出会った事件、そして分かった事などを詳細に説明した。

時刻は深夜二時を過ぎていた。

険しい顔で聞いていたクラウディオは、話が終わると腕組みをして、じっと考え込んでいる。

「今すぐにでも教団に乗り込みたい気持ちで一杯ですが、決定的な証拠というのに欠けますね。状況証拠としては十分ですが、それを立証するのに時間がかかりそうだ」

苦悶《くもん》した表情である。

「いや、彼らが犯罪を起こした所を、現行犯逮捕すれば問題ないんじゃないか？」

アルバーノが言った。

「そんなに都合よく行くかな？」

ロベルトが首を傾げると、アルバーノは不敵に笑った。

「皆、何か忘れているんじゃないかな？」

「何です？」

「聖剣の預言だよ。今日は預言の日じゃないか。教団に今日の預言をさせれば、その預言の詳しい内容は、教本の預言から考察できるだろう？　そうしたら犯行現場と教団本部を見張っておけば、彼らが次に起こす犯罪で現行犯逮捕することも可能なはずだ」

「成る程！」

クラウディオが膝《ひざ》を叩《たた》いた。

「確かにそれは良い策かも知れない。未然に犯罪を防げそうだ」

ロベルトも納得した。平賀は言葉が分からないので不思議そうな顔をして座っている。

ロベルトが話をしていた内容を伝えると、平賀は何度も頷《うなず》いた。

「そうなると、教団側が僕達が気付いたのを悟らない様に、聖剣の集まりを進めることが大切だ」

「そうですね。私達は前回と同じように、奇跡調査をしている態《てい》で出席しましょう」

「ああ、録音機やビデオも回してね。アリリオ司祭にも協力して貰わなければ」

「そうですね。早めに教会に行って、事情を説明しておきましょう」

平賀とロベルトが話をしていると、クラウディオが「何の話をしているのです？」と口を挟んできた。

「日曜日の聖剣の集いを、いつも通り進める為の計画です」

「成る程、そう言うことなら私も私服で、その集まりに参加しても宜《よろ》しいかな？」

「無論です。聖剣の預言が始まるのは午前七時丁度です」

「分かりました。それまで車の中で仮眠しておきます」

クラウディオが言った。

「私は帰ってもいいですか？」

チョコ刑事が心配そうにクラウディオに訊ねた。

「ああ、用がある時は連絡する」

チョコ刑事は、ほっとした様子で、息を吐いたのだった。

※　※　※

午前七時。

教会には、村人達が集まっていた。

預言の時刻になると、喋る者もなく静まって、誰もが目を閉じ、手を合わせている。

証言者達は聖剣の前に立ち、平賀、ロベルト、アルバーノはマイクやビデオを構えていた。

ユーチューバーたちも来ている。恐らく彼らも教団員だ。

そうして、不思議な音が響き渡り始めた。

ブーンと聖剣が唸《うな》る音である。

アリリオ司祭は戸惑い顔である。

そのブーンという音は何回か続いた。

音が絶えると、証言者達は各々、主から告げられたと思っている預言を語り始める。

『私の許《もと》に集った子羊たちよ。

それは今日起こる。夜空で鐘が九つ鳴る時。

忌むべきサタンたちが更に、地上に出ようとしているからである。

忌むべき地、反逆の地で、かつてない炎が人々を襲う。

そしてスペイン全土に悪意がばら撒《ま》かれるだろう。

私の言葉を信じる者、信仰深き者達は、その場から逃げよ。

そして駆けつけよ、グリフォンに乗る白銀の騎士の許へ。

彼こそが、神の真意を告げる者であるからだ』

言葉は終わり、村人達は互いの顔を見合わせている。

「どういう意味だろう？」

「また大火事でも起こるのかな？」

「白銀の騎士様は、いつ現れるの？」

不安と期待に満ちた声が教会中に渦巻いている。

平賀とロベルト、アルバーノは調査が終わったふりをして、祭壇裏の執務室に入った。

そこに聴衆からそっと抜け出したクラウディオが合流する。

「大変だ。彼らは今日、事件を起こすつもりらしい」

ロベルトが平賀に言うと、平賀はさっと蒼《あお》ざめ、「どんな事件なのです？」と問い掛けてきた。

アルバーノが教団の教本にある預言の頁を開いた。

ロベルトとアルバーノが、その中から該当しそうな預言を見つけようと読んでいく。

クラウディオも本を覗《のぞ》き込んだ。

「これだ。きっとこの預言だ」

アルバーノは、真剣な眼差《まなざ》しで平賀とロベルトを見た。

「地獄の怒りの炎がアスコーから噴き上がり、かつてない炎が人々を襲う。そしてスペイン全土に悪意がばら撒かれる。アスコーとは何処です？」

ロベルトはクラウディオに訊《たず》ねた。

「カタルーニャ州タラゴナ県アスコーのことだろう。待てよ……そこには原子力発電所がある」

「かつてない炎。ばら撒かれる悪意。いかにも原発の炎と放射能といった感じだな」

アルバーノが低い声で呟《つぶや》いた。

「ロベルト、どんな預言なんですか？」

「この教本で見る限り、アスコーというところの原子力発電所が狙われそうなんだ」

「それって、原発事故を起こすということですか！　そんなことをしたらどれだけの被害が出るか分かりません！」

平賀が悲痛な表情で叫んだ。

「しかも恐らく今夜九時だ」

「何てことだ」

クラウディオはグアルディア・シビルに電話をしている。

「今から騎士団の本部に張り込みをしろ！　人の出入りで不審な点があったらすぐに報告だ。それからアスコーの原子力発電所には別動隊を送り込め。目立たないように外部から守るんだ。原子力発電所の責任者には、テロ組織が襲撃してくるかも知れないと伝えておけ。ただし、そのことは秘密にしながら内部を見張るように伝えるんだ。発電所内には、少数こちらの手勢を職員に扮《ふん》して侵入させろ！」

クラウディオは血相を変えて、執務室を出て行った。

「ロベルト、彼らだけに任せてはおけません。私達も行きましょう！」

平賀は思いつめた表情で言った。

「そうだね。見届けなければ」

「おいおい、本気で行く気か！　危険だぞ」

アルバーノは二人を止めようとした。

「アルバーノ神父。これは主の名をかたって告げられた預言です。私達は使徒として、その行方を見守る責務があります！」

平賀の言葉にアルバーノは溜息《ためいき》をついた。

「私が乗ってきたレンタカーがある。運転するから行こう」

アルバーノはそう言うと、平賀とロベルトの肩を軽く叩いたのだった。

2

平賀とロベルトが乗った車は、アルバーノの運転でクラウディオを追って、一路アスコー原子力発電所へと向かった。

目的地に到着したのは昼である。

クラウディオの車の後ろに停車した平賀とロベルト、アルバーノは、不気味に佇《たたず》む原子力発電所の近くで、車を降りた。

クラウディオは無線機を手にして、指示を飛ばしている。

「いいか、一組十人ずつに分かれて、静かに敵に気付かれない様に順次、原子力発電所の周囲を取り囲め。敵の姿が見えたら俺に連絡しろ。各班、いいな！」

ロベルトはクラウディオに近づき、事態の進捗《しんちょく》状況を訊ねた。

「どうなっているんです？　教団側の動きは？」

「本部に張りこませている奴らからの報告では、教団側に特別な動きは無いそうです。こちらは二百人の手勢が集まりました。原子力発電所の周囲に配置するつもりです」

「そうですか」

ロベルトは一旦《いったん》、車の傍に立っている平賀とアルバーノのところに戻り、状況を説明した。

「この周辺に二百人か……。決して多い人数じゃないな。敵はどのくらいの勢力でやって来るか分からない」

アルバーノはそう言うと、煙草を取り出して燻《くゆ》らせた。

平賀は思いつめた様子で、原子力発電所を見詰めている。

暫《しばら》くすると、静かに走行する大型車がやって来た。

中から銃を手にした男達が、ぞろぞろと出てくる。全員で十名だ。

その中の一人の男性がクラウディオに敬礼した。

「第一班、到着致しました」

「よし。第二班の到着は何時頃になりそうだ？」

「恐らく十二、三分後かと」

クラウディオは無線機を持つと、第二班への指令を与え始めた。

「第二班は原子力発電所の非常口を見張れ。後続班には追って指示を出す。行け！」

グアルディア・シビルの部隊は、順次に集まって来る。

全部隊が揃う頃には、夕方近くになっていた。

夕日の迫る原子力発電所の影は、より一層不気味である。

平賀とロベルト、アルバーノも息を吞《の》んで成り行きを見詰めた。

「クラウディオだ。所長のセブロさんか？　中で何か変わったことはないか？　そうか、なら良しだ」

クラウディオが電話を切った。その周辺で、身を屈《かが》めたグアルディア・シビルの隊員達は、双眼鏡で周囲を警戒していた。

クラウディオは苛立《いらだ》っている様子だ。無理もない。時刻は午後六時半、爆破予告まであと二時間半しかない。

時計を見ては溜息をついていたクラウディオは、ゆっくりと神父達に近づいてきた。

「どうなっているんだ？　教団本部に動きはないし、こちらの部隊の見張りからも、それらしき人影は見ていないと連絡が来ています。本当にここが襲われるんでしょうか？」

「教団側がどう出て来るかは分からない。もしかすると、空からドローンで爆発物を落とすというのも考えられる手段だ。だが、教団が諦《あきら》めることはありえないだろう。今まで教祖の預言を忠実に現実化してきた狂信者の集まりだ」

アルバーノが答えると、クラウディオは、びくりと上空を眺めて、無線機を手に取った。

「各班、上空にも注意だ。怪しい物体が飛んでいたら、構わず撃ち落とせ！」

近くにいる部隊も、上空に双眼鏡を向ける。

時間は、驚くほど静かに過ぎていった。

不気味だ。ただ不気味である。

クラウディオはチッと舌打ちをした。

「駄目だ、時間がない。これ以上ここに滞在して、もし原子力発電所が爆破でもされたら、全員巻き込まれる。これより各班は第二作戦に入れ。周辺住民に呼びかけ、ここからの避難を促すように。直ちに作戦を展開しろ！　尚《なお》、この避難支援は八時半までに完了するように。それから、大型車両をもう一台こちらによこせ」

クラウディオは無線機を切り、スマホを手にした。

「クラウディオだ。セブロ所長、一旦、従業員全員を発電所から避難させて下さい。

私は運搬車両と一緒に、発電所の正面入り口で待っています」

そう言うと、クラウディオは近くにいた部隊に指示して、部隊ごと車両に乗り込んだ。

「どうなっているんです？　ロベルト」

平賀がロベルトに問いかけた。

「敵の出方が分からない以上、万が一、原子力発電所が爆発した時に備えて、周辺住民や発電所で働く人達の避難を優先的に行うようだよ」

「それでもし発電所が爆発したらどうなるんです？　避難できる距離まで行ける確証もないのに……」

平賀はそこまで言うと絶句した。

そうしている間に、発電所内から、わらわらと防護服を着た人が出て来た。

クラウディオの乗っている大型車両めがけて走ってくる。

先頭を走ってきた男性が、運転席にいるクラウディオに話しかけた。

「所長のセブロです」

「職員は全員揃っているか？」

クラウディオの問いかけに、セブロは集まっている防護服姿の人々に問い掛けた。

「皆、人数は揃っているか？　点呼を取れ」

人々は点呼を取っている。

「所長、一人足りません」

「何だって？　誰がいないんだ？」

人々は互いの顔を確認し合いながら、口々に言った。

「シーロです」

「シーロが見当たりません」

「何だって……。まさか逃げ遅れているのか？」

セブロ所長は当惑した顔をしている。

その時、アルバーノがハッと顔を上げた。

「そいつが犯人だ。内通者がいたんだ！　今、爆破の用意をしているに違いない。道理で教団側に動きがないわけだ」

イタリア語だったので、平賀もその意味が分かって、蒼《あお》ざめた顔をした。

「何だって？」

クラウディオがアルバーノに聞き返す。

「足りない人間が犯人ですよ。きっと教団の関係者で、原子力発電所に潜り込んでいたんでしょう」

それを聞くと、クラウディオは悔しさに満ちた顔をして、拳《こぶし》で腿《もも》を叩《たた》いた。

「止めに行きましょう。私達にしかできないことです」

平賀が言った。彼はやると言ったらやる男だ。付き合うしかない。

止めたって、一人でも行くだろう。

「そうだね。僕も行こう」

ロベルトは答えた。

「正気か！」

アルバーノは顔を顰《しか》めたが、ロベルトは無視して、犯人を止めに行く決意を人々に伝えた。

「それなら、防護服を着て行った方がいい」

セブロ所長はそう言って、職員の三人に防護服を脱いで神父達に渡す様にと命じた。

「いつの間にか、私も入っているのか？」

アルバーノは不満げに言いながらも、防護服を着ている。

三人が防護服を着終わったところで、平賀がロベルトに、セブロ所長への質問を訳してくれと言ってきた。

それを受けて、ロベルトはセブロ所長に質問した。

「セブロ所長。貴方《あなた》なら何処を狙えば、原子力発電所を一番効率よく爆破出来ると思いますか？」

「私ならやはり、格納容器と蒸気発生器との間の配管を狙うでしょう。配管を爆破すれば、高圧の圧力容器から水が急速に押し出され、核燃料が過熱して水素爆発を起こし、メルトダウンが生じます。

それを防ぐ為に安全装置が補充水の供給を始めても、配管から溢《あふ》れた水によって、電気機器が水没する可能性が高い。

そうした不測の事態に備えるオペレーションの訓練を受けた我々運転員が退避した今、事態は相当深刻です。

シーロは自ら巻き添えになる覚悟があるのだろうが、神父様方は本当に、彼を止めに行く気なのですね」

「ええ、そうです。こういうことは昔から僕達聖職者の仕事です」

「なら、それなら私も行きます。アスコー原発の所長は私です。配管の場所も私がいないと分からないでしょう？　それに職員の通行カードが無いと入れません」

「死ぬ覚悟が、おありですか？」

「ええ、発電所とは何の関係もない神父様方が命をかけて下さっているのに、所長である私が逃げ出すわけにはいきません」

セブロ所長は固く決意した表情であった。

その間に、逃げてきた人々は大型車両の中に乗り込んでいた。

クラウディオが一旦《いったん》、車を降りてやって来た。

「もう時間がありません。私達は行くが、本当に犯人を止める気なんだな？」

「ええ、私の友人は意地でもそうする気ですから」

「幸運をお祈りいたします。神父様方」

クラウディオは、うやうやしく頭を下げてそう告げると、車に乗り込んだ。

大型車両が猛スピードで去っていく。

「さぁ、行こうじゃないか！」

ロベルトの合図と同時に、四人は原子炉に向かって走り出した。

※　※　※

セブロ所長の案内で、三人の神父は、排気ダクトや配管、電気ケーブルの束が入り組んだ、メンテナンス用の通路を進んで行った。

腰をかがめたり、身体を横にしないと通れない箇所などもあり、意外と時間を食う。

ロベルトが時計を見ると、もう爆破予告時刻まで十分を切っている。

（ここで殉教かも知れないな……）

覚悟を決めた時だ。ロベルトは平賀が横で呟《つぶや》く声を聞いた。

「主よ。お力を貸して下さい。今こそ、今こそ奇跡をお願いします」

その呟きは決して弱々しくはなく、むしろ信念に満ちて聞こえた。

ロベルトは平賀の祈りが聞き届けられることを信じて、足を進めた。

一同は、ようやくセブロ所長が目星を付けていた地点へと到着したが、その時、時計がきっちり九時を指した。

　思わず目を閉じる。しかし爆発は起きなかった。

「爆発しない」

「犯人が手間取っているのかも知れません」

　平賀が言った。

「若《も》しくは、私達の見当違いだったのかも知れない」

　アルバーノが、ほっとした顔で言ったのに対して、平賀は首を横に振った。

「いいえ、それはありません。足元を見て下さい」

　言われて足元を見ると、何故か液体が広がっている。

「これは？」

「臭いから察するに、可燃性の液体です。犯人が撒《ま》いたのでしょう。急ぎましょう」

　いつ爆発してもおかしくはない。

　覚悟は出来ていると自分に言い聞かせながらも、冷や汗が全身を流れていく。

　四人はそんな恐怖と戦いながら、格納容器へと向かう通路を奥へと進んでいった。

　足元の液体の広がりは激しくなっていた。

3

「正面の壁の向こうが格納容器です」

セブロ所長が言うので、ロベルトは平賀に伝えた。

「犯人がいるかも知れないので、気付かれないよう静かに行こう」

スペイン語とイタリア語で注意をする。

四人は、足音を立てない様に静かに進んでいった。

すると、前方に人影が見えた。

傍の壁には大きな爆弾と思われる物が貼り付けられていて、起爆装置らしきものが人影の横に置かれている。

辺りには、可燃性の液体がたっぷりと撒かれていた。

すかさずアルバーノが拳銃《けんじゅう》を取り出し、人影に狙いを定める。

「駄目です。可燃ガスが発生しているところで撃つと引火しますよ」

平賀が片手で、アルバーノの銃を握った。

「じゃあ、どうする?」

アルバーノが低い声で言う。

「しっ、二人とも黙って。様子が変だ」

ロベルトは、良い耳と目で、犯人の様子が尋常ではないことを感じ取っていた。

人影は、祈るように手を組んで、床に膝《ひざ》をついている。

その肩は大きく上下していて、時々、嗚咽《おえつ》のようなものが聞こえてきていた。

ロベルトは大きく深呼吸した。

「僕が彼と話すことを試みる。もし駄目ならアルバーノ神父は死角から、彼を拘束して下さい」

「了解した」

アルバーノが犯人の横手側に大きく回り込んでいく。

「私も貴方と一緒に行きます」

平賀がロベルトの横に並んだ。

平賀とロベルトは、犯人を刺激しないように、ゆっくりと静かに人影の背後に近づいていった。

ロベルトは、優しい声で語り掛けた。

「君、どうしたんだい？　心配しなくていい、僕たちはバチカンから来た神父だ。君を傷つけることはない。ただ話をしたいだけなんだ」

すると、人影はゆっくりと振り返った。

朦朧《もうろう》とした表情で、涙を流している。微《かす》かに震えている様にも見えた。

「バチカンの神父様？」

「そうだよ。僕達はバチカンの神父だ。静かにその爆発物から離れて欲しい」

男は、ハッと気付いたという顔で、手元の起爆装置を見た。

「大丈夫です。爆破なんてしません。天使様が現れて、僕の過ちを諭して下さいました」

「天使が？」

「はい。今しがたです」

犯人はそう言うと、力尽きたように床に上体を崩した。

「君、大丈夫か？」

平賀とロベルトは思わず駆け寄り、犯人の上半身を抱き上げた。

犯人は虚《うつ》ろな目で平賀とロベルトの顔を確認したかと思うと、薄《う》っすら笑って気絶した。

「彼はどうしたんでしょう？」

「分からない。天使が現れて彼を止めたと言っていた」

「天使が現れて？」

「ああ」

ロベルトは床に置いてある起爆装置が動いていないのを見、安堵《あんど》の息をついた。

アルバーノとセブロ所長がやって来る。

セブロ所長は、犯人の顔を確認した。

「シーロ。やっぱりシーロだ。何でこんなことを？　勤続六年にもなる真面目な奴だったのに」

「一体、何があったんだ？」

アルバーノの問いかけに、平賀とロベルトは首を横に振った。

「よくは分かりません。最初から意識が朦朧としていたようですが、突然気絶したんだ」

「とにかくこの男を外に連れ出して、クラウディオに連絡を取ろう」

アルバーノの言葉を受けて、ロベルトはシーロの上体を起こし、脇の下から手を入れて、背後から抱きかかえる姿勢を取った。アルバーノがシーロの両脚を重ねて抱える。一行はそうして、元来た道を歩いていった。

外に出たロベルト達は、シーロを芝生の上に寝かせて、クラウディオに連絡をした。

それから先は慌ただしかった。クラウディオ達が駆けつけてきて、シーロを拘束する。

爆発物処理班が設けられ、皆、原子力発電所に入って行った。

可燃性の液体も処理する準備が進められていく。

事態が収束したのを見届け、三人の神父は、宿への帰路についたのだった。

※　※　※

翌日、グアルディア・シビルの一室では、クラウディオによって、シーロの取り調べが行われた。

「さて、観念して洗いざらい話をしてもらうぞ」

クラウディオの言葉に、シーロは素直に頷《うなず》いた。

「今更、何も隠し事はありません」

「爆弾と石油エーテルを持ち込んだ理由は？」

「原子炉を爆発させるためです」

「一人での犯行か？　それとも誰かに命じられたのか？」

「命じられました。スペイン王国神の騎士団の教祖と幹部から命じられたんです。この命を全うすれば、僕は殉教者として天国に迎え入れられると言われました」

「いつのことだ？」

「二カ月程前だと思います」

「それを信じたのか？」

「はい。今までは教団の教えは全て正しいと思っていましたから」

「ふむ。具体的には何処で命じられた？」

「教団本部の教祖の部屋です。一緒に幹部達三人もいました」

「ほう。お前が命じられたのはそれだけか？」

「僕の使命はそれだけでした。だけど、度々、違う信者達も部屋に呼ばれて何かを命じられていたみたいです」

「何を命じられていたか分かるか？」

「分かりません。自分の使命を話すのは、信者同士でも禁忌でしたから」

「ふむ。では聞こう。お前は使命を持って、原子炉を爆発させに行った。なのにどうして途中でそれを止めたんだ？」

「それは天使様が現れたからです……」

シーロは俯《うつむ》き加減に答えた。

「天使が？」

「はい。僕がいよいよ起爆装置のスイッチを押そうとしていた時でした。突然、目の前に光の玉が現れたんです。そしてその中に、翼を生やした天使の姿を見ました。天使様は、自分を大天使ミカエルだと名乗って、『貴方《あなた》の今の行いは正しいものではなく、神の意志に反するものです。すぐにそれをお止めなさい』と、僕を諭してくれたんです。

僕は、一瞬で目が覚めました。そうしたら体の力が全部抜けて、蹲《うずくま》ってしまったんです。天使様はそれを見届けると消えていかれました」

「それは本当のことなのか？」

クラウディオが険しい顔つきで問い質《ただ》した。

「本当のことです。神に誓って嘘は言いません。僕が蹲って祈っていた時、バチカンの神父様方がいらっしゃいました。それでもう、神の天啓なのだということがよく分かりました」

「成る程。お前は今、自分の犯した罪が、どのくらいのものか分かっているのか？　重罪

「分かっています」

「それでも、捜査に協力して、全てを明かすんだな」

「はい。僕が知っていることや、してきたことは全て」

「では、第一の質問から始める」

クラウディオとシーロのやり取りを、マジックミラー越しに平賀とロベルトは眺めていた。

　彼らの会話は全てロベルトが平賀に通訳し終わっている。

　平賀は神妙な顔をして聞いていた。

「シーロは、大天使ミカエルが現れたと言っているけど、君はそのことについてどう思う？」

　ロベルトが訊《たず》ねると、平賀は難しい顔をして答えた。

「シーロさんはあの時、朦朧としていて、後で気絶したくらいです。普通の精神状態ではなかったのでしょう。

　天使を見た感激の余りと考えられなくもありませんが、原子炉を爆発させる直前になり自分の死を間近に感じた時、彼の中で眠っていた理性とか恐怖といったものが突然、鮮明に働き出して、教団から受けた洗脳と葛藤《かっとう》を繰り広げたのではないでしょうか？　その混乱が、彼に天使の幻覚や幻聴を引き起こしたのかも知れません。つまり天使は、彼の理性と恐怖の化身として現れたという見方も出来ます。

ただ、本当に天使が現れたことを否定するような材料もありません。

私としては、これが奇跡であればいいなと思います」

「そうだね。僕としてもそう思うよ。大天使ミカエルか。一度見てみたいものだな……。

平賀、君は天使に出会ったら、最初にどうする？」

「私ですか？　そうですねえ、私ならまず自分の状態を確認します。脈拍や、瞳孔《どうこう》の開き方や、痛覚が普通に機能しているかなどをチェックして、自分が正常な状態であるかということを確認するでしょうか」

「おやおや、そんなことで時間を費やして、天使に叱られないかな？」

「それは無いでしょう。私達の主は慈愛の神です。ならば天使もそうでしょうから、私が自分をチェックする時間ぐらいはお叱りにならず、待っていてくれると思うのですが」

惚《とぼ》けたように言った平賀を見て、ロベルトは、ぷっと噴き出した。

「何です？　私、何かおかしなことを言いましたか？」

「いいや、しかし全く、君ってやつは愉快だな」

「えっ？　どこがですか？」

「いいからいいから。僕達も調査は終わったことだし、あとは報告書を作成してバチカンに戻ろう」

「そうですね。今回の調査は波乱だらけで疲れました」

「うん。暫《しばら》くはのんびりしたいものだ」

「ところでアルバーノ神父は、どうしたのでしょう?」

「さて、彼の事だから、次の工作をしているのかもしれないね。まあいいじゃないか」

ロベルトは平賀の肩を引き寄せ、ぽんと背中を叩《たた》いた。

4

原子炉爆破計画は摘発され、スペイン国内で大変な物議を醸した。

スペイン政府は、スペイン王国神の騎士団に解散命令を出し、教団からは続々と逮捕者が出ている。

それとともに、教団から支援や支持を得ていた政治家たちも摘発され、野党与党ともに疑惑のある議員たちが糾弾され始めた。

そんな中、バチカンに戻り、奇跡の報告書を仕上げてから一週間たった或《あ》る日、平賀とロベルトにサウロ大司教から部屋に来るようにとのメールが入った。

二人が連れ立って部屋に入って行くと、サウロ大司教は、いつものように背凭《せもた》れ椅子に深く腰掛け、柔和な顔で微笑んだ。

「お呼びということで来ました」

二人が口を揃えて言うと、サウロは机の上で手を組んで、話し始めた。

「スペインでの奇跡調査はご苦労だったね」

「いえ、とんでもないことです」

「楽しかったですよ」

平賀とロベルトは同時に答えた。

サウロは頷いた。

「君達の活躍は、随分と世界中で話題になっているようだよ。原子炉の爆発を防いだ勇敢な神父達としてね」

そう。平賀とロベルト、アルバーノのことは、スペイン国内では新聞記事にもなり、ヨーロッパ中でテレビでも放送されていた。

「余り大騒ぎされるのは、厭《いや》なのですが」

「そうですね。先日もどこで知ったのか、私のスマホにテレビ局の人間から、取材させてくれという電話がありました。断りましたが……」

平賀が憮然《ぶぜん》として言う。

「それ程、嫌がることではないだろう。私としては君達のことを誇りに思う。それでだ、スペイン首相から直々に、法王猊下《げいか》と君達に感謝状が届いている」

そう言うと、サウロは厚みのある革で作られた封書を二つ、平賀とロベルトの前に差し出した。

二人がそれを受け取り、封書を開けてみると、感謝の言葉と、スペインの国章に首相の名前が綴《つづ》られている。

　平賀は分からない様子で、首を傾げていた。

「色々と感謝するって意味が書かれているだけだよ」

　ロベルトが言うと、平賀は「そうですか」と答えた。

「それでだ。奇跡調査委員会においては、君達の報告に基づき、聖剣の奇跡は否定する旨となった。ただし、その後における原子炉での大天使ミカエルの出現は奇跡として認定する運びだ」

「えっ、そんなに簡単に認められるものなのですか？」

　平賀が驚いた顔をした。

「今から調査も出来ないだろうし、原子炉を爆破しようとした犯人自身が、確かに大天使が現れて自分を止めたと言っているのだから、否定する要素もないだろう？」

「確かにそうですが……」

「つまり僕らの行動がこれだけ話題になっている以上、その奇跡を認めた方が、バチカンとしては顔が立つというところですか？」

　ロベルトの問いに、サウロは大きな声で笑った。

「参ったねえ。それほど穿《うが》ったものの見方をする必要があるかな？　君達はいままで奇跡を否定ばかりしていた。だが、それは本来の奇跡調査官の仕事ではない。時には起こった奇跡を素直に信じることも必要なのだよ」

「……確かにそうかも知れません」

「そうとも。神は様々な形をとって、この世界に顕現なさる。今回の犯人が見た大天使ミカエルもそう考えていいと私は思っている」

「それが犯人の幻でもですか？」

平賀が問うと、サウロは真面目な顔になった。

「幻であっても、それが結果的に大勢の人々を救うことになった。だとしたら、その幻を見せたのも、神のご意志だと思わないかね？」

そう言われて平賀は軽いショックを受けた様子だ。

「確かに……。はい、そうかも知れません」

「そう思う心もまた、信仰というものだ」

サウロは再び椅子に深く凭れた。

「君達の真理に近づこうとするあくなき心掛けは実に立派で、目を見張るものがある。だが、今回くらいは奇跡を信じてもいいと私は思う。

平賀神父、ロベルト神父、今回の奇跡認定を快く受け入れなさい」

「分かりました」

ロベルトの横で、平賀は深く頷《うなず》いた。

（ついに初の奇跡認定か……）

ロベルトは感慨深かった。何故なら、あの原子炉突入の時、平賀は心から奇跡が起こることを祈っていたのだ。

それが現実になったからと言って、何も不思議はないと思えたからだ。

「では、二人とも感謝状を持って、各々の仕事に戻りなさい」

平賀とロベルトは会釈をして、サウロの部屋から出た。

「ロベルト。私には信仰心が足りないのでしょうか？」

平賀がポツリと言った。

「何を馬鹿なことを言っているんだい。君は十分に信仰深いよ」

「そうでしょうか？」

「本当さ。余り難しく考えずにいよう。今日は初の奇跡認定だ。美味《おい》しいレストランで祝おうじゃないか」

「そうですね。初の認定ですね。何だか初めてなものだから、変に緊張してしまいます」

平賀はぎこちなく微笑んだ。

「意識する必要なんてないよ。僕らは奇跡調査官なんだよ。忘れたのかい？」

「そうですね。私達は私達の役目を果たしただけですね」

「そうさ！」

ロベルトは純粋な友を慈しみ深く感じながら、彼の背を軽く叩いた。

参考文献

『バレンシアの四〇〇日：スペイン中年留学記』土居信　彩流社　１９９６年
『現代スペイン読本：知っておきたい文化・社会・民族』
川成洋、坂東省次編　丸善　２００８年
『スペインの竈から：美味しく読むスペイン料理の歴史』
渡辺万里　現代書館　２０１０年
『スペイン：歴史という今』河村雅隆　文芸社　２０２１年
『地球の歩き方　スペイン』地球の歩き方編集室編　学研プラス、ダイヤモンド社
『聖剣伝説』佐藤俊之、F.E.A.R　新紀元社　１９９７年

本書は文庫書き下ろしです。

バチカン奇跡調査官《きせきちようさかん》　聖剣《せいけん》の預言《よげん》
藤木《ふじき》　稟《りん》

角川ホラー文庫　23780

令和5年8月25日　初版発行

発行者――山下直久
発　行――株式会社KADOKAWA
〒102-8177　東京都千代田区富士見2-13-3
電話 0570-002-301（ナビダイヤル）
印刷所――株式会社暁印刷
製本所――本間製本株式会社
装幀者――田島照久

●お問い合わせ
https://www.kadokawa.co.jp/（「お問い合わせ」へお進みください）
※内容によっては、お答えできない場合があります。
※サポートは日本国内のみとさせていただきます。
※Japanese text only

ISBN978-4-04-113396-5　C0193

角川文庫発刊に際して

角　川　源　義

第二次世界大戦の敗北は、軍事力の敗北であった以上に、私たちの若い文化力の敗退であった。私たちの文化が戦争に対して如何に無力であり、単なるあだ花に過ぎなかったかを、私たちは身を以て体験し痛感した。西洋近代文化の摂取にとって、明治以後八十年の歳月は決して短かすぎたとは言えない。にもかかわらず、近代文化の伝統を確立し、自由な批判と柔軟な良識に富む文化層として自らを形成することに私たちは失敗して来た。そしてこれは、各層への文化の普及滲透を任務とする出版人の責任でもあった。

一九四五年以来、私たちは再び振出しに戻り、第一歩から踏み出すことを余儀なくされた。これは大きな不幸ではあるが、反面、これまでの混沌・未熟・歪曲の中にあった我が国の文化に秩序と確たる基礎を齎らすためには絶好の機会でもある。角川書店は、このような祖国の文化的危機にあたり、微力をも顧みず再建の礎石たるべき抱負と決意とをもって出発したが、ここに創立以来の念願を果すべく角川文庫を発刊する。これまで刊行されたあらゆる全集叢書文庫類の長所と短所とを検討し、古今東西の不朽の典籍を、良心的編集のもとに、廉価に、そして書架にふさわしい美本として、多くのひとびとに提供しようとする。しかし私たちは徒らに百科全書的な知識のジレッタントを作ることを目的とせず、あくまで祖国の文化に秩序と再建への道を示し、この文庫を角川書店の栄ある事業として、今後永久に継続発展せしめ、学芸と教養との殿堂として大成せんことを期したい。多くの読書子の愛情ある忠言と支持とによって、この希望と抱負とを完遂せしめられんことを願う。

一九四九年五月三日

ハーメルンに哭《な》く笛

探偵・朱雀十五の事件簿2

藤木 稟

謎の笛吹き男による大量誘拐殺人!?

昭和10年９月。上野下町から児童30名が忽然と姿を消し、翌々日遺体となって発見された。そして警視庁宛に「自壊のオベリスク」と書かれた怪文書が送りつけられる。差出人はTとあるのみ。魔都を跳梁するハーメルンの笛吹き男の犯行なのか。さらに笛吹き男の目撃者も、死体で発見され……⁉　新聞記者の柏木は、吉原の法律顧問を務める美貌の天才・朱雀十五と共に、再び奇怪な謎に巻き込まれていく。朱雀十五シリーズ、第２弾。

角川ホラー文庫

ISBN 978-4-04-100577-4

黄泉津比良坂《よもつひらさか》、血祭りの館

探偵・朱雀十五の事件簿3

藤木 稟

「バチカン奇跡調査官」の作者が贈る、怪作ミステリ

到底人など通いそうにない十津川の山頂に、絢爛豪華な洋館が聳えていた。そこに暮らすのは素封家・天主家の一族と召使い達。決して鳴らない鐘と、決して動かない大岩の謎。それが動けば「地獄の蓋が開く」といわれる『千曳岩』が今動き、一族を巡る猟奇殺人が次々に……。祟りを鎮めるため、呼ばれた僧侶の慈恵親子と加美探偵は、館の秘密を解き明かせるか!? 探偵・朱雀十五の少年時代の活躍を描く、シリーズ第3弾。

角川ホラー文庫

ISBN 978-4-04-100974-1

ISBN 978-4-04-101971-9

ISBN 978-4-04-101052-5

ISBN 978-4-04-111880-1